Ferien mit Agatha Christie

Zwölf mörderische Urlaubsgeschichten

Aus dem Englischen von
Marcel Aubron-Bülles, Pieke Biermann,
Günter Eichel, Renate Orth-Guttmann,
Hans Erik Hausner, Michael Mundhenk
und Ralph von Stedman.

Atlantik

Die Originalausgabe erschien 2021 unter dem Titel
Midsummer Mysteries. Secrets and Suspense from the Queen of Crime
bei HarperCollins, London.

MIX
Papier | Fördert gute Waldnutzung
FSC® C014496

Atlantik ist ein Imprint des
Hoffmann und Campe Verlags, Hamburg.

1. Auflage 2025

Harvestehuder Weg 42, 20149 Hamburg, produktsicherheit@hoca.de
www.hoffmann-und-campe.de
Umschlaggestaltung: © FAVORITBUERO, München
Umschlagabbildung: © Faber14/Shutterstock und
commons.wikimedia.org
Satz: Dörlemann Satz, Lemförde
Gesetzt aus der Trump Mediäval
Druck und Bindung: GGP Media GmbH, Pößneck
Printed in Germany
ISBN 978-3-455-01989-6

HOFFMANN
UND CAMPE

Ein Unternehmen der
GANSKE VERLAGSGRUPPE

Inhalt

Sommer in den Pyrenäen

Vater und Madge machten viele Ausflüge zu Pferd, und eines Tages wurde mein Wunsch erfüllt – man teilte mir mit, dass ich sie bei ihrem nächsten Ausritt begleiten dürfe. Heiße Freude durchzuckte mich. Mutter hegte die Befürchtung, dass mir etwas zustoßen könnte, aber Vater zerstreute schnell ihre Zweifel.

»Wir haben einen Führer dabei«, beruhigte er sie. »Er hat Erfahrung mit Kindern und wird darauf sehen, dass sie nicht herunterfällt.«

Am nächsten Morgen kamen die drei Pferde, und es ging los. Im Zickzack trotteten wir über steil ansteigende Pfade, und ich genoss jeden Augenblick. Hin und wieder pflückte der Führer kleine Blumensträuße und gab sie mir, damit ich sie in mein Hutband steckte. So weit ging alles wunderbar, bis wir am Gipfel anlangten und der Führer sich selbst übertreffen wollte. Er kam zu uns zurückgelaufen, zwischen den Fingern einen herrlichen Schmetterling, den er gefangen hatte. *»Pour la petite demoiselle!«*, rief er, nahm eine Nadel von seinem Rockaufschlag, durchbohrte den Schmetterling und steckte ihn mir an den Hut. Das Entsetzen dieses Augenblicks! Der quälende Schmerz, der mich durchzuckte, als der arme Schmetterling verzweifelt mit den Flügeln schlug. Und ich konnte natürlich nichts sagen! So viele widersprechende Gefühle bewegten mich. Dies war eine freundliche Geste vonseiten des Führers. Er hatte mir den Falter gebracht. Es war ein ganz besonderes Geschenk. Konnte ich ihm weh tun und ihm sagen, dass ich es nicht haben wollte? Wie sehr wünschte ich, er würde ihn wieder fortnehmen! Und während dieser ganzen Zeit das Flattern dieses sterbenden Schmetterlings! Das grauenhafte Klopfen der Flügel an meinem Hut! Ich fing an zu weinen. Je mehr man mich fragte, desto unmöglicher wurde es mir, zu antworten.

»Was hast du denn?«, wollte Vater wissen. »Tut dir etwas weh?«

»Vielleicht macht ihr das Pferd Angst«, mutmaßte meine Schwester.

Nein, sagte ich, und noch einmal nein. Ich hatte keine Angst, und mir tat auch nichts weh.

»Müde?«, fragte Vater.

»Nein«, antwortete ich.

»Also, was ist los?«

Aber ich konnte es nicht sagen. Natürlich konnte ich es nicht sagen. Der Führer stand daneben und sah mich aufmerksam und verwundert an. »Sie ist eben noch zu jung«, meinte Vater, »wir hätten sie nicht mitnehmen sollen.«

Meine Tränen flossen nur noch reichlicher. Ich wusste, dass ich ihm und meiner Schwester den Tag verdarb, aber ich konnte mir nicht helfen. Ich konnte nur hoffen und beten, dass er oder Madge erraten würden, was in mir vorging. Einmal mussten sie doch den Schmetterling sehen, einmal mussten sie doch sagen: »Vielleicht mag sie den Schmetterling nicht auf ihrem Hut.« Sobald sie das sagten, würde alles gut sein. Aber ich konnte es ihnen nicht sagen. Es war schrecklich. Ich wollte nichts essen. Ich saß da und weinte, und der Schmetterling schlug mit den Flügeln. Schließlich hörte er auf zu schlagen.

Wir ritten wieder hinunter – Vater zornig, Madge ärgerlich, der Führer immer noch freundlich und liebenswürdig und verständnislos. Gott sei Dank dachte er nicht daran, mir einen zweiten Schmetterling zu schenken, um mich aufzuheitern. In gedrückter Stimmung kamen wir unten an und gingen gleich ins Wohnzimmer, wo Mutter uns erwartete.

»Ach herrje«, sagte sie, »was ist passiert? Hat Agatha sich wehgetan?«

»Ich weiß es nicht«, antwortete mürrisch mein Vater. »Ich weiß nicht, was mit ihr los ist. Wahrscheinlich hat sie irgendwelche Schmerzen. Seit Mittag weint sie ununterbrochen und hat auch nichts gegessen.«

»Was hast du, Agatha?«, fragte Mutter.

Ich konnte es ihr nicht sagen. Ich sah sie nur kläglich an, während mir die Tränen über die Wangen rollten. Sie musterte mich nachdenklich und sagte dann: »Wer hat ihr den Schmetterling an den Hut gesteckt?«

Es sei der Führer gewesen, antwortete meine Schwester.

»Ich verstehe«, sagte Mutter und dann zu mir: »Das hat dir nicht gefallen, nicht wahr? Er lebte noch, und du dachtest an seine Leiden?«

Oh, diese herrliche Erleichterung, diese wundervolle Entspannung, wenn jemand weiß, was in deinem Kopf vorgeht, und es dir sagt und dich damit endlich von der schweren Last des Schweigens befreit! In höchster Erregung schlang ich meine Arme um ihren Hals. »Ja, ja, ja!«, schluchzte ich. »Er hat geflattert! Er hat mit den Flügeln geschlagen! Aber der Mann war so lieb und hat es so gut gemeint. Ich konnte nichts sagen.«

Sie verstand alles und streichelte mich sanft.

»Ich kann mir gut vorstellen, was du dabei gefühlt hast«, sagte sie. »Aber jetzt ist es vorbei, und wir reden nicht mehr darüber.«

Blut auf dem Bürgersteig

»Eigentlich«, sagte Joyce Lemprière, »erzähle ich diese Geschichte gar nicht gern. Sie liegt lange zurück – fünf Jahre, genau genommen –, lässt mich aber seither nicht mehr los mit ihrer heiter-sorglosen Oberfläche und dem darunter verborgenen Grauen. Eigenartigerweise ist der Skizze, die ich damals gemacht habe, ebendiese Atmosphäre anzumerken. Auf den ersten Blick ist es nur der Entwurf einer steilen Gasse in Cornwall, auf der die Sonne liegt. Wenn man aber lange genug hinschaut, spürt man geradezu, wie sich das Unheil einschleicht. Ich habe das Bild nie verkauft und schaue es auch nie an. Es steht in einer Ecke meines Ateliers mit dem Gesicht zur Wand.

Der Ort hieß Rathole, ein wunderliches kleines Fischerdorf in Cornwall, sehr malerisch – vielleicht zu malerisch. Einer dieser Orte, in denen die Touristen in ›Ye Olde Cornish Tea House‹ gelockt werden. In den Läden verfertigen junge Frauen mit Bubikopf und in Hängerkleidchen handkolorierte Sprüche auf Pergament. Hübsch und idyllisch, aber auf eine sehr gewollte Art.«

»Wem sagen Sie das«, stöhnte Raymond West. »Der Fluch der Reisebusse. So schmal die Gassen auch sein mögen – kein malerisches Dorf ist vor ihnen sicher.«

Joyce nickte.

»Die Sträßchen, die nach Rathole herunterführen, sind tatsächlich schmal und sehr steil. Aber zurück zu meiner Geschichte. Ich war für vierzehn Tage zum Zeichnen nach Cornwall gekommen. In Rathole gibt es ein altes Gasthaus, das Polharwith Arms – angeblich das einzige Haus, das die Spanier verschonten, als sie fünfzehnhundertirgendwas den Ort mit Granaten bombardiert haben.«

Raymond West runzelte die Stirn.

»Nicht mit Granaten, Joyce. Versuchen Sie bei der historischen Wahrheit zu bleiben.«

»Also jedenfalls hatten sie irgendwo an der Küste Kanonen an Land gebracht und abgefeuert, und dann waren die Häuser kaputt. Aber darum geht es gar nicht. Das Gasthaus war ein wunderschönes altes Gebäude mit einer Art Vorbau auf vier Säulen. Ich suchte mir einen guten Platz und wollte gerade an die Arbeit gehen, als ein Auto sich langsam die gewundene Straße herunterquälte und ausgerechnet vor dem Gasthaus hielt, wo es mich besonders störte. Ein Mann und eine Frau stiegen aus, auf die ich nicht weiter achtete. Sie trug ein Kleid in Blassviolett und einen Hut in der gleichen Farbe.

Wenig später kam der Mann wieder heraus, und ich atmete auf, als er den Wagen zum Kai fuhr und dort abstellte. An mir vorbei schlenderte er zurück zum Gasthaus. In diesem Augenblick schraubte sich, wie es der Zufall wollte, noch ein Wagen nach unten. Die Frau, die ihm entstieg, hatte das bunteste Chintzkleid an, das mir je untergekommen ist, bedruckt mit einem Muster aus knallroten Weihnachtssternen, wenn ich mich recht erinnere. Auf dem Kopf hatte sie einen dieser breitkrempigen Strohhüte, wie sie die Leute auf Kuba tragen, in tiefem Scharlachrot.

Sie hatte nicht vor dem Gasthaus gehalten, sondern war ein Stück weitergefahren, auf den anderen Wagen zu. Als sie ausstieg, sah der Mann sie und sagte überrascht: ›Carol! Aber das gibt es doch gar nicht! Dass wir uns hier an diesem abgelegenen Flecken treffen … Ich habe dich jahrelang nicht mehr gesehen. Da ist Margery, meine Frau. Komm, ich mache dich mit ihr bekannt.‹

Sie liefen nebeneinander die Straße hoch, und ich sah, dass

die andere Frau gerade aus dem Gasthaus gekommen war und auf sie zuging. Diese Carol sah ich nur ganz flüchtig, als sie an mir vorbeilief, ich bemerkte ein sehr weiß gepudertes Kinn und einen flammenden Scharlachmund und überlegte, ob Margery über dieses Treffen wohl sehr erbaut wäre. Aus der Nähe hatte ich Margery nicht gesehen, aber aus der Entfernung wirkte sie altbacken und ziemlich etepetete.

Natürlich ging mich das alles nichts an, aber manchmal liefert einem das Leben kuriose Momentaufnahmen, und man macht sich unwillkürlich so seine Gedanken darüber. Bruchstücke ihrer Unterhaltung wehten zu mir her. Sie sprachen vom Baden. Der Mann, der offenbar Denis hieß, wollte mit einem Boot die Küste entlangrudern. Eine Meile weiter, sagte er, gebe es eine berühmte Höhle, die sehr interessant sei. Carol wollte die Höhle auch sehen, schlug aber vor, den Klippenweg zu nehmen und sie sich von der Landseite her anzuschauen. Sie hasse Boote, sagte sie. Schließlich einigten sie sich darauf, dass Carol zu Fuß über den Klippenweg gehen und die beiden anderen, die das Boot nehmen würden, an der Höhle erwarten würde.

Ich hatte inzwischen auch Lust aufs Baden bekommen. Es war ein sehr warmer Vormittag, ich kam mit meiner Arbeit nicht recht voran und hoffte, dass die Nachmittagssonne mir reizvollere Effekte liefern würde. Also packte ich meine Sachen zusammen und lief zu einem kleinen Strand, den ich entdeckt hatte und der in einer ganz anderen Richtung als die Höhle lag. Das Baden war herrlich. Hinterher stärkte ich mich mit Zunge aus der Dose und zwei Tomaten und kam nachmittags voller Zuversicht und in Vorfreude auf meine Arbeit ins Dorf zurück.

Ganz Rathole schien im Tiefschlaf zu liegen. Mit der Nachmittagssonne hatte ich recht gehabt – die Schatten waren tatsächlich viel wirkungsvoller. Schwerpunkt meiner Skizze war das Polharwith Arms. Ein Sonnenstrahl fiel schräg vor das Gasthaus und erzielte eine ganz seltsame Wirkung. Die drei Badebegeisterten waren offenbar wohlbehalten zurückgekehrt, denn vom Balkon hingen zwei Badeanzüge zum Trocknen, ein roter und ein dunkelblauer.

An einer Ecke meiner Skizze musste ich etwas korrigieren, und ich beugte mich kurz vor. Als ich wieder aufsah, lehnte wie hingezaubert ein Mann an einer der Säulen des Polharwith Arms. Er war angezogen wie ein Seefahrer und mochte ein Fischer sein. Aber er hatte einen langen schwarzen Bart, und hätte ich ein Modell für einen finsteren spanischen Kapitän gesucht, hätte ich keinen besseren finden können. Ich fing in größter Eile an zu zeichnen, ehe er mir entkommen konnte, allerdings sah es aus, als wäre er bereit, diese Säule bis in alle Ewigkeit zu stützen.

Dann aber setzte er sich doch in Bewegung, aber zum Glück erst, als ich bekommen hatte, was ich wollte. Er trat zu mir herüber – und dann legte er los. Unglaublich, wie dieser Mann reden konnte!

›Rathole war ein sehr interessanter Ort‹, fing er an.

Das wusste ich schon und sagte es ihm auch, aber das rettete mich nicht. Ich bekam die ganze Geschichte der Bombardierung – ich meine der Zerstörung – des Dorfes zu hören und dass das letzte Todesopfer der Wirt des Polharwith Arms gewesen war, auf seiner eigenen Schwelle durchbohrt vom Schwert eines spanischen Kapitäns, das Blut sei auf den Bürgersteig gespritzt und habe sich hundert Jahre lang nicht mehr abwaschen lassen.

Das alles fügte sich gut in die träumerisch-träge Atmosphäre des Nachmittags. Die Stimme des Mannes war sanft, hatte aber einen seltsam bedrohlichen Unterton. Jenseits seiner fast unterwürfigen Art spürte ich Grausamkeit. Durch ihn wurden mir die Inquisition und die Gräueltaten der Spanier begreiflich.

Während er redete, arbeitete ich weiter und merkte plötzlich, dass ich über der aufregenden Geschichte etwas in meine Skizze hineingezeichnet hatte, was nicht da war. Auf das weiße Stück Bürgersteig vor der Tür des Polharwith Arms, auf das die Sonne fiel, hatte ich Blutflecken gemalt. Erstaunlich, welche Streiche der Kopf der Hand spielen kann, dachte ich, aber als ich wieder zu dem Gasthaus hinsah, erschrak ich erneut. Meine Hand hatte nur das gemalt, was meine Augen sahen – Blutstropfen auf dem weißen Pflaster.

Ein, zwei Minuten sah ich wie gebannt hin, dann machte ich die Augen zu, sagte mir: ›Sei nicht albern, da ist überhaupt nichts‹, und öffnete sie wieder, aber die Blutflecken waren noch da.

Ich hielt es plötzlich nicht mehr aus und unterbrach den Redefluss des Fischers.

›Ich habe ziemlich schlechte Augen. Sind das Blutflecke auf dem Bürgersteig da drüben?‹

Ein gütig-nachsichtiger Blick traf mich.

›Keine Blutflecken heutzutage, Lady. Was ich Ihnen erzählt habe, ist fast fünfhundert Jahre her.‹

›Ja, aber jetzt ... auf dem Bürgersteig ...‹, stotterte ich, dann blieben mir die Worte im Halse stecken. Ich wusste, dass er nicht sehen würde, was ich sah. Ich stand auf und raffte mit zitternden Händen meine Sachen zusammen. In diesem Moment kam der junge Mann, der vormittags mit dem Wagen angekommen war, aus dem Gasthaus. Er sah sich ratlos nach rechts und nach links um. Seine Frau trat auf den Balkon und holte die Badesachen herein. Er ging auf seinen Wagen zu, dann aber schwenkte er ab und lief über die Straße auf den Fischer zu.

›Sagen Sie, guter Mann, wissen Sie zufällig, ob die Dame, die in dem zweiten Wagen kam, schon zurück ist?‹

›'ne Dame in 'nem Kleid mit 'ner Masse Blumen drauf? Nein, hab sie nicht gesehen. Heute Vormittag ist sie über den Klippenweg in Richtung Höhle gelaufen.‹

›Ja, ich weiß. Wir haben dort alle drei gebadet, dann ist sie allein zurückgegangen, und seither habe ich sie nicht mehr gesehen. So lange kann sie unmöglich gebraucht haben. Sind denn die Klippen in dieser Gegend gefährlich?‹

›Kommt drauf an, in welche Richtung man will. Am besten nimmt man einen mit, der sich auskennt.‹

Damit meinte er natürlich sich selbst und machte Anstalten,

das Thema zu vertiefen, aber der junge Mann ließ ihn stehen, lief zurück zum Gasthaus und rief zu seiner Frau auf dem Balkon hoch:

›Hör mal, Margery, Carol ist noch nicht zurück. Merkwürdig, was?‹

Margerys Antwort hörte ich nicht, aber ihr Mann fuhr fort:

›Wir können uns nicht länger hier aufhalten, wir müssen weiter nach Penrithar. Bist du so weit? Ich wende nur noch den Wagen.‹

Gleich darauf fuhren die beiden davon. Inzwischen hatte ich mich innerlich darauf vorbereitet, mir zu beweisen, wie lächerlich meine Hirngespinste waren. Als der Wagen fort war, besah ich mir den Bürgersteig vor dem Gasthaus genau. Natürlich fand ich keine Blutflecken, die waren von Anfang an eine Ausgeburt meiner überhitzten Phantasie gewesen, aber das machte die ganze Sache noch unheimlicher. Ich stand noch da, als ich bemerkte, dass der Fischer mich neugierig musterte.

›Sie haben gedacht, dass hier Blut ist, Lady?‹

Ich nickte.

›Sonderbar, höchst sonderbar. Es gibt hier einen Aberglauben – wenn jemand diese Blutflecken sieht …‹

Er hielt inne.

›Ja?‹, sagte ich.

Er fuhr mit seiner sanften Stimme fort, der man von der Intonation her seine Herkunft aus Cornwall anhörte, die aber keinerlei Dialektanklänge hatte: ›Wenn jemand diese Blutflecken sieht, heißt es, gibt es innerhalb von vierundzwanzig Stunden einen Todesfall.‹

Mir lief es kalt den Rücken herunter.

›In der Kirche hängt eine sehr sehenswerte Gedenktafel. Sie erinnert an einen Todesfall, der …‹, fuhr er fort, als wollte er mich zu einer Besichtigung überreden.

›Nein, danke‹, sagte ich energisch, drehte mich auf dem Absatz um und ging die Straße hoch zu dem Cottage, in dem ich mich eingemietet hatte. Ich war dort gerade angekommen, als ich in einiger Entfernung die Frau, die sich Carol nannte, über den Klippenpfad kommen sah. Sie schien es eilig zu haben. Vor dem Grau der Felsen sah sie aus wie eine giftige scharlachrote Blume. Ihr Hut war blutrot …

Ich schüttelte mich. Offenbar hatte ich nur noch Blut im Kopf.

Später hörte ich das Geräusch ihres Wagens. Ob sie auch nach Penrithar wollte? Nein, sie bog nach links ab, in die Gegenrichtung. Ich sah dem Wagen nach, der den Hügel hochkroch und dann verschwand, und atmete unwillkürlich auf. Rathole lag still und verschlafen da wie zuvor.«

»Wenn das alles ist«, sagte Raymond West, als Joyce innehielt, »liegt für mich der Fall klar auf der Hand: Verdauungsstörungen. Augenflimmern nach dem Essen.«

»Das ist nicht alles«, sagte Joyce. »Sie sollen auch die Fortsetzung hören. Zwei Tage später las ich sie unter der Überschrift ›Badeunfall‹ in der Zeitung. Mrs Dacre, die Frau von Captain Denis Dacre, war vor der Landers Cove ertrunken, die nicht weit vom Dorf Rathole entfernt war. Sie und ihr Mann wohnten dort im Gasthaus und hatten baden gehen wollen, aber der Wind hatte aufgefrischt, und Captain Dacre, dem es zu kalt zum Baden war, hatte sich mit ein paar Bekannten aus dem Gasthaus zum nahe gelegenen Golfplatz begeben. Mrs Dacre jedoch fand es nicht zu kalt und ging allein zur Bucht hinunter. Als sie nicht zurückkam, machte ihr Mann sich Sorgen und ging ihr zusammen mit seinen Bekannten nach. Mrs Dacres Sachen lagen an einem Felsen, von der Unglücklichen aber fehlte jede Spur. Die Leiche wurde erst knapp eine Woche später gefunden, sie war in einiger Entfernung angeschwemmt worden. Die Tote hatte eine tiefe Kopfwunde, die sie sich vor ihrem Tod zugezogen hatte, sie hatte demnach, so die Theorie, einen Kopfsprung ins Wasser gewagt und war mit dem Kopf an einen Felsen gestoßen. Wenn ich es recht verstanden hatte, starb sie vierundzwanzig Stunden, nachdem ich die Blutflecken gesehen hatte.«

»Ich protestiere«, sagte Sir Henry. »Das ist kein rätselhafter Fall, sondern eine Geistergeschichte. Miss Lemprière scheint ein Medium zu sein.«

Mr Petherick ließ sein gewohntes Hüsteln hören.

»Eine Sache gibt mir zu denken«, sagte er, »und das ist jene Kopfwunde. Ich finde, dass wir die Möglichkeit einer Fremdeinwirkung nicht ausschließen dürfen. Allerdings haben wir, soweit ich das sehe, keinerlei Anhaltspunkte. Gewiss, Miss Lemprières Halluzination oder Vision ist interessant, aber ich verstehe noch nicht recht, zu welchem Punkt wir uns äußern sollen.«

»Verdauungsstörungen und Zufall«, sagte Raymond, »und außerdem können Sie nicht sicher sein, ob es dieselben Leute waren. Zudem würde so ein Fluch, oder was es auch war, doch nur die Einwohner von Rathole treffen.«

»Ich habe den Eindruck«, meinte Sir Henry, »dass der unheimliche Seefahrer etwas mit der Geschichte zu tun hat. Andererseits, da gebe ich Mr Petherick recht, hat Miss Lemprière uns kaum Einzelheiten geliefert.«

Joyce sah Dr. Pender an, der nachsichtig den Kopf schüttelte.

»Eine sehr fesselnde Geschichte«, sagte er, »aber ich muss Sir Henry und Mr Petherick zustimmen – es gibt einfach zu wenige Anhaltpunkte.«

Joyce sah fragend zu Miss Marple hinüber, die ihren Blick lächelnd erwiderte.

»Ich finde auch, dass Sie ein wenig unfair sind, Joyce, meine Liebe«, sagte sie. »Natürlich sehe ich das etwas anders. Wir als Frauen erkennen, dass die Kleiderfrage ein wichtiger Anhaltspunkt war. Einen Mann mit dieser Problematik zu konfrontieren ist jedoch unfair. Die vielen raschen Verwandlungen waren wirklich beachtlich. Was für eine schlechte Frau. Und ein noch schlechterer Mann!«

Joyce sah sie mit großen Augen an.

»Tante Jane ... Miss Marple, meine ich ... Ich glaube fast, Sie kennen die Wahrheit.«

»Nun ja, für mich auf meinem behaglichen Sessel ist das natürlich viel leichter zu durchschauen, als es für Sie war, und als Künstlerin sind Sie ja ohnehin anfällig für diese Art von Atmosphäre, nicht wahr? Wenn man mit seinem Strickzeug hier sitzt, sieht man nur die Fakten. Das Blut ist von dem Badeanzug, der auf dem Balkon hing, auf den Bürgersteig getropft. Da es ein roter Badeanzug war, hatten die Täter nicht gemerkt, dass er voller Blutflecken war. Armes Ding, armes junges Ding!«

»Entschuldigen Sie, Miss Marple«, schaltete Sir Henry sich ein, »aber es ist Ihnen hoffentlich klar, dass ich noch immer im Dunkeln tappe, ebenso wie die anderen Herren in unserer Runde. Nur Sie und Miss Lemprière scheinen zu wissen, wovon die Rede ist.«

»Ich will Ihnen jetzt das Ende der Geschichte erzählen«, sagte Joyce. »Ein Jahr später war ich in einem kleinen Badeort an der Ostküste zum Zeichnen, als ich plötzlich das seltsame Gefühl hatte, etwas schon zum zweiten Mal zu erleben. Vor mir auf dem Bürgersteig standen zwei Menschen, ein Mann und eine Frau, die eine dritte Person begrüßten, eine Frau in einem Chintzkleid mit einem Muster aus roten Weihnachtssternen. ›Carol! Aber das gibt es doch gar nicht! Dass wir uns nach so vielen Jahren an diesem abgelegenen Ort wiedertreffen … Du kennst meine Frau noch nicht. Joan, das ist Miss Harding, eine alte Freundin von mir.‹

Den Mann erkannte ich sofort, es war ebenjener Denis, den ich in Rathole gesehen hatte. Die Frau hieß Joan und nicht Margery, aber sie war der gleiche Typ, jung und etwas bieder und sehr unauffällig. Einen Augenblick zweifelte ich an meinem Verstand. Dann fingen sie an, übers Badengehen zu reden, und was meint ihr, was ich gemacht habe? Ich bin schnurstracks zur Polizei gegangen. Wahrscheinlich, dachte ich, halten die mich für völlig durchgedreht, aber das war mir in diesem Augenblick egal. Doch so schlimm kam es dann auch nicht. Auf der Wache war ein Beamter von Scotland Yard, der wegen genau dieser Sache gekommen war. Offenbar – Himmel, wie schrecklich das alles war! – hatte die Polizei Denis Dacre bereits im Verdacht. So hieß er nicht wirklich, er nannte sich unterschiedlich, je nach Anlass. Er machte sich an junge Frauen heran, meist stille, unauffällige Dinger, die kaum Verwandte oder Freunde hatten, er heiratete sie und schloss für sie hohe Lebensversicherungen ab, und dann … Unvorstellbar, das Ganze! Diese Carol war seine richtige Frau, und sie hielten sich immer an denselben Plan. Deshalb haben sie ihn dann auch erwischt – die Versicherungen schöpften Verdacht. Er reiste mit seiner frischgebackenen Ehefrau in einen ruhigen Badeort, dann tauchte die andere Frau auf, und sie gingen zu dritt baden. Seine Ehefrau wurde ermordet, Carol zog ihre Sachen an und fuhr mit ihm im Boot zurück. Im Dorf erkundigten sie sich nach der angeblich verschwundenen Carol, dann fuhren sie los. Außerhalb des Ortes zog Carol schnell wieder ihr auffälliges Kleid an und legte ihr grelles Make-up auf, ging zurück ins Dorf und fuhr mit ihrem eigenen Wagen davon. Sie erkundigten sich vorab stets nach dem Verlauf der Strömung, und der vorgebliche Unfall ereignete sich dann an der dem Dorf nächstgelegenen Badestelle in dieser Richtung.

Als sie die arme Margery umbrachten, muss Blut auf Carols Badeanzug gespritzt sein, und weil er rot war, ist ihnen das, wie Miss Marple sagte, nicht aufgefallen. Aber als sie den Badeanzug auf den Balkon hängten, tropfte er.« Sie schüttelte sich. »Ich sehe es heute noch vor mir.«

»Ja, ich erinnere mich jetzt sehr gut an den Fall«, sagte Sir Henry. »In Wirklichkeit hieß der Mann Davis, ich hatte ganz vergessen, dass einer seiner vielen Decknamen Dacre war. Sie waren ein besonders raffiniertes Paar. Erstaunlich, dass die Verwandlung nirgends aufgefallen ist. Wahrscheinlich ist es wohl so, wie Miss Marple sagt: An Kleider erinnert man sich leichter als an ein Gesicht. Aber es war ein sehr schlauer Plan, denn auch wenn wir Davis verdächtigten, war es nicht einfach, ihm die Verbrechen nachzuweisen, weil er immer ein scheinbar unangreifbares Alibi hatte.«

»Wie machst du das nur, Tante Jane?«, fragte Raymond. »Du führst ein so friedliches Leben, aber offenbar kann dich nichts überraschen.«

»Ich stelle immer wieder fest, wie sehr sich auf der Welt die Dinge ähneln«, sagte Miss Marple. »Wenn ich nur an Mrs Green denke ... Fünf Kinder hat sie begraben – und alle waren sie versichert. Natürlich wird man da argwöhnisch.«

Sie schüttelte den Kopf.

»In einem Dorf gibt es sehr viel Schlechtigkeit. Ich kann euch jungen Leuten nur wünschen, dass ihr nie erkennt, wie schlecht die Welt ist.«

Dreiecksgeschichte auf Rhodos

Kapitel 1

Hercule Poirot saß im weißen Sand und sah auf das glitzernde blaue Wasser hinaus. Er war sorgfältig gekleidet, ganz im Stil eines Dandys, und trug einen weißen Flanellanzug sowie einen großen Panamahut, denn er gehörte zu der altmodischen Generation, die noch daran glaubte, sich gründlich vor der Sonne schützen zu müssen. Miss Pamela Lyall, die neben ihm saß und unablässig redete, war der Inbegriff der modernen Lebensweise – sie bedeckte ihren sonnengebräunten Körper mit dem absoluten Minimum an Kleidung.

Gelegentlich versiegte ihr Redefluss, während sie sich mit einer öligen Flüssigkeit aus einer Flasche, die neben ihr stand, neu eincremte.

Auf der anderen Seite von Miss Pamela Lyall lag ihre Busenfreundin Miss Sarah Blake mit dem Gesicht nach unten auf einem grellbunt gestreiften Handtuch. Miss Blake war absolut makellos gebräunt, was ihr mehr als einmal die missmutigen Blicke ihrer Freundin eintrug.

»Ich bin immer noch so fleckig«, murmelte diese betrübt. »Monsieur Poirot, würde es Ihnen etwas ausmachen? Direkt unter dem rechten Schulterblatt, da komme ich beim Einreiben einfach nicht richtig hin.«

Monsieur Poirot kam ihrer Bitte nach und wischte sich anschließend die fettigen Hände sorgfältig mit dem Taschentuch ab. Miss Lyall, deren Hauptinteresse im Leben der Beobachtung ihrer Mitmenschen und dem Klang ihrer eigenen Stimme galt, redete weiter.

»Was diese Frau angeht, die in dem Chanelkostüm, so habe ich recht gehabt: Es ist wirklich Valentine Dacres, ich meine Chantry. Dachte ich mir doch gleich. Ich habe sie sofort erkannt. Sie ist wirklich phantastisch, oder? Ich meine, ich kann schon verstehen, dass die Leute völlig verrückt nach ihr sind. Und sie erwartet das ganz offensichtlich auch! Das ist schon die halbe Miete. Diese anderen Leute, die gestern Abend ankamen, heißen Gold. Er sieht schrecklich gut aus.«

»Flitterwochen?«, murmelte Sarah mit dumpfer Stimme.

Miss Lyall schüttelte sachverständig den Kopf.

»O nein, dazu sind ihre Kleider nicht neu genug. Frischvermählte erkennt doch ein Blinder mit dem Krückstock! Finden Sie nicht auch, Monsieur Poirot, dass es das Faszinierendste von der Welt ist, Menschen zu beobachten und zu sehen, was man allein dabei über sie in Erfahrung bringen kann?«

»Du beobachtest sie nicht nur, Liebste«, sagte Sarah gutmütig. »Du stellst auch eine Menge Fragen.«

»Mit den Golds habe ich noch kein Wort gesprochen«, erwiderte Miss Lyall mit würdevoller Miene. »Und außerdem verstehe ich nicht, warum man sich nicht für seine Mitmenschen interessieren sollte. Die menschliche Natur ist doch schlichtweg faszinierend. Finden Sie nicht, Monsieur Poirot?«

Diesmal hielt sie lange genug inne, um ihrem Strandnachbarn eine Antwort zu ermöglichen.

Ohne den Blick von dem blauen Wasser abzuwenden, erwiderte Monsieur Poirot: *»Ça dépend.«*

Pamela war entgeistert.

»O Monsieur Poirot! Ich finde, nichts, absolut gar nichts ist so interessant, so – unberechenbar wie ein Mensch.«

»Unberechenbar? Das, nein.«

»O doch, auf jeden Fall. Gerade wenn man denkt, man hat jemanden restlos durchschaut, tut er etwas völlig Unerwartetes.«

Hercule Poirot schüttelte den Kopf.

»Nein, nein, das stimmt nicht. Es passiert äußerst selten, dass jemand eine Tat vollführt, die nicht *dans son caractère* liegt. Letztendlich ist es eintönig.«

»Da stimme ich Ihnen überhaupt nicht zu!«, erklärte Miss Pamela Lyall.

Sie schwieg gut anderthalb Minuten, ehe sie erneut in die Offensive ging.

»Sobald ich Menschen sehe, fange ich an, mir Gedanken über sie zu machen: wie sie so sind, welche Beziehungen sie untereinander haben, was sie denken und fühlen. Das ist, ja, das ist ziemlich spannend.«

»Eher nicht«, entgegnete Hercule Poirot. »Die Natur wiederholt sich öfter, als man annehmen möchte.« Und fügte nachdenklich hinzu: »Das Meer ist unendlich abwechslungsreicher.«

Sarah drehte den Kopf zur Seite und fragte: »Sie glauben, dass Menschen dazu neigen, gewisse Verhaltensmuster zu wiederholen? Und zwar immer wieder die gleichen?«

»Précisément«, sagte Poirot und zeichnete mit dem Finger eine Figur in den Sand.

»Was malen Sie denn da?«, fragte Pamela neugierig.

»Ein Dreieck«, antwortete Poirot.

Pamelas Aufmerksamkeit wurde jedoch abgelenkt.

»Da sind die beiden Chantrys«, sagte sie.

Eine Frau kam den Strand herunter, eine große, sehr selbst- und körperbewusste Frau. Ein kurzes Nicken, ein Lächeln, dann setzte sie sich ein paar Schritte entfernt in den Sand. Der scharlachrot-goldene Seidenumhang glitt von ihren Schultern. Sie trug einen weißen Badeanzug.

Pamela seufzte.

»Hat sie nicht eine wunderschöne Figur?«

Poirot betrachtete jedoch ihr Gesicht – das Gesicht einer Neununddreißigjährigen, die seit ihrem sechzehnten Lebensjahr für ihre Schönheit berühmt war.

Wie alle Welt war auch er nur allzu genau über Valentine Chantry im Bilde. Sie war für vieles berühmt gewesen: für ihre Launen, ihren Reichtum, ihre riesigen saphirblauen Augen, ihre ehelichen Wagnisse und Abenteuer. Sie hatte fünf Ehepartner und unzählige Liebhaber gehabt. Sie war der Reihe nach die Frau eines italienischen Grafen, eines amerikanischen Stahlmagnaten, eines Tennisprofis, eines Rennfahrers gewesen. Von diesen vieren war lediglich der Amerikaner verstorben, den Rest war sie nonchalant vor dem Scheidungsgericht losgeworden. Vor einem halben Jahr hatte sie ein fünftes Mal geheiratet – einen Fregattenkapitän.

Der war es auch, der hinter ihr den Strand heruntergeschritten kam. Stumm, dunkelhaarig, das Kinn kampfeslustig, die Miene mürrisch. Er hatte etwas von einem urzeitlichen Affen.

»Tony, Darling«, sagte sie, »mein Zigarettenetui ... «

Er hielt es schon bereit, gab ihr Feuer, half ihr, die Träger ihres weißen Badeanzugs über die Schultern zu streifen. Mit ausgebreiteten Armen legte sie sich in die Sonne. Er ließ sich neben ihr nieder wie eine Bestie, die ihre Beute bewacht.

»Wissen Sie«, sagte Pamela, die Stimme senkend, gerade leise genug, »die beiden interessieren mich fürchterlich ... Er ist wie ein Tier! So stumm und – irgendwie lauernd. Eine Frau wie sie mag das wahrscheinlich. Muss sich anfühlen, als hielte man einen Tiger im Zaum! Ich möchte wissen, wie lange die Sache Bestand hat. Sie hat diese Kerle immer sehr schnell satt, glaube ich – insbesondere in letzter Zeit. Aber egal, wenn sie versuchen sollte, ihn loszuwerden, könnte er gefährlich werden, denke ich.«

Ein weiteres Pärchen kam – recht schüchtern – den Strand herunter. Es waren die Neuankömmlinge vom Vorabend: Mr und Mrs Douglas Gold, wie Miss Lyall aus dem Gästebuch des Hotels, in das sie Einblick genommen hatte, wusste. Sie kannte auch ihre Vornamen sowie ihr Alter, denn die italienischen Vorschriften verlangten, dass diese Informationen aus den Reisepässen übernommen wurden.

Mr Douglas Cameron Gold war einunddreißig, Mrs Marjorie Emma Gold fünfunddreißig.

Miss Lyalls Steckenpferd war, wie gesagt, das Studium der Menschen. Im Unterschied zu den meisten Engländern war sie in der Lage, Fremde auf der Stelle anzusprechen statt, wie es die britische Gepflogenheit ist, bis zum ersten vorsichtigen Annäherungsversuch zunächst einmal vier bis sieben Tage verstreichen zu lassen. Als sie Mrs Golds leichte Zögerlichkeit und Scheu bemerkte, rief sie ihr daher zu: »Guten Morgen, ist das nicht ein herrlicher Tag heute?«

Mrs Gold war eine kleine Frau, die irgendwie an eine Maus erinnerte. Sie sah nicht schlecht aus, nein, ihre Züge waren regelmäßig und ihr Teint makellos, doch sie trug eine gewisse Verhuschtheit und Biederkeit zur Schau, was leicht dazu führen konnte, dass man sie übersah. Ihr Mann dagegen war ausgesprochen attraktiv, auf fast schon theatralische Art. Hellblondes, gekräuseltes Haar, blaue Augen, breite Schultern, schmale Hüften. Er wirkte eher wie ein junger Mann auf der Bühne als wie ein junger Mann im richtigen Leben, doch sobald er den Mund aufmachte, verblasste dieser Eindruck. Er war absolut natürlich und unaffektiert, vielleicht sogar etwas dümmlich.

Mrs Gold sah Pamela dankbar an und setzte sich ganz in ihre Nähe.

»Wie wunderbar gebräunt Sie sind! Ich komme mir furchtbar kümmerlich vor.«

»Man muss schrecklich viel Mühe aufwenden, um gleichmäßig braun zu werden«, seufzte Miss Lyall. Nach einer kurzen Pause fuhr sie fort: »Sie sind gerade erst angekommen, oder?«

»Ja, gestern Abend. Wir kamen mit dem Dampfschiff Vapo d'Italia.«

»Waren Sie schon einmal auf Rhodos?«

»Nein. Es ist wunderschön hier, nicht?«

Ihr Mann schaltete sich ein: »Schade, dass die Anreise so lange dauert.«

»Ja, wenn es nur näher an England läge ...«

»Ja, aber dann wäre es furchtbar hier«, klang es dumpf von Sarah herüber. »Menschen in Hülle und Fülle, aufgereiht wie Sardinen. Einer neben dem anderen!«

»Das stimmt natürlich«, sagte Douglas Gold. »Ausgesprochen ärgerlich, dass der italienische Wechselkurs momentan so absolut ruinös ist.«

»Es macht eine Menge aus, nicht?«

Die Unterhaltung folgte strikt dem konventionellen Muster. Sie hätte kaum als mitreißend bezeichnet werden können.

Ein Stück weiter den Strand hinunter rekelte sich Valentine Chantry und setzte sich auf. Mit einer Hand hielt sie ihren Badeanzug über der Brust fest.

Sie gähnte – ein herzhaftes und trotzdem anmutiges, katzenartiges Gähnen. Ihr Blick glitt an Marjorie Gold vorbei und blieb nachdenklich auf Douglas Golds blondem Lockenkopf ruhen.

Geschmeidig bewegte sie die Schultern. Dann machte sie den Mund auf, und ihre Stimme war ein klein wenig lauter, als sie hätte sein müssen.

»Tony, Darling, ist sie nicht himmlisch, diese Sonne? Ich muss in früheren Zeiten einmal eine Sonnenanbeterin gewesen sein, meinst du nicht auch?«

Ihr Mann grunzte eine Antwort, die die anderen nicht verstehen konnten.

Valentine Chantry fuhr mit der gleichen hohen, schleppenden Stimme fort: »Zieh doch das Handtuch ein bisschen gerader, ja, Darling?«

Sie gab sich unendlich Mühe, ihren schönen Körper wieder richtig auf dem Handtuch zu drapieren. Inzwischen sah Douglas Gold hinüber. Sein Blick war eindeutig interessiert.

In gedämpfter Tonlage zwitscherte Mrs Gold fröhlich in Miss Lyalls Richtung: »Was für eine schöne Frau!«

Pamela, die genauso gerne Informationen weitergab, wie sie sie entgegennahm, senkte die Stimme ein wenig und erwiderte: »Das ist Valentine Chantry – Sie wissen schon, die ehemalige Valentine Dacres. Ist sie nicht absolut hinreißend? Er ist einfach verrückt nach ihr, lässt sie keine Minute aus den Augen!«

Abermals blickte Mrs Gold den Strand entlang. Dann meinte sie: »Das Meer ist wirklich wunderschön – so blau! Ich finde, wir sollten jetzt reingehen, du nicht, Douglas?«

Er beobachtete noch immer Valentine Chantry und brauchte ein Weilchen für seine Antwort. Einigermaßen entrückt sagte er: »Reingehen? Äh, ja, gleich.«

Marjorie Gold erhob sich und schlenderte zum Wasser.

Valentine Chantry drehte sich ein wenig auf die Seite und sah Douglas Gold direkt an. Ihr scharlachroter Mund verzog sich zu einem leisen Lächeln.

Mr Douglas Golds Nacken errötete leicht.

»Tony, Darling«, sagte Valentine Chantry, »würde es dir etwas ausmachen? Ich hätte gern das kleine Töpfchen Gesichtscreme, das oben auf der Frisierkommode steht. Eigentlich wollte ich es mit runternehmen. Sei ein Engel und hol es mir doch bitte!«

Folgsam erhob sich der Fregattenkapitän und stapfte ins Hotel.

Majorie Gold stürzte sich in die Fluten und rief: »Es ist herrlich, Douglas – so warm! Komm doch auch.«

Pamela Lyall wandte sich an ihn: »Gehen Sie nicht rein?«

Seine Antwort blieb vage: »Ach, ich möchte erst einmal hier so richtig warm werden.«

Valentine Chantry regte sich. Einen Moment lang hob sie den Kopf, als wollte sie ihren Mann zurückrufen, doch er war gerade hinter den Mauern des Hotelgartens verschwunden.

»Ich springe gerne ganz zum Schluss kurz ins Wasser«, erklärte Mr Gold.

Mrs Chantry setzte sich erneut auf. Sie griff nach einem Fläschchen Sonnenöl. Es gab Schwierigkeiten – der Schraubverschluss schien sich ihren Anstrengungen zu widersetzen.

Laut und gereizt sagte sie: »Oje, ich kriege dieses Ding einfach nicht auf!«

Sie blickte zu der Gruppe hinüber.

»Könnte vielleicht …«

Poirot, stets galant, erhob sich, doch Douglas Gold besaß den Vorzug der Jugend und der Gelenkigkeit. Im Nu war er an ihrer Seite.

»Kann ich Ihnen behilflich sein?«

»Oh, vielen Dank …« Wieder diese schmelzende, hohle, schleppende Stimme. »Wirklich nett von Ihnen. Ich stelle mich immer so dumm an, wenn ich einen Verschluss aufschrauben soll – ich scheine ihn jedes Mal falsch herum zu drehen. Oh, Sie haben es geschafft! Vielen herzlichen Dank …«

Hercule Poirot schmunzelte.

Er schlenderte den Strand in der entgegengesetzten Richtung entlang. Er ging nicht sehr weit und ließ sich Zeit. Als er kehrtmachte, kam Mrs Gold aus dem Wasser und gesellte sich zu ihm. Sie war geschwommen. Ihr Gesicht strahlte unter einer durch und durch unvorteilhaften Badekappe hervor.

Völlig außer Atem sagte sie: »Ich liebe die See. Und hier ist es so warm und schön.«

Sie war, erkannte Poirot, eine begeisterte Schwimmerin.

»Douglas und ich«, erklärte sie, »sind ganz verrückt aufs Baden. Er kann stundenlang im Wasser bleiben.«

Bei diesen Worten glitt Hercule Poirots Blick über ihre Schulter zu der Stelle am Strand hinüber, wo der begeisterte Schwimmer Mr Douglas Gold saß und sich mit Valentine Chantry unterhielt.

»Ich verstehe nicht, warum er nicht kommt …«, sagte seine Frau.

In ihrer Stimme schwang eine Art kindliches Erstaunen mit.

Nachdenklich ruhte Poirots Blick auf Valentine Chantry. Andere Frauen hatten zu ihrer Zeit die gleiche Bemerkung gemacht, dachte er.

Neben sich hörte er Mrs Gold scharf einatmen.

»Sie soll ja angeblich sehr attraktiv sein«, sagte sie mit kühler Stimme. »Aber Douglas kann mit diesem Typ Frau gar nichts anfangen.«

Hercule Poirot schwieg.

Mrs Gold stürzte sich erneut in die Fluten.

Mit langsamen, gleichmäßigen Zügen schwamm sie aufs Meer hinaus. Man sah, wie sehr sie das Wasser liebte.

Poirot kehrte zu der Gruppe im Sand zurück.

Sie war inzwischen größer geworden, nämlich um den alten General Barnes, einen Veteranen, der sich in der Regel mit jungen Leuten umgab. Er hatte sich zwischen Pamela und Sarah gesetzt, und Pamela und er waren damit beschäftigt, diverse Skandale mit entsprechenden Ausschmückungen aufzutischen.

Kapitän Chantry war von seinem Botengang zurückgekehrt. Valentine wurde nun von Douglas Gold und ihm eingerahmt.

Sie saß sehr gerade zwischen den beiden und redete. Mit ihrer lieblichen, schleppenden Stimme sprach sie entspannt und gelassen, wandte den Kopf zur einen und dann zur anderen Seite und bezog die beiden Männer so abwechselnd in die Unterhaltung ein.

Gerade kam sie zum Ende einer Anekdote: »… und was, glauben Sie, hat dieser Tor gesagt? ›Das war jetzt vielleicht nur eine Minute, aber ich würde Sie *überall* wiedererkennen, Ma'am!‹ Stimmt's, Tony? Und wissen Sie was, ich fand das so *süß* von ihm. Die Welt ist wirklich sehr freundlich – ich meine, alle sind immer so fürchterlich freundlich zu mir, ich weiß gar nicht, warum, aber sie sind es nun mal. Und dann habe ich zu Tony gesagt – weißt du noch, Darling? –, ich habe gesagt: ›Tony, wenn du ein klitzekleines bisschen eifersüchtig sein möchtest, dann könntest du es auf diesen Portier sein.‹ Denn der war wirklich einfach ein Schatz …«

Es entstand eine Pause, und Douglas Gold sagte: »Nette Kerle, manche dieser Portiers.«

»O ja, aber er hat sich solche Mühe gegeben, wirklich eine

ungeheure Mühe – und schien sich einfach zu freuen, dass er mir behilflich sein konnte.«

»Was nun allerdings überhaupt nicht merkwürdig ist«, meinte Douglas Gold. »Das würde doch jeder für Sie tun, da bin ich mir sicher.«

Erfreut rief sie aus: »Wie nett von Ihnen! Tony, hast du das gehört?«

Kapitän Chantry grunzte.

Seine Frau seufzte: »Tony hält nie schöne Reden, stimmt's, mein Schäfchen?«

Ihre weißen Hände mit den langen roten Fingernägeln wuschelten ihm durchs dunkle Haar.

Plötzlich warf er ihr einen kurzen Blick aus den Augenwinkeln zu.

»Ich weiß wirklich nicht, wie er es mit mir aushält«, murmelte sie. »Er ist einfach fürchterlich clever mit seinem absolut hektischen Hirn – und ich rede die ganze Zeit nur Unsinn, aber er scheint sich nicht daran zu stören. Niemand scheint sich an dem, was ich tue oder sage, zu stören. Alle verwöhnen mich. Das ist sicherlich überhaupt nicht gut für mich.«

Kapitän Chantry sagte an ihr vorbei zu dem anderen Mann: »Ist das da Ihre Frau im Meer?«

»Ja. Schätze, es wird Zeit, dass ich mich dazugeselle.«

»Aber es doch so schön hier in der Sonne«, säuselte Valentine. »Sie dürfen noch nicht ins Wasser gehen. Tony, Darling, ich glaube nicht, dass ich heute tatsächlich baden gehe – nicht gleich am ersten Tag. Vielleicht verkühle ich mich oder so. Aber warum gehst du denn nicht jetzt rein, Tony, Darling? Mr, Mr Gold bleibt derweil hier und leistet mir Gesellschaft.«

»Nein, danke«, erwiderte Chantry ziemlich unwirsch. »Ich geh noch nicht rein. Ihre Frau scheint Ihnen zuzuwinken, Gold.«

»Wie gut Ihre Frau schwimmt«, meinte Valentine. »Sie ist sicher eine von diesen schrecklich effizienten Frauen, die in allem gut sind. Die machen mir immer eine Riesenangst, weil ich spüre, dass sie mich verachten. Ich bin bei allem so fürchterlich unbeholfen, eine absolute Niete, stimmt's, Tony, Darling?«

Abermals grunzte der Fregattenkapitän lediglich.

»Du bist zu nett, um es zuzugeben«, murmelte seine Frau zärtlich. »Männer sind so wunderbar loyal – genau das mag ich an ihnen. Ich finde, Männer sind so viel loyaler als Frauen, und Gemeinheiten sagen sie auch nie. Frauen kommen mir immer ziemlich kleinlich vor.«

Sarah Blake rollte sich auf die Seite und wandte sich Poirot zu.

»Anscheinend ist es ein Zeichen von Kleinlichkeit«, stieß sie zwischen den Zähnen hervor, »auch nur anzudeuten, dass die liebe Mrs Chantry nicht in jeder Hinsicht absolut perfekt ist! Was für ein Schwachkopf diese Frau ist! Ich glaube wirklich, Valentine Chantry ist mit Abstand die schwachköpfigste Frau, die mir je untergekommen ist. Sie bringt nichts anderes zustande, als ›Tony, Darling‹ zu sagen und mit den Augen zu rollen. Ich könnte mir vorstellen, dass sie statt Grips Watte im Kopf hat.«

Poirot zog seine ausdrucksstarken Augenbrauen in die Höhe.

»Un peu sévère!«

»O ja. Verbuchen Sie es als ›hochgradige Bissigkeit‹, wenn Sie mögen. Sie hat auf jeden Fall ihre Methoden! Kann sie denn keinen Mann in Ruhe lassen? Ihr Gatte wirkt absolut geladen.«

Aufs Meer hinausblickend, sagte Poirot: »Mrs Gold schwimmt wirklich gut.«

»Ja, sie ist nicht so wie wir, die nur ungern nass werden. Ich möchte wissen, ob Mrs Chantry jemals ins Wasser gehen wird, solange sie hier ist.«

»Die nicht«, sagte General Barnes mit heiserer Stimme. »Sie wird es nicht riskieren, dass ihr Make-up verwischt. Nicht, dass sie keine gut aussehende Frau wäre, aber selbst sie ist vielleicht ein bisschen in die Jahre gekommen.«

»Sie sieht zu Ihnen herüber, Herr General«, sagte Sarah spitzbübisch. »Und was das Make-up angeht, da irren Sie sich. Wir sind heutzutage alle wasser- und kussfest.«

»Mrs Gold kommt raus«, verkündete Pamela.

»Zarten Knospen folgt er im Wonnemonat Mai«, summte Sarah nach der Melodie eines Kinderliedes. »Seine Frau fängt ihn ein, schon ist alles vorbei – alles vorbei – alles vorbei …«

Mrs Gold kam direkt den Strand hoch. Sie hatte eine recht hübsche Figur, doch ihre schlichte, wasserdichte Badekappe war einfach ein viel zu praktisches Kleidungsstück, um damit noch attraktiv zu wirken.

»Kommst du denn gar nicht, Douglas?«, fragte sie ungeduldig. »Das Meer ist warm und wunderschön.«

»Aber sicher doch.«

Hastig erhob er sich. Er hielt einen Augenblick inne, und Valentine Chantry blickte mit einem freundlichen Lächeln zu ihm hoch.

»Au revoir«, sagte sie.

Gold und seine Frau gingen zum Wasser hinunter.

Sobald sie außer Hörweite waren, sagte Pamela missbilligend: »Wissen Sie, ich glaube nicht, dass das sehr schlau war. Seinen Mann in aller Öffentlichkeit von einer anderen Frau loszueisen ist taktisch immer unklug. Es wirkt so besitzergreifend. Ehemänner können das überhaupt nicht ausstehen.«

»Sie scheinen ja eine Menge von Ehemännern zu verstehen, Miss Pamela«, sagte General Barnes.

»Von denen anderer Leute – nicht von meinen eigenen!«

»Ah, das ist dann natürlich etwas anderes.«

»Ja, aber Herr General, ich habe eine Menge Dinge gelernt, die man lassen sollte.«

»Also, Liebste«, warf Sarah ein, »ich würde schon mal auf gar keinen Fall so eine Kappe tragen …«

»Ist doch etwas sehr Vernünftiges«, meinte der General. »Scheint überhaupt alles in allem eine nette, vernünftige kleine Frau zu sein.«

»Da haben Sie genau ins Schwarze getroffen, Herr General«, sagte Sarah. »Aber Sie wissen auch, dass die Vernunft einer vernünftigen Frau ihre Grenzen hat. Ich habe das Gefühl, wenn es um Valentine Chantry geht, wird sie nicht so vernünftig sein.« Sie wandte den Kopf und flüsterte aufgeregt: »Sehen Sie ihn sich bloß einmal an. Er wirkt restlos geladen. Dieser Mann macht den Eindruck, als hätte er einen fürchterlich jähzornigen Charakter …«

Kapitän Chantry warf dem abziehenden Ehepaar in der Tat auf eine höchst unangenehme Weise gewittrige Blicke hinterher.

Sarah sah zu Poirot empor.

»Und?«, sagte sie. »Wie sehen Sie das Ganze?«

Hercule Poirot antwortete nicht mit Worten, sondern zeichnete mit dem Zeigefinger abermals eine Figur in den Sand. Und zwar die Gleiche wie zuvor: ein Dreieck.

»Die ewige Dreiecksgeschichte«, sagte Sarah nachdenklich. »Vielleicht haben Sie recht. Wenn ja, dann steht uns in den nächsten paar Wochen eine aufregende Zeit bevor.«

Kapitel 2

Monsieur Hercule Poirot war von Rhodos enttäuscht. Er war auf die Insel gekommen, um Urlaub zu machen und sich zu erholen. Insbesondere vom Verbrechen. Ende Oktober, hatte man ihm gesagt, sei Rhodos nahezu menschenleer. Ein friedliches, abgeschiedenes Fleckchen Erde.

An sich stimmte das schon. Die beiden Chantrys, die Golds, Pamela und Sarah, der General und er selbst sowie zwei italienische Ehepaare waren die einzigen Gäste. Doch innerhalb dieses begrenzten Kreises erkannte der scharfsinnige Verstand von Monsieur Poirot bereits die Konturen der Ereignisse, die zwangsläufig auf sie zukommen würden.

Ich bin nun einmal auf Verbrechen gepolt, warf er sich im Stillen vor. Ich habe die Verdauungsstörung! Ich höre die Flöhe husten.

Trotzdem machte er sich Sorgen.

Eines Morgens ging er nach unten und traf auf Mrs Gold, die auf der Terrasse bei einer Nadelarbeit saß.

Als er auf sie zutrat, hatte er den Eindruck, als sehe er kurz ein Batisttaschentuch aufblitzen und dann in Nullkommanichts wieder verschwinden.

Mrs Golds Augen waren trocken, glänzten aber verdächtig. Und auch ihre Art erschien ihm etwas zu fröhlich. Ihre Heiterkeit war eine Spur übertrieben.

»Guten Morgen, Monsieur Poirot«, sagte sie derart überschwänglich, dass Zweifel in ihm aufstiegen.

Er fand, sie könne unmöglich so erfreut über sein Erscheinen sein, wie sie sich zeigte. Schließlich kannte sie ihn kaum. Und obwohl Hercule Poirot, wenn es um seinen Beruf ging, ein eingebildeter kleiner Mann war, so war er bei der Einschätzung seiner persönlichen Reize doch recht bescheiden.

»Guten Morgen, Madame«, erwiderte er. »Und wieder ein herrlicher Tag.«

»Ja, ist das nicht schön? Aber Douglas und ich haben immer Glück mit dem Wetter.«

»Tatsächlich?«

»Ja. Wir haben wirklich überhaupt sehr viel Glück. Wissen Sie, Monsieur Poirot, wenn man so viel Probleme und Unglück sieht und so viele Ehepaare sich scheiden lassen und dergleichen mehr, nun, dann ist man doch sehr dankbar für das eigene Glück.«

»Schön, Sie so etwas sagen zu hören, Madame.«

»Ja. Douglas und ich sind so wunderbar glücklich miteinander. Wir sind seit fünf Jahren verheiratet, wissen Sie, und fünf Jahre sind heutzutage schließlich eine ziemlich lange Zeit ...«

»Ich bezweifle nicht, dass es in manchen Fällen wie eine Ewigkeit anmuten kann, Madame«, warf Poirot trocken ein.

»... aber ich glaube wirklich, dass wir jetzt glücklicher sind als am Anfang unserer Ehe. Sehen Sie, wir passen perfekt zueinander.«

»Das ist natürlich das Allerwichtigste.«

»Deshalb tun mir auch die Leute, die nicht glücklich sind, so leid.«

»Sie meinen ...«

»Ach, das war allgemein gesprochen, Monsieur Poirot.«

»Verstehe, verstehe.«

Mrs Gold nahm einen Seidenfaden zur Hand, hielt ihn gegen das Licht, befand ihn für gut und fuhr fort: »Mrs Chantry zum Beispiel ...«

»Ja, Mrs Chantry?«

»Ich glaube, sie ist überhaupt keine nette Frau.«

»Nein. Nein, vielleicht nicht.«

»Genau genommen bin ich mir völlig sicher, dass sie keine nette Frau ist. Aber in gewisser Weise kann sie einem leidtun. Denn trotz ihres Geldes und ihres guten Aussehens und all dem« – Mrs Golds Finger zitterten so sehr, dass sie die Nadel nicht einfädeln konnte – »ist sie nicht die Art von Frau, an der Männer wirklich festhalten. Sie ist der Typ Frau, glaube ich, den Männer sehr leicht sattbekommen. Meinen Sie nicht auch?«

»Ich persönlich würde die Gespräche mit ihr ganz sicher innerhalb einer alles andere als langen Zeitspanne satthaben«, antwortete Poirot vorsichtig.

»Ja, genau das meine ich. Sie hat natürlich eine gewisse Ausstrahlung ...« Mrs Gold zögerte, ihre Lippen bebten, sie stach unsicher auf ihre Handarbeit ein. Auch ein weniger scharfer Beobachter, als Hercule Poirot es war, hätte ihren Kummer jetzt nicht mehr übersehen können. Übergangslos fuhr sie fort: »Männer sind wie kleine Kinder! Sie glauben einfach alles ...«

Sie beugte sich über ihre Arbeit. Der kleine Streifen Batist kam wieder unauffällig zum Vorschein.

Vielleicht hielt Hercule Poirot es für angebracht, das Thema zu wechseln.

»Sie schwimmen heute Vormittag nicht?«, fragte er. »Und Monsieur, Ihr Mann, ist er unten am Strand?«

Mrs Gold blickte auf, zwinkerte, verfiel wieder in ihr fast schon trotzig-heiteres Gehabe und antwortete: »Nein, heute nicht. Wir hatten vereinbart, um die Festungsmauern der Altstadt zu spazieren. Aber irgendwie haben wir – haben wir uns verpasst. Sie sind ohne mich losgegangen.«

Das Personalpronomen war aufschlussreich, doch bevor Poirot etwas erwidern konnte, kam General Barnes vom Strand herauf und ließ sich neben den beiden in einen Sessel fallen.

»Guten Morgen, Mrs Gold. Guten Morgen, Poirot. Sie haben also heute Morgen Fahnenflucht begangen? Es fehlen so einige: Sie beide sowie Ihr Gatte, Mrs Gold – und Mrs Chantry.«

»Und Kapitän Chantry?«, erkundigte sich Poirot beiläufig.

»O nein, der ist unten. Miss Pamela hat ihn fest im Griff.« Der General kicherte. »Sie findet ihn ein bisschen schwierig! Einer von diesen starken, schweigsamen Männern, von denen man in Romanen liest.«

»Er macht mir ein bisschen Angst, dieser Mann«, sagte Marjorie Gold mit einem leichten Schauder. »Er, er wirkt manchmal so finster. Als wäre er – zu allem fähig!«

»Lediglich Verdauungsstörungen, schätze ich mal«, sagte der General vergnügt. »Die Dyspepsie löst bekanntlich so manch einen Anfall von romantischer Schwermut oder unbezähmbarer Wut aus.«

Marjorie Gold ließ ein höfliches kleines Lächeln erkennen.

»Und wo ist Ihr guter Gatte?«, fragte der General.

Ihre Antwort kam ohne Zögern, mit einer natürlichen, fröhlichen Stimme.

»Douglas? Ach, er ist mit Mrs Chantry in den Ort gegangen. Ich glaube, sie wollen sich die Festungsmauern der Altstadt ansehen.«

»Ha, ja, sehr interessant. Die Ritterzeit und all das. Sie hätten mitgehen sollen, gute Frau.«

»Ich bin leider erst ziemlich spät heruntergekommen.«

Plötzlich stand Mrs Gold mit einer gemurmelten Entschuldigung auf und kehrte ins Hotel zurück.

General Barnes warf ihr einen besorgten Blick hinterher.

»Nette kleine Frau, diese Mrs Gold. Zehnmal mehr wert als diese bepinselten Flittchen. Aber wir wollen jetzt keine Namen nennen! Ha! Was für ein Narr ihr Mann doch ist! Hat keine Ahnung, wie gut er's hat.«

Er schüttelte den Kopf. Dann erhob er sich und ging ebenfalls nach drinnen.

Sarah Blake war gerade vom Strand hochgekommen und hatte die letzten Worte des Generals gehört.

Sie schickte dem abziehenden Krieger eine Grimasse hinterher, warf sich in einen Sessel und meinte: »Nette kleine Frau, nette kleine Frau! Den Hut ziehen Männer vor biederen Frauen gerne, aber wenn's zur Sache geht, gewinnen die aufgetakelten Flittchen mit links! Traurig, aber wahr.«

»Mademoiselle«, sagte Poirot in brüskem Ton. »Mir gefällt das alles überhaupt nicht!«

»Nein? Mir auch nicht. Ach, seien wir ehrlich, wahrscheinlich gefällt es mir doch. Jeder hat eine gemeine Seite, und dann ergötzt man sich plötzlich an Unfällen, öffentlichen Katastrophen und unangenehmen Dingen, die seinen Freunden zustoßen.«

»Wo ist Kapitän Chantry?«, fragte Poirot.

»Am Strand, wo ihn Pamela auseinandernimmt – die sich in diesem Augenblick auch ergötzt, wenn Sie so wollen! –, was seine Laune nicht gerade hebt. Als ich hochkam, war sein Gesicht finster wie eine Gewitterwolke. Da braut sich etwas zusammen, glauben Sie mir.«

»Irgendetwas verstehe ich einfach nicht«, murmelte Poirot.

»Es ist auch nicht leicht zu verstehen«, sagte Sarah. »Die Frage ist allerdings eher, was *passieren* wird.«

Poirot schüttelte den Kopf.

»Sie sagen es, Mademoiselle: Es ist die Zukunft, die Besorgnis auslöst.«

»Was für eine nette Formulierung«, sagte Sarah und ging ins Hotel.

In der Tür stieß sie fast mit Douglas Gold zusammen. Der junge Mann trat ins Freie und wirkte recht zufrieden mit sich, gleichzeitig jedoch auch ein wenig schuldbewusst.

»Hallo, Monsieur Poirot«, sagte er und fügte verlegen hinzu: »Habe Mrs Chantry die Festungsmauern der Kreuzritter gezeigt. Marjorie war nicht danach gewesen, mitzukommen.«

Poirots Augenbrauen gingen leicht in die Höhe, doch selbst wenn er etwas hätte sagen wollen, hätte er keine Zeit für eine Bemerkung gehabt, denn in diesem Moment kam Valentine Chantry nach draußen gerauscht und flötete mit ihrer hohen Stimme: »Douglas, einen Pink Gin, ich brauche definitiv einen Pink Gin!«

Douglas Gold verschwand, um den Drink zu bestellen. Valentine sank neben Poirot in einen Sessel. Sie sah an diesem Vormittag blendend aus.

Als sie ihren Mann und Pamela auf sich zukommen sah, winkte sie ihnen zu und rief: »Hast du schön gebadet, Tony, Darling? Ist es nicht ein himmlischer Vormittag?«

Kapitän Chantry gab keine Antwort. Mit schwungvollen Schritten nahm er die Stufen, ging wortlos und ohne sie eines Blickes zu würdigen an ihr vorbei und verschwand in der Bar.

Die geballten Fäuste an den Seiten betonten seine leichte Ähnlichkeit mit einem Gorilla noch.

Valentine Chantrys perfekter, aber recht dümmlicher Mund klappte auf.

»Oh«, sagte sie einigermaßen ausdruckslos.

Dass sich Pamela Lyall an dieser Situation ergötzte, ließ sich deutlich an ihrer Miene ablesen. Sie verbarg es, so gut es für jemanden mit ihrer Offenherzigkeit möglich war, setzte sich neben Valentine Chantry und erkundigte sich: »Haben Sie einen schönen Vormittag verbracht?«

Als Valentine mit einem »Einfach herrlich. Wir ...« loslegte, stand Poirot auf und schlenderte nun seinerseits in Richtung Bar. Dort wartete Douglas Gold mit rot angelaufenem Gesicht auf den Pink Gin. Er wirkte beunruhigt und wütend.

»Dieser Mann ist ein Tier!«, sagte er zu Poirot. Und deutete mit einem Nicken in Richtung des sich zurückziehenden Kapitäns Chantry.

»Möglich«, erwiderte Poirot. »Ja, durchaus möglich. Aber *les femmes*, sie mögen Tiere, vergessen Sie das nicht!«

»Es würde mich nicht wundern, wenn er sie malträtiert!«, murmelte Douglas.

»Selbst das mag sie wahrscheinlich.«

Douglas Gold starrte ihn verdutzt an, nahm den Pink Gin und ging nach draußen.

Hercule Poirot setzte sich auf einen Barhocker und bestellte ein *sirop de cassis*. Während er mit langen, genüsslichen Seufzern daran nippte, trat Chantry in die Bar und trank in rascher Folge mehrere Pink Gins.

Plötzlich rief er, nicht an Poirot, sondern die Allgemeinheit gerichtet, hitzig: »Wenn Valentine denkt, sie kann mich auf die gleiche Art loswerden wie eine Menge anderer verdammter Narren, hat sie sich aber geschnitten! Sie gehört mir, und ich bin entschlossen, sie zu behalten. Kein anderer Mann kriegt sie – höchstens über meine Leiche!«

Er warf ein paar Münzen auf die Theke, machte auf dem Absatz kehrt und ging hinaus.

Kapitel 3

Drei Tage später fuhr Hercule Poirot zum Berg des Propheten. Es war eine kühle, angenehme Fahrt durch goldgrüne Pinienwälder, durch die sich die Straße in Serpentinen höher und höher wand, bis weit über das kleinliche Gerangel und Gezanke der Menschen hinaus. Vor dem Restaurant hielt der Wagen. Poirot stieg aus und wanderte in den Wald hinein. Schließlich kam er an eine Stelle, wo er wahrhaftig auf dem Dach der Welt zu stehen schien. Weit unter ihm glänzte das tiefblaue Meer.

Hier fand er endlich Frieden – fern von allen Sorgen, hoch über der Welt. Sorgfältig legte Hercule Poirot seinen gefalteten Mantel auf einen Baumstumpf und setzte sich.

Zweifellos weiß *le bon Dieu*, was er tut, sinnierte er. Aber es ist schon seltsam, dass er es sich gestattet hat, gewisse Menschen zu formen. *Eh bien*, hier kann ich diese leidigen Probleme wenigstens für eine Weile hinter mir lassen.

Er schreckte auf. Eine kleine Frau in braunem Mantel und Rock kam auf ihn zugelaufen. Es war Marjorie Gold, und diesmal hatte sie ihre Maske fallen lassen. Ihr Gesicht war tränennass.

Es gab kein Entkommen für Poirot. Schon stand sie vor ihm.

»Monsieur Poirot. Sie müssen mir helfen. Mir ist so elend zumute, ich weiß überhaupt nicht, was ich machen soll! Ach, was soll ich bloß tun? Was soll ich tun?«

Völlig verstört blickte sie ihn an. Ihre Finger klammerten sich an den Ärmel seines Jacketts. Dann sah sie etwas in seinem Gesicht, was ihr Angst machte, und wich zurück.

»Was, was ist denn?«, stotterte sie.

»Sie wollen meinen Rat, Madame? Ist es das, worum Sie mich bitten?«

»Ja ... ja ...«, stammelte sie.

»*Eh bien*, hier haben Sie ihn.« Seine Worte waren knapp und prägnant. »Verlassen Sie sofort diesen Ort – bevor es zu spät ist!«

»Was?«

Sie starrte ihn an.

»Sie haben mich gehört. Verlassen Sie diese Insel.«

»Die Insel verlassen?«

Verblüfft stierte sie ihn an.

»Genau das sage ich Ihnen.«

»Aber warum, warum denn?«

»Das ist mein Rat an Sie – wenn Ihnen Ihr Leben lieb ist!«

Ihr stockte der Atem.

»Oh! Was wollen Sie damit sagen? Sie machen mir Angst, Sie machen mir richtig Angst!«

»Ja«, erwiderte Poirot ernst, »das ist auch meine Absicht.«

Sie sank zu Boden, vergrub ihr Gesicht in beiden Händen.

»Aber das kann ich nicht! Er würde nicht mitkommen! Douglas, meine ich. Sie würde es nicht zulassen. Sie hat Macht über ihn, über seinen Körper und seine Seele. Er will kein Wort gegen sie hören ... Er ist verrückt nach ihr ... Er glaubt alles, was sie ihm sagt: dass ihr Mann sie schlecht behandelt, dass sie ein unschuldiges Opfer ist, dass niemand sie je verstanden hat ... Er denkt schon gar nicht mehr an mich – ich zähle nicht, ich existiere für ihn nicht mehr. Er will, dass ich ihm seine Freiheit gebe, mich von ihm scheiden lasse. Er bildet sich ein, sie wird sich von ihrem Mann scheiden lassen und ihn heiraten. Aber ich fürchte ... Chantry wird sie nicht hergeben. Er ist nicht der Typ dafür. Gestern Abend hat sie Douglas blaue Flecken an ihrem Arm gezeigt, meinte, das sei ihr Mann gewesen. Douglas geriet außer sich. Er ist so ritterlich ... Ach, ich habe solche Angst! Was soll daraus bloß werden? Sagen Sie mir, was ich tun soll!«

Hercule Poirot stand da und blickte über das Wasser zu der blauen Bergsilhouette auf dem asiatischen Festland hinüber.

»Ich habe es Ihnen gesagt. Verlassen Sie die Insel, bevor es zu spät ist ...«

Sie schüttelte den Kopf.

»Das kann ich nicht, das kann ich nicht – es sei denn, Douglas ...«

Poirot seufzte und zuckte mit den Schultern.

Kapitel 4

Hercule Poirot saß mit Pamela Lyall am Strand.

»Die Dreiecksgeschichte nimmt Schwung auf!«, erklärte sie mit einer gewissen Verve. »Gestern Abend saß sie zwischen ihnen – die beiden rahmten sie ein und warfen sich lauernde Blicke zu. Chantry hatte zu viel getrunken. Er war absolut unverschämt zu Douglas Gold. Gold benahm sich sehr gut. Beherrschte sich. Diese Valentine hat's natürlich genossen. Schnurrte wie der männerfressende Tiger, der sie ist. Was, meinen Sie, wird passieren?«

Poirot schüttelte den Kopf.

»Ich habe Angst, sehr große Angst ...«

»Ach, die haben wir alle«, sagte Miss Lyall scheinheilig. Und fügte hinzu: »Diese Sache schlägt genau in Ihr Fach. Oder wird es vielleicht bald. Können Sie denn nichts tun?«

»Ich habe getan, was ich konnte.«

Miss Lyall beugte sich gespannt vor.

»Was haben Sie denn getan?«, fragte sie freudig erregt.

»Ich habe Mrs Gold geraten, die Insel zu verlassen, bevor es zu spät ist.«

»Ohh, äh, Sie glauben also ...« Sie hielt inne.

»Ja, Mademoiselle?«

»Damit rechnen Sie also!«, sagte Pamela langsam. »Aber er kann doch nicht – so etwas würde er nie tun ... Er ist doch in Wirklichkeit sehr nett. Das ist doch alles das Werk von dieser Chantry. Er würde doch nicht, er würde doch ... keinen ...« Sie unterbrach sich und fuhr dann leise fort: »*Mord?* Ist das, ist das wirklich das Wort, das Ihnen durch den Kopf geht?«

»Irgendjemand geht es durch den Kopf, Mademoiselle. Das kann ich Ihnen versichern.«

Plötzlich durchlief Pamela ein Schauder.

»Das glaube ich nicht«, erklärte sie.

Kapitel 5

Die Abfolge der Ereignisse am Abend des 29. Oktobers war eindeutig.

Zunächst einmal gab es eine Szene zwischen den beiden Männern, zwischen Gold und Chantry. Chantrys Stimme wurde lauter und lauter, sodass seine letzten Worte vier Personen mitbekamen:

die Kassiererin am Empfangstresen, der Direktor, General Barnes und Pamela Lyall.

»Sie gottverdammtes Schwein! Wenn Sie und meine Frau denken, dass Sie mir eins auswischen können, dann haben Sie sich aber geschnitten! Solange ich am Leben bin, bleibt Valentine meine Frau.«

Dann war er, mit wutverzerrtem Gesicht, aus dem Hotel gestürmt.

Das war vor dem Dinner. Nach dem Abendessen fand eine Versöhnung statt, obwohl niemand wusste, wie es dazu kam. Marjorie Gold lud Valentine ein, ihr auf einer Mondscheinfahrt im Auto Gesellschaft zu leisten. Pamela und Sarah schlossen sich ihnen an. Gold und Chantry spielten zusammen Billard. Danach gesellten sie sich zu Hercule Poirot und General Barnes, die in der Hotelhalle saßen.

So gut wie zum ersten Mal zeigte sich ein Lächeln in Chantrys Gesicht. Er schien bester Laune zu sein.

»War es ein gutes Spiel?«, fragte der General.

»Dieser Bursche ist zu geschickt für mich!«, sagte der Kapitän. »Hat eine Serie von sechsundvierzig Punkten hintereinander hingelegt.«

Bescheiden spielte Douglas Gold das Kompliment herunter: »Ein Mordsdusel, mehr nicht. Das versichere ich Ihnen! Was trinken Sie? Ich gehe einen Kellner suchen.«

»Für mich einen Pink Gin, danke.«

»Gut. General?«

»Danke. Ich nehme einen Whisky Soda.«

»Ich auch. Und Sie, Monsieur Poirot?«

»Äußerst freundlich von Ihnen. Ich hätte gern einen *sirop de cassis*.«

»Einen *sirop* – bitte was?«

»*Sirop de cassis*. Sirup von schwarzen Johannisbeeren.«

»Oh, ein Likör! Verstehe. Gibt es hier überhaupt so etwas? Ich habe noch nie davon gehört.«

»Ja, gibt es. Aber es ist kein Likör.«

»Klingt nach einem komischen Geschmack«, meinte Douglas Gold lachend. »Aber jedem sein eigenes Gift! Ich gehe dann mal bestellen.«

Kapitän Chantry setzte sich. Obwohl er von Haus aus nicht gesprächig oder gesellig war, gab er sich eindeutig alle Mühe, freundlich zu sein.

»Seltsam, wie man sich daran gewöhnt, ohne jede Nachrichten auszukommen«, sagte er.

»Kann nicht behaupten, dass ich mit der vier Tage alten *Continental Daily Mail* viel anfangen kann«, brummte der General. »Natürlich wird mir die *Times* nachgeschickt und einmal die Woche der *Punch*, aber es dauert verteufelt lange, bis sie hier sind.«

»Möchte wissen, ob es wegen dieser Sache mit Palästina Parlamentswahlen gibt.«

»Die ganze Angelegenheit wurde wirklich schlecht gedeichselt«, erklärte der General genau in dem Augenblick, als Douglas Gold, gefolgt von einem Kellner mit den Drinks, zurückkehrte.

Der General fing mit einer Anekdote von 1905 aus seiner militärischen Karriere in Indien an. Die beiden Engländer hörten höflich, wenn auch ohne großes Interesse, zu. Hercule Poirot nippte an seinem *sirop de cassis*.

Als der General zur Pointe seiner Geschichte kam, lachte die ganze Runde pflichtbewusst.

Dann tauchten die Frauen in der Tür zur Hotelhalle auf. Alle vier schienen bester Laune zu sein und redeten und lachten durcheinander.

»Tony, Darling, es war einfach zu himmlisch«, rief Valentine, als sie sich neben ihm in einen Sessel fallen ließ. »Die phantastischste Idee von Mrs Gold überhaupt. Ihr hättet alle mitkommen sollen!«

»Wie wär's mit einem Drink«, erkundigte sich ihr Gatte.

Fragend blickte er in die Runde.

»Für mich einen Pink Gin, Darling«, erklärte Valentine.

»Gin und Ingwerbier«, meinte Pamela.

»Einen Sidecar«, sagte Sarah.

»In Ordnung.« Chantry erhob sich. Er schob seiner Frau seinen eigenen unberührten Pink Gin zu. »Nimm doch den hier. Ich bestelle mir einen neuen. Und Sie, Mrs Gold?«

Mrs Gold ließ sich gerade von ihrem Mann aus dem Mantel helfen. Lächelnd wandte sie sich um: »Könnte ich bitte eine Orangeade haben?«

»Sehr wohl. Eine Orangeade.«

Er ging zur Tür. Mrs Gold sah ihren Mann mit einem Lächeln an.

»Es war wunderschön, Douglas. Ich wünschte, du wärst dabei gewesen.«

»Ja, ich auch. Wir holen es nach, in Ordnung?« Sie lächelten einander zu.

Valentine Chantry griff nach dem Pink Gin und leerte das Glas in einem Zug.

»Ohh, den brauchte ich jetzt aber«, seufzte sie.

Douglas Gold nahm Marjories Mantel und legte ihn auf eine Polsterbank.

Während er zu den anderen zurückschlenderte, sagte er plötzlich mit scharfer Stimme: »He, was ist denn?«

Valentine Chantry lehnte sich in ihrem Sessel zurück. Ihre Lippen waren blau, eine Hand lag auf ihrem Herzen.

»Ich fühle mich – ziemlich komisch …«

Sie keuchte und rang nach Atem.

Chantry kehrte in die Hotelhalle zurück. Seine Schritte beschleunigten sich.

»He, Val, was ist denn los?«

»Ich, ich weiß nicht … Dieser Drink – hat komisch geschmeckt …«

»Der Pink Gin?«

Chantry wirbelte herum, das Gesicht verzerrt. Er packte Douglas Gold an der Schulter.

»Das war *mein* Drink … Gold, was zum Teufel haben Sie da hineingetan?«

Douglas Gold starrte auf das zuckende Gesicht der Frau in dem Sessel. Er war leichenblass geworden.

»Ich, ich – habe doch nichts … «

Valentine Chantry sank in sich zusammen.

General Barnes rief: »Einen Arzt, schnell … «

Fünf Minuten später war Valentine Chantry tot.

Kapitel 6

Am nächsten Vormittag badete niemand im Meer.

Pamela Lyall, totenbleich und in ein einfaches dunkles Kleid gehüllt, packte Hercule Poirot in der Hotelhalle am Arm und zog ihn in das kleine Schreibzimmer.

»Wie furchtbar!«, sagte sie. »Absolut furchtbar! Sie haben es vorausgesagt. Sie sahen es kommen. Mord!«

Ernst senkte er den Kopf.

»Ach!«, rief sie und stampfte mit dem Fuß auf. »Sie hätten es verhindern müssen! Irgendwie! Es hätte doch verhindert werden können!«

»Und wie?«, fragte Hercule Poirot.

Das ließ sie kurz innehalten.

»Hätten Sie nicht zu jemandem gehen können, zur Polizei … ?«

»Um was genau zu sagen? Was soll man denn sagen – vor der Tat? Dass jemand Mordgedanken hegt? Ich sage Ihnen, *mon enfant*, wenn ein Mensch entschlossen ist, einen anderen Menschen umzubringen … «

»Sie hätten das Opfer warnen können«, sagte Pamela.

»Manchmal sind Warnungen nutzlos.«

»Sie hätten«, sagte Pamela langsam, »den Mörder warnen können, ihm klarmachen können, dass Sie seine Absicht durchschauten … «

Poirot nickte anerkennend.

»Ja, der Plan ist schon besser. Aber selbst dann muss man das Hauptlaster eines Verbrechers einkalkulieren.«

»Und das wäre?«

»Selbstgefälligkeit. Ein Verbrecher glaubt nie, dass sein Verbrechen misslingen könnte.«

»Aber das ist doch absurd, einfach dumm«, rief Pamela. »Die ganze Tat war kindisch! Ich meine, die Polizei hat Douglas Gold doch gestern Abend sofort festgenommen.«

»Ja.« Nachdenklich fügte er hinzu: »Douglas Gold ist ein sehr dummer junger Mann.«

»Unglaublich dumm! Ich habe gehört, dass man den Rest des Giftes ... was war es noch mal?«

»Eine Form von Strophanthin. Ein Herzgift.«

»... dass man den Rest davon tatsächlich in seiner Smokingtasche gefunden hat?«

»Wohl wahr.«

»Unglaublich dumm!«, wiederholte Pamela. »Vielleicht wollte er es ja noch loswerden – und der Schock, dass es die falsche Person erwischt hatte, lähmte ihn. Was für eine bühnenreife Szene! Der Liebhaber schüttet das Strophanthin in das Glas des Ehemannes, und als seine Aufmerksamkeit kurz auf etwas anderes gerichtet ist, trinkt es stattdessen die Ehefrau ... Erinnern Sie sich doch bloß an den gespenstischen Augenblick, als Douglas Gold sich umdrehte und erkannte, dass er die Frau umgebracht hatte, die er liebte ...«

Ihr lief ein kleiner Schauer über den Rücken.

»Ihr Dreieck. Die ewige Dreiecksgeschichte! Wer hätte gedacht, dass es so enden würde?«

»Ich hatte es befürchtet«, murmelte Poirot.

Wieder ging Pamela auf ihn los: »Sie haben *sie* gewarnt – Mrs Gold. Warum haben Sie denn nicht auch ihn gewarnt?«

»Sie meinen, warum habe ich nicht Douglas Gold gewarnt?«

»Nein. Ich meine Kapitän Chantry. Sie hätten ihm sagen können, dass er in Gefahr schwebte – schließlich war er ja das eigentliche Hindernis! Ich bezweifle nicht, dass Douglas Gold sich darauf verließ, seine Frau so unter Druck setzen zu können, dass sie sich von ihm scheiden lassen würde – sie ist eine sanftmütige kleine Frau und mag ihn schrecklich gern. Chantry dagegen ist ein sturer Teufel. Er war fest entschlossen, Valentine nicht freizugeben.«

Poirot zuckte mit den Achseln.

»Mit Chantry zu sprechen hätte nichts genützt«, sagte er.

»Vielleicht nicht«, räumte Pamela ein. »Wahrscheinlich hätte er gesagt, er könne selbst auf sich aufpassen, und hätte Sie zum Teufel geschickt. Aber ich glaube wirklich, *irgendetwas* hätte man unternehmen müssen.«

»Ich dachte daran«, sagte Poirot langsam, »zu versuchen, Valentine Chantry dazu zu überreden, die Insel zu verlassen, aber sie hätte meinen Argumenten keinen Glauben geschenkt. Sie war viel zu dumm, um so etwas zu begreifen. *Pauvre femme*, ihre Dummheit hat sie umgebracht.«

»Ich glaube nicht, dass es von Nutzen gewesen wäre, wenn sie tatsächlich die Insel verlassen hätte«, sagte Pamela. »Er wäre ihr einfach gefolgt.«

»Er?«

»Douglas Gold.«

»Sie glauben, Douglas Gold wäre ihr gefolgt? O nein, Mademoiselle, da liegen Sie falsch – da liegen Sie völlig falsch. Sie haben noch nicht den wahren Sachverhalt erkannt. Wenn Valentine Chantry die Insel verlassen hätte, wäre ihr Mann mit ihr abgereist.«

Paula wirkte verwirrt.

»Ja, natürlich.«

»Und dann, verstehen Sie, wäre die Tat einfach woanders verübt worden.«

»Ich begreife überhaupt nichts mehr.«

»Was ich Ihnen sagen will, ist Folgendes: Die gleiche Tat

wäre anderswo verübt worden – nämlich der Mord an Valentine Chantry durch ihren Ehemann!«

Pamela starrte ihn an.

»Wollen Sie mir etwa weismachen, dass Kapitän Chantry – Tony Chantry – Valentine umgebracht hat?«

»Ja. Sie haben ihm ja dabei sogar zugesehen! Douglas Gold brachte ihm seinen Drink, der dann die ganze Zeit vor ihm stand. Als die Frauen hereinkamen, sahen wir alle quer durch die Halle zu ihnen hinüber. Er hatte das Strophanthin griffbereit, schüttete es in den Pink Gin und schob diesen umgehend höflich seiner Frau zu, die ihn in einem Zug hinunterstürzte.«

»Aber das Tütchen mit dem Strophanthin wurde in Douglas Golds Tasche gefunden!«

»Kinderleicht, es dort hineingleiten zu lassen, als wir uns alle um die sterbende Frau drängten.«

Es dauerte ein ganzes Weilchen, ehe Pamela die Sprache wiederfand.

»Ich verstehe kein Wort davon! Die Dreiecksgeschichte, Sie haben doch selbst gesagt …«

Hercule Poirot nickte lebhaft.

»Ja, ich sprach von einer Dreiecksgeschichte. Aber Sie, Sie dachten dabei nicht an die richtige. Sie ließen sich durch sehr clevere Schauspielerei täuschen! Sie dachten, und das sollten Sie auch denken, dass Tony Chantry und Douglas Gold beide Valentine Chantry liebten. Sie glaubten, und das sollten Sie auch glauben, dass Douglas Gold Valentine Chantry liebte, deren Mann ihr jedoch die Scheidung verweigerte, und dass er daher den verzweifelten Schritt unternahm, Chantry ein starkes Herzgift zu verabreichen, dass aber aufgrund eines fatalen Irrtums Valentine Chantry stattdessen das Gift zu sich nahm. Das ist alles nichts als Lug und Trug. Chantry hat seine Frau schon seit geraumer Zeit beseitigen wollen. Er langweilte sich zu Tode mit ihr, das habe ich von Anfang an bemerkt. Er hatte sie ihres Geldes wegen geheiratet. Jetzt wollte er eine andere Frau heiraten, weshalb er den

Plan fasste, Valentine loszuwerden, ihr Geld jedoch zu behalten. Das erforderte einen Mord.«

»Eine andere Frau?«

»Ja, o ja«, sagte Poirot langsam, »die kleine Marjorie Gold. Es war wirklich die ewige Dreiecksgeschichte! Nur dass Sie sie aus dem falschen Blickwinkel betrachtet haben. Keiner der beiden Männer machte sich das Geringste aus Valentine Chantry. Es waren ihre Eitelkeit und Marjorie Golds sehr clevere Inszenierung, die Sie vom Gegenteil überzeugten! Eine äußerst durchtriebene Frau, diese Mrs Gold, und erstaunlich attraktiv als sittsame Madonna, als armes kleines Ding! Ich habe vier Verbrecherinnen dieses Schlags gekannt: einmal Mrs Adams, die vom Vorwurf des Mordes an ihrem Ehemann freigesprochen wurde, obwohl alle wussten, dass sie schuldig war. Mary Parker hatte eine Tante von sich beseitigt, einen Verehrer und zwei Brüder, ehe sie ein klein wenig leichtsinnig und daher erwischt wurde. Dann war da noch Mrs Rowden, die allerdings tatsächlich gehängt wurde. Und Mrs Lecray entging diesem Schicksal nur um Haaresbreite. Diese Frau hier gehört ganz genau zum gleichen Typ. Ich erkannte es in dem Augenblick, als ich sie das erste Mal sah! Dieser Typ fühlt sich in der Welt des Verbrechens wohl wie ein Fisch im Wasser! Und es war wirklich ein gut geplantes, hübsches Stück Arbeit. Sagen Sie mir bitte, gab es jemals irgendwelche Beweise dafür, dass Douglas Gold in Valentine Chantry verliebt war? Wenn Sie es sich richtig überlegen, wird Ihnen klar, dass alles lediglich auf Mrs Golds vertraulichen Mitteilungen und Chantrys Eifersuchtsanfällen beruhte. Na? Verstehen Sie?«

»Das ist ja entsetzlich«, rief Pamela.

»Die beiden waren ein gerissenes Paar«, erklärte Poirot mit professioneller Distanz. »Sie hatten geplant, sich hier zu ›begegnen‹ und die Tat in Szene zu setzen. Diese Marjorie Gold ist eine kaltblütige Teufelin! Sie hätte ihren armen, unschuldigen Narren von einem Ehemann ohne jegliche Gewissensbisse aufs Schafott geschickt.«

»Aber er wurde doch gestern Abend verhaftet und von der Polizei abgeführt«, rief Pamela.

»Ah, aber danach, da hatte ich, Hercule Poirot, noch eine kleine Unterhaltung mit der Polizei. Es stimmt zwar, dass ich nicht gesehen habe, wie Chantry das Strophanthin ins Glas geschüttet hat. Genau wie alle anderen blickte auch ich auf, als die Damen hereinkamen. Aber von dem Moment an, wo mir klar wurde, dass Valentine Chantry vergiftet worden war, habe ich ihren Mann nicht mehr aus den Augen gelassen. Weshalb ich, verstehen Sie, tatsächlich sehen konnte, wie er das Tütchen mit dem Strophanthin in Douglas Golds Smokingtasche gleiten ließ ...« Mit grimmiger Miene fügte er hinzu: »Ich bin ein guter Zeuge. Mein Name ist recht bekannt. Als die Polizei meine Geschichte hörte, war ihr sofort klar, dass sich die Sache dadurch in einem ganz anderen Licht darstellte.«

»Und dann?«, fragte Pamela fasziniert.

»*Eh bien*, dann hat man Kapitän Chantry ein paar Fragen gestellt. Er hat versucht, es lautstark abzustreiten, aber er ist nicht besonders clever und brach schon bald zusammen.«

»Douglas Gold wurde also auf freien Fuß gesetzt?«

»Ja.«

»Und – Marjorie Gold?«

»Ich hatte sie gewarnt!«, sagte er ernst. »Ja, ich hatte sie gewarnt ... Oben auf dem Berg des Propheten ... Es war die einzige Möglichkeit, die Tat zu verhindern. Ich habe ihr praktisch auf die Nase gebunden, dass ich Verdacht geschöpft hatte. Sie hat mich genau verstanden. Doch sie hielt sich für neunmalklug ... Ich habe ihr geraten, die Insel zu verlassen, wenn ihr ihr Leben lieb sei. Sie entschied sich – zu bleiben ...«

Tod auf dem Nil

Lady Grayle war nervös. Seit dem Augenblick, als sie die *S. S. Fayoum* betrat, beschwerte sie sich über alles. Sie mochte ihre Kabine nicht. Die Morgensonne konnte sie ertragen, die Nachmittagssonne aber nicht. Pamela Grayle, ihre Nichte, räumte hilfsbereit ihre Kabine auf der anderen Bootsseite. Lady Grayle nahm das Angebot nur widerwillig an.

Sie fuhr Miss MacNaughton an, ihre Krankenschwester, weil sie ihr das falsche Halstuch gegeben und ihr kleines Kissen eingepackt hatte, obwohl sie es hatte zu Hause lassen sollen. Sie fuhr ihren Ehemann an, Sir George, weil er ihr gerade die falschen Halsketten gekauft hatte. Sie wollte Lapislazuli, nicht Karneol. George war ein Dummkopf!

Sir George sagte ängstlich: »Entschuldige bitte, mein Schätzchen. Ich gehe zurück und lasse sie umtauschen. Wir haben mehr als genug Zeit.«

Basil West fuhr sie nicht an. Basil war der Privatsekretär ihres Ehemanns. Niemand fuhr Basil an, denn sein Lächeln entwaffnete alle, bevor sie richtig in Fahrt kommen konnten.

Doch am härtesten traf es immer den Dolmetscher – eine beeindruckende und kostspielig gekleidete Person, die sich durch nichts aus der Ruhe bringen ließ.

Als Lady Grayle einen Fremden in einem Korbstuhl entdeckte und erkannte, dass es sich um einen Mitreisenden handelte, ergoss sich ihr Zorn auf den Dolmetscher.

»Man hat mir im Reisebüro eindeutig versprochen, dass wir die einzigen Passagiere wären! Die Saison ist vorbei, und niemand sonst wollte auf diesem Schiff fahren!«

»Das stimmt, Lady«, sagte Mohammed in aller Ruhe. »Nur Sie und Ihre Leute und ein Gentleman, das ist alles.«

»Aber man hat mir gesagt, dass wir unter uns wären.«

»Das stimmt so, Lady.«

»Es stimmt aber nicht! Das war eine Lüge! Was macht der Mann hier?«

»Er kommt später, Lady. Nachdem Sie gekauft haben Tickets. Er diesen Morgen erst entschließen zu fahren.«

»Das ist glatter Betrug!«

»Das stimmt so, Lady; er ist ruhiger Gentleman, sehr nett, sehr ruhig.«

»Sie sind ein Dummkopf! Sie kennen sich doch mit so etwas überhaupt nicht aus. Miss MacNaughton, wo stecken Sie denn? Ah, da sind Sie ja. Ich habe Sie nun schon mehrfach gebeten, in meiner Nähe zu bleiben. Ich könnte ohnmächtig werden. Bringen Sie mich in meine Kabine und geben Sie mir ein Aspirin und lassen Sie Mohammed nicht in meine Nähe. Wenn er weiterhin ›Das stimmt so, Lady‹ sagt, werde ich schreien.«

Miss MacNaughton reichte ihr wortlos den Arm.

Sie war eine groß gewachsene, etwa fünfunddreißigjährige Frau, die auf eine ruhige und zugleich mysteriöse Art schön war. Sie brachte Lady Grayle sicher in ihre Kabine, stützte ihr den Rücken mit Kissen ab, verabreichte ihr ein Aspirin und lauschte dem stetigen Strom an Beschwerden.

Lady Grayle war achtundvierzig. Sie litt seit ihrem sechzehnten Lebensjahr unter der Krankheit, zu viel Geld zu besitzen. Sie hatte den verarmten Baronet, Sir George Grayle, vor zehn Jahren geheiratet.

Sie war eine wohlbeleibte Frau, deren Figur nicht als hässlich bezeichnet werden konnte, aber sie wirkte immer gereizt, und ihr Gesicht war runzelig. Die Unmengen von Make-up, die sie auftrug, betonten nur die Spuren, die Zeit und ein launisches Naturell hinterlassen hatten. Ihre Haare waren mal platinblond, dann wieder hennarot, was zur Folge hatte, dass sie sehr leblos wirkten. Sie war übertrieben angezogen und trug zu viel Schmuck.

»Teilen Sie Sir George mit«, schloss sie ihre Beschwerdeliste, während die schweigende Miss MacNaughton mit ausdruckslosem Gesicht wartete, »teilen Sie Sir George mit, dass er diesen Mann vom Boot schaffen *muss!* Ich brauche meine Privatsphäre. Was ich in der letzten Zeit alles durchmachen musste –« Sie schloss die Augen.

»Jawohl, Lady Grayle«, sagte Miss MacNaughton und verließ die Kabine.

Der Stein des Anstoßes saß immer noch in seinem Deckstuhl. Der Last-Minute-Passagier hatte Luxor den Rücken zugekehrt und starrte über den Nil hinaus zu den fernen Bergen, die sich golden über einer langen dunkelgrünen Linie erhoben.

Miss MacNaughton warf ihm einen schnellen, taxierenden Blick zu, als sie an ihm vorbeiging.

Sie fand Sir George im Salon. Er hielt eine Halskette in der Hand und betrachtete sie sorgenvoll.

»Sagen Sie mir, Miss MacNaughton, glauben Sie, sie wird ihr zusagen?«

Miss MacNaughton sah sich die Lapislazuli kurz an.

»Wirklich sehr hübsch«, sagte sie.

»Glauben Sie, Lady Grayle werden sie gefallen – hm?«

»O nein, das würde ich nicht behaupten, Sir George. Wissen Sie, ihr gefällt *nichts*. Das ist die reine Wahrheit. Übrigens hat sie mich mit einer Nachricht zu Ihnen geschickt. Sie will, dass Sie den zusätzlichen Passagier loswerden.«

Sir George fiel die Kinnlade herunter. »Wie soll ich das denn machen? Was soll ich dem Kerl denn sagen?«

»Natürlich können Sie das nicht.« Elsie MacNaughtons Stimme klang zuvorkommend und freundlich. »Sagen Sie einfach, Sie haben nichts machen können.« Dann fügte sie ermutigend hinzu: »Es wird schon alles gut.«

»Glauben Sie das wirklich, hm?« Sein Gesichtsausdruck war einfach nur mitleiderregend.

Elsie MacNaughtons Stimme wurde noch freundlicher: »Sie dürfen sich diese Dinge nicht zu Herzen nehmen, Sir George. Es hat einfach mit ihrer Gesundheit zu tun, wissen Sie? Nehmen Sie das alles nicht ernst.«

»Halten Sie sie wirklich für so krank, Schwester?«

Ein besorgter Ausdruck huschte über ihr Gesicht. Ihre Stimme klang ein wenig seltsam, als sie antwortete: »Ja, ich – ich bin mit ihrem Zustand nicht zufrieden. Aber bitte machen Sie sich keine Sorgen, Sir George. Das dürfen Sie nicht. Wirklich nicht.« Sie lächelte ihn freundlich an und ging hinaus.

Pamela kam herein und wirkte in ihrer weißen Kleidung kühl und gelangweilt. »Hallo, Onkelchen.«

»Hallo, Pam, mein Schätzchen.«

»Was hast du denn da? Oh, hübsch.«

»Nun, es freut mich, dass es dir gefällt. Meinst du, deine Tante wird das auch so sehen?«

»Sie ist nicht in der Lage, auch nur irgendetwas zu mögen. Ich kann nicht nachvollziehen, warum du diese Frau geheiratet hast, Onkelchen.«

Sir George schwieg. Eine verwirrende Bilderabfolge aus erfolglosen Pferderennen, hartnäckigen Gläubigern und einer wunderschönen, wenn auch recht gebieterischen Frau spielte sich vor seinem geistigen Auge ab.

»Armer alter Kerl«, sagte Pamela. »Ich nehme an, du hattest keine Wahl. Aber sie macht uns beiden das Leben ganz schön zur Hölle, nicht wahr?«

»Aber sie ist doch krank –«, setzte Sir George an.

Pamela unterbrach ihn.

»Sie ist nicht krank! Nicht wirklich. Sie kann immer das tun, was sie tun will. Stell dir vor, als du oben in Assuan warst, da war sie putzmunter. Ich wette mit dir, dass Miss MacNaughton genau weiß, dass sie eine Schwindlerin ist.«

»Ich weiß nicht, was wir ohne Miss MacNaughton machen würden«, sagte Sir George seufzend.

»Sie ist ein ganz tüchtiges Ding«, gab Pamela zu. »Ich habe allerdings nicht so einen Narren an ihr gefressen wie du, Onkelchen. O ja, das hast du! Leugne es nicht. Du glaubst, sie ist wunderbar. Das ist sie auch, in gewisser Weise. Aber sie ist ein stilles Wasser. Ich weiß nie genau, was sie denkt. Zum Glück hat sie das alte Raubtier gut im Griff.«

»Hör mal, Pam, so darfst du nicht über deine Tante sprechen. Zum Kuckuck, sie ist sehr gut zu dir.«

»Ja, sie bezahlt all unsere Rechnungen, nicht wahr? Dafür ist unser Leben aber auch die reine Hölle.«

Sir George wechselte zu einem weniger unangenehmen Thema. »Was machen wir denn jetzt mit dem Kerl, der mit uns auf dem Boot ist? Deine Tante möchte es für sich allein haben.«

»Nun, das kann sie halt nicht«, sagte Pamela kühl. »Der Mann ist respektabel. Sein Name ist Parker Pyne. Ich gehe davon aus, dass er Beamter im Staatsarchiv war – wenn es so was gibt. Das Witzige ist, dass ich den Namen irgendwo schon mal gehört habe. Basil!« Der Sekretär war gerade hereingekommen. »Wo ist mir der Name Parker Pyne schon mal begegnet?«

»Auf der Titelseite der *Times*. Im Kummerkasten«, antwortete der junge Mann sofort. »›Sind Sie glücklich? Wenn nicht, wenden Sie sich an Mr Parker Pyne.‹«

»Niemals! Wie unglaublich lustig! Lass uns ihm auf dem Weg nach Kairo all unsere Sorgen erzählen!«

»Ich habe keine«, sagte Basil West schlicht. »Wir werden den goldenen Nil entlanggleiten und Tempel besuchen«, er schaute rasch zu Sir George, der eine Zeitung zur Hand genommen hatte, »gemeinsam.«

Das letzte Wort hatte er nur geflüstert, doch Pamela hatte es verstanden. Ihre Blicke trafen sich.

»Du hast recht, Basil«, sagte sie leichthin. »Es ist gut, am Leben zu sein.«

Sir George stand auf und ging hinaus. Pamelas Gesicht verdüsterte sich.

»Was ist denn los, meine Süße?«

»Meine inniglich verabscheute angeheiratete Tante –«

»Mach dir keine Sorgen«, sagte Basil schnell. »Welche Bedeutung hat das schon, was sie sich in den Kopf setzt? Widersprich ihr nicht. Du wirst merken«, sagte er lachend, »dass das die perfekte Tarnung ist.«

Der hilfsbereit wirkende Mr Parker Pyne betrat den Salon. Hinter ihm erschien die pittoreske Figur von Mohammed, der seinen Text auswendig gelernt hatte.

»Lady, Gentlemans, wir legen jetzt ab. Auf der rechten Seite werden Sie sehen Tempel von Karnak, in wenigen Minuten. Ich erzähle jetzt Geschichte, wie kleiner Junge für seinen Vater geröstetes Lamm kaufte …«

Mr Parker Pyne wischte sich über die Stirn. Er war gerade von einem Besuch des Tempels von Dendera zurückgekehrt. Der Ritt auf einem Esel war seiner jetzigen Einschätzung nach eine Betätigung, die nicht auf seine Figur ausgerichtet war. Er wollte gerade seinen Kragen entfernen, als sein Blick auf eine Notiz fiel, die auf seinem Frisiertisch lag. Er öffnete sie. Sie lautete wie folgt:

Sehr geehrter Herr,
ich wäre Ihnen zutiefst verbunden, wenn Sie den Tempel von Abydos nicht aufsuchten, sondern auf dem Boot blieben, denn ich würde Sie gerne um einen Rat bitten.
Hochachtungsvoll
Ariadne Grayle

Ein Lächeln zog sich über Mr Parker Pynes breites, freundliches Gesicht. Er griff nach einem Blatt Papier und drehte die Kappe seines Füllfederhalters ab.

Sehr geehrte Lady Grayle (schrieb er),
ich bedaure, Sie enttäuschen zu müssen, aber ich befinde mich im Moment im Urlaub und nehme daher keinerlei Aufträge an.

Er unterzeichnete mit seinem Namen und ließ den Brief von einem Schiffskellner überbringen. Als er sich gerade umgezogen hatte, erhielt er eine weitere Notiz.

Sehr geehrter Mr Parker Pyne,
ich habe Verständnis für die Tatsache, dass Sie sich im Urlaub befinden, aber ich bin bereit, für eine Beratung ein Honorar von einhundert Pfund zu bezahlen.
Hochachtungsvoll
Ariadne Grayle

Mr Parker Pyne runzelte die Stirn. Er klopfte nachdenklich mit seinem Füllfederhalter an seine Zähne. Er wollte Abydos sehen, aber einhundert Pfund waren einhundert Pfund. Und Ägypten war so sündhaft teuer, wie er es sich nicht einmal im Traum hätte vorstellen können.

Sehr geehrte Lady Grayle (schrieb er),
ich werde den Tempel von Abydos nicht besuchen.
Hochachtungsvoll
J. Parker Pyne

Mr Parker Pynes Weigerung, das Boot zu verlassen, war Mohammed Grund genug für große Betrübnis. »Sehr schöner Tempel. Alle meine Gentlemans möchten Tempel sehen. Ich besorge Wagen. Ich besorge Stuhl, und Segler tragen Sie.«

Mr Parker Pyne verweigerte sich seinen reizvollen Angeboten.

Die anderen machten sich auf den Weg.

Mr Parker Pyne wartete auf Deck. Schließlich öffnete sich die Tür zu Lady Grayles Kabine, und die Dame schleppte sich an die frische Luft.

»Was für ein heißer Nachmittag«, merkte sie gnädig an.

»Ich sehe, dass Sie hiergeblieben sind, Mr Pyne. Sehr weise von Ihnen. Wollen wir im Salon einen Tee zu uns nehmen?«

Mr Parker Pyne erhob sich sofort und folgte ihr. Es ist nicht zu leugnen, dass er neugierig geworden war.

Es schien, als ob Lady Grayle einige Schwierigkeiten damit hatte, auf den Punkt zu kommen. Sie kam von Hölzchen auf Stöckchen. Aber am Ende änderte sich ihr Tonfall.

»Mr Pyne, was ich Ihnen gleich erzählen werde, sage ich Ihnen ganz im Vertrauen. Das verstehen Sie doch, nicht wahr?«

»Selbstverständlich.«

Sie hielt kurz inne, atmete tief ein, und Mr Parker Pyne wartete. »Ich möchte wissen, ob mein Ehemann mich vergiftet.«

Was immer auch Mr Parker Pyne erwartete hatte, dies gehörte nicht dazu. Seine Überraschung war ihm deutlich anzusehen. »Das ist ein sehr schwerwiegender Vorwurf, Lady Grayle.«

»Nun, ich bin kein Dummkopf, und ich bin auch nicht von vorgestern. Ich bin schon seit geraumer Zeit misstrauisch. Wann immer George weg ist, geht es mir besser. Das Essen schmeckt mir auf einmal wieder, und ich fühle mich wie ein anderer Mensch. Dafür muss es einen Grund geben.«

»Was Sie sagen, ist eine ernste Angelegenheit, Lady Grayle. Sie müssen sich klarmachen, dass ich kein Polizist bin. Ich bin, wenn Sie es so nennen wollen, ein Spezialist in Herzensangelegenheiten –«

Sie unterbrach ihn. »Ach – und glauben Sie etwa, das lässt mich alles kalt? Ich brauche keinen Polizisten, ich kann auf mich selbst aufpassen, danke schön. Ich will Gewissheit. Ich muss es wissen. Ich bin keine bösartige Frau, Mr Pyne. Ich gehe mit denen anständig um, die mit mir anständig umgehen. Was einmal abgemacht ist, gilt. Ich habe meine Pflichten erfüllt. Ich habe die Schulden meines Ehemanns bezahlt, und ich habe ihn nicht zu knappgehalten, was Geld angeht.«

Mr Parker Pyne beschlich für einen Augenblick tief empfundenes Mitgefühl für Sir George.

»Und was das Mädchen angeht, so habe ich es eingekleidet, auf Partys gehen lassen und alles Mögliche. Ich erwarte einfach nur ein wenig Dankbarkeit.«

»Dankbarkeit lässt sich nicht auf Befehl herbeizaubern, Lady Grayle.«

»Unsinn!«, sagte Lady Grayle. Sie fuhr fort: »Nun, darum geht es also. Finden Sie für mich die Wahrheit heraus? Wenn ich es erst einmal *weiß* –«

Er schaute sie neugierig an. »Wenn Sie es erst einmal wissen, Lady Grayle, was dann?«

»Das ist meine Angelegenheit.« Ihre Lippen wurden zu einem schmalen Strich.

Mr Parker Pyne zögerte einen Augenblick und sagte dann: »Ich bitte um Entschuldigung, Lady Grayle, aber ich habe den Eindruck, dass Sie nicht ganz ehrlich zu mir sind.«

»Das ist absurd. Ich habe Ihnen genau gesagt, was Sie für mich herausfinden sollen.«

»Ja, aber nicht den Grund, *weshalb*.«

Ihre Blicken trafen sich. Sie senkte den Blick zuerst.

»Ich gehe davon aus, dass das augenscheinlich ist.«

»Nein, denn ich bin mir in einem Punkt noch nicht ganz sicher.«

»Und welcher wäre das?«

»Möchten Sie Ihren Verdacht bestätigt oder widerlegt finden?«

»Ich bitte Sie, Mr Pyne.« Die Dame stand auf und zitterte vor Empörung am ganzen Körper.

Mr Parker Pyne nickte sanft mit dem Kopf. »Ja, ja«, sagte er. »Aber das beantwortet nicht meine Fragen, wissen Sie?«

»Oh?« Ihr fehlten anscheinend die Worte. Sie rauschte ab.

Mr Parker Pyne blieb allein zurück und war sehr nachdenklich. Er war so in Gedanken vertieft, dass er merklich zusammenschreckte, als jemand hereinkam und sich ihm gegenüber hinsetzte. Es war Miss MacNaughton.

»Ich nehme an, die anderen sind auch bald zurück«, sagte Mr Parker Pyne.

»Die anderen sind nicht zurück. Ich sagte, ich hätte Kopfschmerzen, und bin allein zurückgekommen.« Sie zögerte. »Wo ist Lady Grayle?«

»Ich nehme an, sie hat sich in ihrer Kabine zur Ruhe gelegt.«

»Oh, dann ist ja alles gut. Ich möchte nicht, dass sie von meiner Rückkehr erfährt.«

»Sie sind also nicht wegen ihr zurückgekehrt, nehme ich an?«

Miss MacNaughton schüttelte den Kopf. »Nein, ich bin zurückgekommen, um mit Ihnen zu sprechen.«

Mr Parker Pyne war überrascht. Er hätte jederzeit und ohne weiteres gesagt, dass Miss MacNaughton ausgesprochen gut in der Lage war, ihre Probleme zu lösen, ohne den Ratschlag anderer einholen zu müssen. Er schien sich getäuscht zu haben.

»Ich habe Sie beobachtet, seitdem Sie an Bord gekommen sind. Ich halte Sie für einen Menschen mit einem beachtlichen Erfahrungsschatz und gutem Urteilsvermögen. Und ich brauche dringend einen Rat.«

»Aber – ich bitte um Entschuldigung, Miss MacNaughton –, Sie sind nicht der Typ, der sich normalerweise Rat sucht. Ich würde Sie für eine Person halten, die sich lieber auf das eigene Urteil verlässt.«

»Normalerweise schon, aber ich befinde mich gerade in einer ungewöhnlichen Situation.« Sie zögerte einen Augenblick. »Ich spreche in der Regel nicht über meine Patienten. Ich denke aber, dass es in diesem Fall notwendig ist. Mr Pyne, als ich mit Lady

Grayle England verließ, war sie ein unkomplizierter Fall. Ehrlich gesagt war sie überhaupt nicht krank. Nun, das stimmt vielleicht nicht ganz. Zu viel Freizeit und zu viel Geld sind die Ursache für einen definitiv pathologischen Zustand. Jeden Tag ein paar Fußböden zu schrubben und fünf oder sechs Kinder großzuziehen hätte aus Lady Grayle eine kerngesunde und wesentlich glücklichere Frau gemacht.«

Mr Parker Pyne nickte zustimmend.

»Als Krankenschwester trifft man auf eine Menge dieser Nervenleiden. Lady Grayle *genoss* ihre schlechte Gesundheit. Meine Aufgabe war es nicht, ihre Leiden zu mindern, sondern so taktvoll wie möglich zu sein – und dabei die Reise, so gut es geht, zu genießen.«

»Sehr vernünftig«, sagte Mr Parker Pyne.

»Aber, Mr Pyne, die Lage ist nicht mehr dieselbe. Die Erkrankung, über die sich Lady Grayle nun beschwert, ist echt und nicht erfunden.«

»Was meinen Sie damit?«

»Ich habe den Eindruck, dass Lady Grayle vergiftet wird.«

»Seit wann haben Sie diese Vermutung?«

»Seit drei Wochen.«

»Verdächtigen Sie jemand Bestimmtes?«

Sie senkte den Blick. Zum ersten Mal mangelte es ihrer Stimme an Ehrlichkeit. »Nein.«

»Ich sage es Ihnen auf den Kopf zu, Miss MacNaughton, dass Sie eine bestimmte Person verdächtigen und dass es sich bei dieser Person um Sir George Grayle handelt.«

»Oh, nein, nein, das kann ich einfach nicht glauben! Er ist so rührend, so kindisch. Er könnte kein eiskalter Giftmörder sein.« In ihrer Stimme schwang große Qual mit.

»Und dennoch haben Sie festgestellt, dass jedes Mal, wenn Sir George abwesend ist, sich die Gesundheit seiner Ehefrau stabilisiert und dass ihre erneute Erkrankung in direktem Zusammenhang mit seiner Rückkehr steht.«

Sie antwortete nicht.

»Welches Gift vermuten Sie? Arsen?«

»Etwas in der Richtung. Arsen oder Antimon.«

»Und welche Maßnahmen haben Sie ergriffen?«

»Ich habe mein Möglichstes getan, um Essen und Getränke von Lady Grayle zu überwachen.«

Mr Parker Pyne nickte. »Glauben Sie, dass Lady Grayle selbst einen Verdacht hegt?«

»Oh, nein, ich bin mir sicher, dass dies nicht der Fall ist.«

»Sie täuschen sich«, sagte Mr Parker Pyne. »Lady Grayle hat *durchaus* einen Verdacht.«

Die Überraschung war Miss MacNaughton anzusehen.

»Lady Grayle ist wesentlich besser in der Lage, ein Geheimnis zu hüten, als Sie vermuten«, sagte Mr Parker Pyne. »Sie ist eine Frau, die durchaus ihre Meinung für sich behalten kann.«

»Das überrascht mich sehr«, sagte Miss MacNaughton langsam.

»Ich möchte Ihnen gerne noch eine Frage stellen, Miss MacNaughton. Glauben Sie, dass Lady Grayle Sie mag?«

»Darüber habe ich nie nachgedacht.«

Sie wurden unterbrochen, als sich die Tür öffnete und Mohammed hereinplatzte. Er strahlte vor Freude, und seine Gewänder umflossen seine Gestalt.

»Lady, sie gehört Sie zurück; sie fragt nach Ihnen. Sie sagt, warum Sie nicht zu ihr kommen?«

Elsie MacNaughton stand eilig auf. Mr Parker Pyne erhob sich ebenfalls.

»Wäre Ihnen ein Gespräch morgen früh recht?«, fragte er.

»Ja, das wäre die beste Zeit. Lady Grayle schläft lange. In der Zwischenzeit werde ich sehr vorsichtig sein.«

»Ich denke, Lady Grayle wird auch vorsichtig sein.«

Miss MacNaughton verschwand.

Mr Parker Pyne sah Lady Grayle nicht mehr bis kurz vor dem Abendessen. Sie rauchte eine Zigarette und verbrannte anscheinend einen Brief. Sie beachtete ihn überhaupt nicht, was ihm bewies, dass sie immer noch beleidigt war.

Nach dem Abendessen spielte er Bridge mit Sir George, Pamela und Basil. Alle schienen ein wenig geistesabwesend, und ihre Spielrunde löste sich schnell wieder auf.

Einige Stunden später wurde Mr Parker Pyne geweckt. Es war Mohammed, der zu ihm gekommen war.

»Alte Lady, sie ist sehr krank. Schwester hat große Angst. Ich versuche, Arzt zu finden.«

Mr Parker Pyne zog sich schnell etwas über. Er erreichte den Türrahmen von Lady Grayles Kabine im selben Augenblick wie Basil West. Sir George und Pamela waren in der Kabine. Elsie MacNaughton kämpfte aufopferungsvoll um ihre Patientin. Als Mr Parker Pyne eintrat, wurde der Körper der armen Frau von einem letzten Krampf geschüttelt. Ihr Körper wand und krümmte sich vor Schmerzen und erstarrte mit einem Mal. Dann fiel sie auf ihre Kissen zurück.

Mr Parker Pyne zog Pamela sanft nach draußen.

»Wie furchtbar«, sagte die junge Frau schluchzend. »Wie furchtbar! Ist sie, ist sie –?«

»Tot? Ja, ich bedaure, es ist vorbei.«

Er übergab sie Basils fürsorglichen Händen. Sir George kam aus der Kabine und wirkte verstört.

»Ich habe nie gedacht, dass sie wirklich krank wäre«, murmelte er. »Keinen Augenblick lang habe ich das gedacht.«

Mr Parker Pyne schob sich an ihm vorbei in die Kabine.

Elsie MacNaughtons Gesicht war kreidebleich und angespannt. »Haben Sie nach einem Arzt geschickt?«, fragte sie.

»Ja.« Dann sagte er: »Strychnin?«

»Ja. Diese Krämpfe sind unverkennbar. Oh, ich kann es einfach nicht fassen.« Sie brach weinend auf einem Stuhl zusammen. Er klopfte ihr auf die Schulter.

Dann schien ihm etwas einzufallen. Er verließ eilig die Kabine und ging zum Salon. Im Aschenbecher fand sich ein kleiner Papierfetzen, der nicht verbrannt war. Nur einige Worte waren zu entziffern:

»Nun, das nenne ich interessant«, sagte Mr Parker Pyne.

Mr Parker Pyne saß im Büro eines bedeutenden Beamten in Kairo. »Also das sind die Beweise«, sagte er nachdenklich.

»Ja, ziemlich vollständig. Der Mann muss ein wahrer Dummkopf gewesen sein.«

»Ich würde Sir George nicht gerade als besonders geistreich bezeichnen.«

»Das ist auch egal!« Der andere fasste zusammen: »Lady Grayle verlangt nach einer Tasse Brühe. Die Krankenschwester macht ihr eine. Dann muss sie einen Schuss Sherry für ihre Brühe haben. Sir George schafft den Sherry herbei. Zwei Stunden später stirbt Lady Grayle an einer Strychninvergiftung, wenn man die unverkennbaren Anzeichen in Betracht zieht. Ein Päckchen Strychnin wird in seiner Kabine gefunden und ein weiteres tatsächlich in der Hosentasche seines Smokings.«

»Sehr gründlich«, sagte Mr Parker Pyne. »Woher stammte das Strychnin, wenn ich fragen darf?«

»Da bestehen noch einige Zweifel. Die Krankenschwester hatte ein wenig bei sich – für den Fall, dass Lady Grayle Herzprobleme bekäme –, aber sie hat sich ein- oder zweimal widersprochen. Zuerst sagte sie, ihr Vorrat wäre unberührt, und jetzt sagt sie, es fehle etwas.«

»Es ist ungewöhnlich für sie, nicht sicher zu sein«, lautete Mr Parker Pynes Kommentar.

»Meiner Meinung nach haben sie das zusammen gemacht. Sie haben eine Schwäche füreinander.«

»Möglich; aber wenn Miss MacNaughton einen Mord geplant hätte, dann hätte sie das wesentlich besser organisiert. Sie ist eine sehr tüchtige junge Frau.«

»Nun, das sind die Fakten. Meiner Meinung nach ist Sir George erledigt. Er hat nicht die geringste Chance.«

»Nun ja«, sagte Mr Parker Pyne, »ich werde sehen, was ich machen kann.«

Er suchte die hübsche Nichte auf.

Pamela war bleich vor Zorn und empört. »Onkelchen hätte so was niemals gemacht – niemals, niemals, niemals!«

»Wer war es dann?«, fragte Mr Parker Pyne ruhig.

Pamela kam ihm näher. »Wissen Sie, was ich denke? *Sie hat es selbst getan.* Sie war in letzter Zeit wirklich sehr seltsam. Sie hat sich Dinge eingebildet.«

»Was für Dinge?«

»Seltsame Dinge. Basil, zum Beispiel. Sie hat immer angedeutet, dass Basil in sie verliebt sei. Und Basil und ich – wir sind –«

»Das ist mir bewusst«, sagte Mr Parker Pyne lächelnd.

»Das mit Basil existierte nur in ihrer Phantasie. Ich glaube, sie hatte das arme alte Onkelchen auf dem Kieker, hat sich die Geschichte ausgedacht und dann Ihnen erzählt. Darum hat sie das Strychnin in seine Kabine und seine Tasche gelegt und sich selbst vergiftet. Es gibt Leute, die so was machen, nicht wahr?«

»Das stimmt«, gab Mr Parker Pyne zu. »Aber ich glaube nicht, dass Lady Grayle das getan hat. Sie war, wenn Sie mir das erlauben, nicht der Typ dafür.«

»Aber diese Einbildungen!«

»Ja, ich möchte Mr West dazu gerne ein paar Fragen stellen.«

Er fand den Mann in seinem Zimmer. Basil beantwortete bereitwillig seine Fragen.

»Ich möchte nicht albern klingen, aber sie war in mich verschossen. Daher durfte ich es auch nicht riskieren, dass sie das mit mir und Pamela herausfand. Sie hätte mich von Sir George feuern lassen.«

»Halten Sie Miss Grayles Theorie für wahrscheinlich?«

»Nun, es wäre schon möglich, denke ich.« Der junge Mann klang nicht überzeugt.

»Aber nicht gut genug«, sagte Mr Parker Pyne leise. »Nein, wir müssen etwas Besseres finden.« Für ein oder zwei Minuten war er in tiefe Meditation versunken. »Ein Geständnis wäre das Beste«, sagte er entschlossen. Er bot ihm seinen Füllfederhalter und ein Blatt Papier an. »Sind Sie so gut und schreiben es?«

Basil West starrte ihn an. »Ich? Was wollen Sie damit sagen?«

»Mein lieber junger Mann«, Mr Parker Pyne klang fast väterlich, »ich weiß alles darüber. Wie Sie mit der netten Dame geschlafen haben. Wie Sie Skrupel bekamen. Wie Sie sich in die hübsche, mittellose Nichte verliebten. Wie Sie Ihren Plan in die Tat umsetzten. Langsame Vergiftung. Es hätte so aussehen können, als ob sie eines natürlichen Todes gestorben wäre, fast wie eine Magendarmentzündung – wenn nicht, dann hätten Sie es Sir George angehängt, denn Sie waren vorsichtig genug, Ihre Angriffe mit seiner Anwesenheit zusammenfallen zu lassen.

Dann Ihre Entdeckung, dass die Dame misstrauisch geworden war und mit mir darüber gesprochen hatte. Eile war geboten! Sie entnahmen aus Miss MacNaughtons Vorrat genügend Strychnin. Schmuggelten etwas davon in Sir Georges Kabine, etwas in seine Tasche und genügend in eine Kapsel für die Lady, die Sie mit dem Hinweis ›Kapsel der Träume‹ versahen. Eine romantische Vorstellung. Sie würde es einnehmen, sobald die Krankenschwester sie verlassen hätte. Niemand würde etwas darüber erfahren. Aber Sie haben einen Fehler gemacht, junger Mann. Es ist nutzlos, eine Dame darum zu bitten, Briefe zu verbrennen. Das tun sie nie. Ich habe alle Briefe, selbst den mit der Kapsel.«

Basil West war im Gesicht grün angelaufen. Sein gutes Aussehen hatte sich in nichts aufgelöst. Er schaute um sich wie eine Ratte in der Falle.

»Hol dich der Teufel!«, knurrte er wütend. »Du weißt also Bescheid. Du verdammter, nerviger Wichtigtuer.«

Mr Parker Pyne wurde vor einem brutalen Angriff durch das Auftauchen der Zeugen gerettet, die er fürsorglich an der halb geöffneten Tür hatte lauschen lassen.

Mr Parker Pyne besprach den Fall erneut mit seinem guten Freund, dem hohen Beamten.

»Und ich hatte nicht den geringsten Beweis! Nur ein praktisch unleserliches Fragment mit ›Verbrenne dies!‹ darauf. Ich habe mir die ganze Geschichte zusammengereimt und an ihm ausprobiert. Es hat funktioniert. Ich war durch Zufall auf die Wahrheit gestoßen. Die Briefe waren der Schlüssel zum Erfolg. Lady Grayle hat jeden noch so kleinen Fetzen ihrer Korrespondenz vernichtet, aber das wusste er nicht.

Sie war wirklich eine sehr ungewöhnliche Frau. Ich war verwirrt, als sie mich aufsuchte. Was ich ihr hatte sagen wollen, war, dass ihr Ehemann sie vergiftete. In diesem Fall wäre sie mit dem jungen West ihrer Wege gezogen. Aber sie wollte ihm gegenüber fair sein. Eine merkwürdige Persönlichkeit.«

»Das arme Mädchen wird ganz schön zu leiden haben«, sagte der andere.

»Sie wird darüber hinwegkommen«, sagte Mr Parker Pyne herzlos. »Sie ist jung. Mir liegt viel daran, dass Sir George noch ein wenig Freude hat, bevor es zu spät ist. Er ist zehn Jahre lang wie der letzte Dreck behandelt worden. Jetzt wird Elsie MacNaughton sehr freundlich zu ihm sein.«

Er strahlte. Dann seufzte er. »Ich überlege mir, inkognito nach Griechenland zu reisen. Ich brauche *dringend* Urlaub.«

Die Straße des Harlekins

Mr Sattersway wusste selbst nicht genau, warum er die Einladung angenommen hatte. Die Denmans gehörten nicht zu den Kreisen, in denen er gewöhnlich verkehrte, weder bewegten sie sich in der großen Welt, noch waren sie Künstler, die Mr Sattersway besonders mochte. Sie waren Philister, und dazu noch langweilige Philister. Mr Sattersway hatte sie in Biarritz kennengelernt und damals ihre Einladung, sie zu besuchen, angenommen. Er hatte sich in ihrem Haus gelangweilt und war doch immer wiedergekommen – wirklich höchst seltsam. Und jetzt war er erneut zu ihnen unterwegs.

Warum? Diese Frage stellte er sich an jenem 21. Juni wieder, während er in seinem Rolls-Royce dahinglitt und sich immer weiter von London entfernte.

John Denman war vierzig Jahre alt, ein solider, angesehener Geschäftsmann. Seine Freunde waren nicht Mr Sattersways Freunde, und seine Gedankenwelt war eine andere. Denman war zwar in seinem Beruf sehr erfolgreich, doch Phantasie besaß er nicht.

Warum fahre ich nur hin? überlegte Mr Sattersway. Und die Antwort, die ihm einfiel, war so seltsam und unglaublich, dass er sie am liebsten verdrängt hätte. Denn der wahre Grund für seinen Besuch war der Umstand, dass ein Zimmer des Hauses – übrigens ein bequemes, gepflegtes Haus – seine Neugier besonders reizte. Es handelte sich um Mrs Denmans Wohnzimmer.

Nicht dass es eine besondere Ausstrahlung besaß. Soweit

Mr Sattersway es beurteilen konnte, besaß Mrs Denman keine Persönlichkeit. Er hatte noch nie eine Frau getroffen, die so farblos war wie sie. Sie war eine gebürtige Russin. John Denman hatte sich beim Ausbruch des Ersten Weltkriegs in Russland aufgehalten und dann bei den russischen Truppen gekämpft. In den Wirren der Revolution wäre er beinahe umgekommen. Er brachte eine Russin nach England mit, ein Flüchtlingsmädchen ohne Geld. Gegen den Willen seiner Eltern hatte er sie geheiratet.

Mrs Denmans Wohnzimmer war in keiner Weise bemerkenswert. Es war solide eingerichtet, mit stabilen Hepplewhite-Möbeln, und besaß eher eine maskuline Note als weiblichen Charme. Nur ein Gegenstand passte nicht zu der übrigen Einrichtung: ein chinesischer Lackwandschirm in hellem Gelb und blassem Rosa. Jedes Museum hätte sich glücklich geschätzt, ihn zu besitzen. Es war ein seltenes und schönes Sammlerstück!

In diesem würdevollen englischen Zimmer wirkte er völlig fehl am Platz. Der Wandschirm hätte der Mittelpunkt eines Raumes sein müssen, um den herum sich alle übrigen Dinge harmonisch gruppierten. Und doch konnte Mr Sattersway den Denmans nicht vorwerfen, sie besäßen keinen Geschmack, denn das übrige Haus war perfekt eingerichtet.

Er schüttelte den Kopf. So unwichtig diese Sache auch war, sie beschäftigte ihn. Nur deshalb kam er wieder und wieder in dieses Haus. Vielleicht war es nur die Laune einer Frau, doch diese Lösung überzeugte ihn nicht. Mrs Denman war eine zu nüchterne Person mit harten Zügen, die so korrekt Englisch sprach, dass kein Mensch sie für eine Ausländerin hielt.

Sein Wagen hielt vor dem Haus, und Mr Sattersway stieg aus, in Gedanken immer noch mit dem chinesischen Wandschirm beschäftigt. Das Anwesen hieß *Ashmead*, hatte fünf Morgen Grund und lag in Melton Heath, einem dreißig Meilen von London entfernt gelegenen Ort, der sich etwa zweihundertfünfzig Meter über dem Meer erhob und zum größten Teil von Leuten bewohnt wurde, die über ein großzügiges Einkommen verfügten.

Der Butler empfing Mr Sattersway sehr zuvorkommend. Mr und Mrs Denman seien nicht da – sie waren bei einer Probe –, und er solle sich ganz wie zu Hause fühlen. Sie seien bald zurück.

Mr Sattersway befolgte den guten Rat und schlenderte durch den Garten. Nachdem er die Blumenbeete inspiziert hatte, spazierte er einen schattigen Weg entlang und stand plötzlich vor einer Pforte, die nicht verschlossen war. Er ging hindurch. Dahinter lag eine schmale Straße.

Mr Sattersway blickte nach rechts und nach links. Es war eine ganz reizende Straße, die nach guter alter Art viele Kurven hatte. Mr Sattersway fiel die Adresse auf der Einladung ein, die ihm seine Gastgeber geschickt hatten: Ashmead, Harlequin's Lane. Ihm fiel auch ein, dass die Bewohner des Ortes noch einen anderen Namen für die Straße hatten. Mrs Denman hatte es ihm einmal erzählt.

»Die Straße des Harlekins«, murmelte Mr Sattersway. »Ich frage mich, ob …« Er bog um eine Kurve.

Später grübelte er darüber nach, warum er nicht erstaunt war, als er plötzlich einem Freund gegenüberstand, einem sehr eigenwilligen Freund: Mr Harley Quin. Die beiden Männer schüttelten sich die Hand.

»Sie sind auch hier!«, rief Mr Sattersway.

»Ja. Ich wohne im selben Haus wie Sie.«

»Sie wohnen dort?«

»Ja. Erstaunt Sie das?«

»Nein«, antwortete Mr Sattersway zögernd. »Nur – Sie bleiben nie lange am gleichen Ort, nicht wahr?«

»Nur so lange, wie es notwendig ist«, erwiderte Mr Quin.

»Ich verstehe.«

Ein paar Minuten gingen sie schweigend weiter.

»Diese Straße …«, begann Mr Sattersway und brach ab.

»Gehört mir«, ergänzte Mr Quin.

»Das dachte ich mir. Irgendwie hatte ich es vermutet. Sie hat noch einen anderen Namen. Die Leute im Ort nennen sie auch Lovers Lane, die Straße der Liebenden. Wussten Sie das?«

Mr Quin nickte. »Vermutlich gibt es in jedem Ort eine solche Straße.«

»Vermutlich.« Mr Sattersway seufzte. Er kam sich plötzlich alt vor, nicht mehr auf dem laufenden, ein kleiner, vertrockneter Kauz.

»Wo wohl die Straße endet?«, fragte er.

»Sie endet – hier«, erwiderte Mr Quin.

Sie hatten die letzte Biegung erreicht. Dahinter lag eine Abfallhalde. Beinah vor ihren Füßen öffnete sich eine große Grube. Dort blitzten Dosen in der Sonne, andere waren so verrostet, dass sich kein Sonnenstrahl mehr in ihnen verfing. Alte Schuhe lagen da, Zeitungen und Papier und Hunderte von anderen Dingen, für die sich kein Mensch mehr interessierte.

»Eine Müllhalde«, rief Mr Sattersway und schnaufte empört.

»Manchmal kann man dort die schönsten Dinge entdecken«, meinte Mr Quin.

»Ich weiß, ich weiß«, sagte Mr Sattersway und zitierte etwas selbstgefällig: »‹Bringt mir die beiden schönsten Dinge in dieser Stadt! sagte Gott. Sie wissen, wie es weitergeht?«

Mr Quin nickte.

Mr Sattersway blickte zu einem eingefallenen kleinen Haus, das am Rand der Grube stand. »Eine nicht besonders schöne Aussicht!«, meinte er.

»Ich glaube, damals war es noch keine Müllgrube«, antwortete Mr Quin. »Soviel ich weiß, wohnten die Denmans nach ihrer Heirat zuerst dort. Als die alten Leute starben, zogen sie in das große Haus. Dann begann man den Steinbruch auszubeuten, und das Haus verfiel.«

Sie wandten sich ab und schlenderten zurück.

»Sicherlich kommen an warmen Sommerabenden viele Liebespaare her«, sagte Mr Sattersway lächelnd.

»Wahrscheinlich.«

»Liebende«, sagte Mr Sattersway. Nachdenklich wiederholte er das Wort, ohne die übliche Verlegenheit, die einen Engländer bei solchen Ausdrücken gewöhnlich befällt. Das lag an Mr Quins Gegenwart.

Der andere nickte, ohne etwas zu erwidern.

»Sie haben Liebenden Kummer erspart, ja, mehr noch, sie vor dem Tod gerettet. Und Sie waren der Anwalt der Toten«, sagte Mr Sattersway.

»Ich glaube, Sie sprechen eher von sich selbst. Was *Sie* getan haben. Nicht, was ich getan habe.«

»Es kommt aufs selbe heraus«, antwortete Mr Sattersway. »Das wissen Sie sehr gut! Sie haben gehandelt – durch mich. Aus irgendwelchen Gründen wollen Sie persönlich nicht offen in Aktion treten.«

»Manchmal tue ich es«, sagte Mr Quin.

In seiner Stimme schwang ein neuer Ton mit. Gegen seinen Willen erschauerte Mr Sattersway ein wenig. Es begann kühl zu werden, fand er. Doch die Sonne stand so hell am Himmel wie vorher.

In diesem Augenblick tauchte eine junge Frau an der nächsten Biegung vor ihnen auf. Sie war sehr hübsch, mit blondem Haar und blauen Augen, sie trug einen rosafarbenen Baumwollrock. Mr Sattersway erkannte sie sofort. Es war Molly Stanwell, der er früher schon begegnet war.

Sie winkte ihnen grüßend zu. »John und Anna mussten wieder weg«, rief sie. »Sie wussten zwar, dass Sie eintreffen, aber sie wollten unbedingt bei der Probe dabei sein.«

»Was wird denn geprobt?«, fragte Mr Sattersway.

»Eine große Maskerade. Ich weiß auch nicht, wie man es richtig nennt. Es wird viel gesungen und getanzt und all so was. Mr Manly – Sie erinnern sich doch an ihn? – hat eine gute Stimme. Er spielt den Pierrot, ich bin Pierrette. Zwei echte Tänzer wurden für die Hauptrollen engagiert – für Harlekin und Kolombine, wissen Sie. Und ein Haufen Mädchen werden tanzen. Lady Roscheimer möchte die Dorfmädchen unbedingt im Singen unterrichten. Sie gibt sich wirklich große Mühe. Die Musik ist ganz nett, aber sehr modern, fast keine richtigen Melodien. Von Claude Wickam. Vielleicht kennen Sie ihn?«

Mr Sattersway nickte. Er kannte viele Leute. Das war mehr oder weniger sein Hobby. Er wusste über das ehrgeizige Genie Claude Wickam Bescheid und auch über Lady Roscheimer, eine dicke Person mit einer Schwäche für junge Männer, die einen Hang zur Kunst hatten. Und er war auch über Sir Leopold Roscheimer informiert, den es freute, wenn seine Frau glücklich war, und dem es nichts ausmachte, wenn sie es auf ihre Weise tat. Eine seltene Eigenschaft bei Ehemännern.

Sie lernten Claude Wickam beim Tee kennen. Er stopfte sich den Mund mit allem voll, was ihm in die Finger geriet, redete ununterbrochen und gestikulierte heftig mit seinen schmalen weißen Händen. Er war kurzsichtig und trug eine dicke Hornbrille.

John Denman, sehr aufrecht, rosig, etwas ölig, lauschte mit gelangweilter Aufmerksamkeit. Wie es Mr Sattersway schien, unterhielt sich Wickam nur mit Denman. Anna Denman saß hinter der Teekanne, wie immer schweigsam und ausdruckslos.

Mr Sattersway warf ihr verstohlen einen Blick zu. Sie war groß, hager, mit schwarzem, in der Mitte gescheiteltem Haar und wettergegerbter Haut, die sich über den hohen Backenknochen spannte. Eine Frau, die viel Zeit im Freien verbrachte und nicht viel für Kosmetika übrig-hatte. Wie eine Holzpuppe, leblos … und trotzdem …

Ja, dachte Mr Sattersway, hinter diesem Gesicht steckt mehr, nur merkt man es nicht. »Wie bitte?«, sagte er zu Claude Wickam. »Was haben Sie eben gesagt?«

Claude Wickam, der sich gern reden hörte, begann noch einmal von vorn. Russland, so meinte er, sei das einzige interessante Land auf dieser Erde. Dort experimentiere man noch. »Ein großartiges Land!«, rief er und stopfte sich ein Sandwich in den Mund. »Nehmen Sie nur das russische Ballett«, fuhr er mit vollem Mund fort. Er erinnerte sich an seine Gastgeberin und wandte sich an sie. Was sie denn vom russischen Ballett halte?

Offensichtlich war die Frage nur als Einleitung zu der wichtigen Überlegung gedacht, was Wickam selbst davon hielt, aber die Antwort seiner Gastgeberin war so ungewöhnlich, dass er den Faden verlor.

»Ich habe es nie gesehen.«

»Wie bitte?« Er starrte sie entgeistert an. »Aber … sicherlich …«

Ihre Stimme war ausdruckslos wie immer. »Vor meiner Heirat war ich Tänzerin. Deshalb …«

»Eulen nach Athen tragen«, sagte ihr Mann.

»Tanzen!« Sie zuckte mit den Achseln. »Ich kenne alle Tricks. Es interessiert mich nicht.«

»Ach!« Es dauerte ein paar Augenblicke, bis Wickam seine Fassung wiedergewann.

»Wenn wir schon von Experimenten sprechen«, sagte Mr Sattersway, »so ist den Russen eines besonders geglückt.«

Claude Wickam wirbelte herum. »Ich weiß, wen Sie meinen!«, rief er. »Sie meinen die Kharsanowa! Die unsterbliche, die einzige Kharsanowa! Haben Sie sie tanzen sehen?«

»Dreimal«, erwiderte Mr Sattersway. »Zweimal in Paris, einmal in London. Ich werde es nie vergessen.«

Er sprach mit fast andächtiger Stimme.

»Ich habe sie auch gesehen«, sagte Wickam. »Ich war erst zehn. Ein Onkel nahm mich mit. Mein Gott! Es ist mir ewig unvergesslich.«

Begeistert warf er ein Stück Kuchen in ein Blumenbeet.

»In einem Berliner Museum steht eine kleine Statue von ihr«, sagte Mr Sattersway. »Sie ist zauberhaft. Diese Zerbrechlichkeit – als könnte man sie mit einem Fingerschnippen zerbrechen. Ich habe sie als Kolombine gesehen, als den sterbenden Schwan.« Er schwieg und schüttelte den Kopf. »Was für eine Begabung. Eine Tänzerin wie sie kommt so schnell nicht wieder. Sie war noch so jung. In den ersten Tagen der Revolution kam sie ums Leben, sinnlos gemordet.«

»Dummköpfe! Verrückte! Affen!«, rief Wickam. Er verschluckte sich an seinem Tee.

»Ich habe mit der Kharsanowa studiert«, sagte Mrs Denman. »Ich erinnere mich noch gut an sie.«

»Sie war wundervoll, nicht wahr?«, sagte Mr Sattersway.

»Ja, ganz wundervoll!«

Dann verabschiedete sich Wickam. Als er verschwunden war, seufzte John Denman erleichtert, worüber seine Frau lachen musste.

Mr Sattersway nickte. »Ich weiß, was Sie denken. Aber trotz allem – die Musik, die der Junge komponiert, ist noch echte Musik.«

»Vermutlich«, antwortete Denman trocken.

»Ganz bestimmt. Wie lange es allerdings dauert, das ist etwas anderes.«

John Denman blickte ihn neugierig an. »Was meinen Sie damit?«

»Er hatte schon so früh Erfolg. Das ist gefährlich. War es immer.« Er sah Mr Quin an. »Finden Sie nicht auch?«

»Sie haben immer recht!«, entgegnete Mr Quin.

»Gehen wir doch in mein Wohnzimmer hinauf«, sagte Mrs Denman. »Es ist so angenehm dort.«

Sie ging ihnen voraus, und die Herren folgten ihr. Mr Sattersway holte tief Luft, als er den chinesischen Wandschirm sah. Da merkte er, dass Mrs Denman ihn beobachtete.

»Sie sind ein Mann, der vieles weiß«, sagte sie und nickte ihm leicht zu. »Was halten Sie von meinem Wandschirm?«

Er fand, dass ihre Frage in gewisser Weise eine Herausforderung war, und deshalb antwortete er nur zögernd, fast stotternd. »Nun, er ist … er ist schön. Mehr noch, er ist einzigartig.«

»Das stimmt«, sagte Denman, der zu ihnen getreten war. »Wir haben ihn bald nach unserer Heirat gekauft. Wir bekamen ihn für ein Zehntel seines Werts, trotzdem – nun, wir haben über ein Jahr daran zu kauen gehabt. Erinnerst du dich, Anna?«

»Ja. Sehr gut.«

»Eigentlich hätten wir ihn damals gar nicht kaufen dürfen. Heute ist das natürlich etwas anderes. Kürzlich war eine sehr interessante Auktion bei *Christie's*. Genau die richtigen Gegenstände, um diesen Raum vollkommen zu machen. Nur chinesische Möbel. Dann hätten wir den ganzen anderen Kram verschwinden lassen können. Ob Sie's glauben oder nicht, Sattersway, meine Frau wollte nichts davon hören.«

»Mir gefällt das Zimmer, wie es ist«, erklärte Mrs Denman.

Ein seltsamer Ausdruck lag auf ihrem Gesicht. Wieder war Mr Sattersway irgendwie beunruhigt. Er blickte um sich und bemerkte zum ersten Mal, dass der Raum völlig unpersönlich war. Keine Fotografien, keine Blumen, kein Nippes. Sicherlich nicht das Zimmer einer Frau. Wenn der schöne Wandschirm nicht gewesen wäre, hätte man es für den Ausstellungsraum eines Möbelhauses halten können.

»Es ist nämlich so«, sagte Mrs Denman und lächelte ihn an, »dass wir diesen Wandschirm nicht nur mit Geld gekauft haben, sondern auch mit Liebe. Ich glaube, Sie verstehen, was ich meine. Weil er so schön und einzigartig war, hatten wir uns in ihn verliebt und verzichteten auf andere Dinge, auf Dinge, die wir eigentlich gebraucht hätten und die uns fehlten. Diese anderen chinesischen Einrichtungsgegenstände, von denen mein Mann sprach, würden wir nur mit Geld kaufen, nicht auch mit unserem Herzen.«

Ihr Mann lachte. »Na, wie du willst«, sagte er mit einer Spur Missbilligung in der Stimme. »Aber es ist so unharmonisch. Das englische Zeug ist auf seine Art ja ganz ordentlich, solide, echt – aber mittelmäßig.«

Sie nickte. »Gute, solide englische Ware«, murmelte sie.

Mr Sattersway starrte sie nachdenklich an. Er glaubte, einen verborgenen Sinn aus ihren Worten herauszuhören. Dieser mit gediegenen englischen Möbeln eingerichtete Raum, dazu der prachtvolle Wandschirm – nein, er kam nicht dahinter.

»Wir begegneten Miss Stanwell«, sagte er, das Thema wechselnd. »Draußen, in der schönen Straße hinter dem Haus. Sie erzählte, dass sie in der Vorstellung von heute Abend die Pierrette spielt.«

»Ja«, erwiderte Mr Denman. »Sie ist hervorragend.«

»Sie bewegt sich zu unbeholfen«, meinte seine Frau.

»Unsinn«, sagte Mr Denman. »Alle Frauen sind gleich, Sattersway. Vertragen es nicht, wenn man eine andere lobt. Molly ist ein hübsches Mädchen, und deshalb redet jede andere Frau schlecht von ihr.«

»Ich sprach vom Tanzen«, erwiderte Mrs Denman. Es klang etwas erstaunt. »Sie ist sehr hübsch, natürlich, doch ihre Füße bewegen sich nicht leicht genug. Du kannst mir da nichts vormachen. Vom Tanzen verstehe ich etwas.«

Mr Sattersway kam Mr Denman taktvoll zu Hilfe. »Wie ich hörte, sollen zwei richtige Balletttänzer herkommen?«

»Ja. Sie tanzen das eigentliche Ballett. Prinz Oranoff bringt sie in seinem Wagen mit.«

»Sergius Oranoff?«

Die Frage kam von Mrs Denman. Ihr Mann sah sie verwundert an.

»Du kennst ihn?«

»Ich habe ihn einmal gekannt – damals in Russland.« Mr Sattersway hatte den Eindruck, dass John Denman beunruhigt war.

»Wird er dich wiedererkennen?«

»Ja, er wird mich wiedererkennen.«

Sie lachte, ein tiefes, fast triumphierendes Lachen. Nichts mehr an ihr erinnerte jetzt noch an eine hölzerne Puppe. Sie nickte ihrem Mann tröstend zu. »Der gute Sergius. Er bringt also die beiden Tänzer her. Er war schon immer am Tanzen interessiert.«

»Ich erinnere mich.«

John Denman schwieg abrupt, drehte sich um und verließ den Raum. Mr Quin folgte ihm. Mrs Denman ging zum Telefon und wählte. Mit einer energischen Geste hielt sie Mr Sattersway zurück, der ebenfalls hinausgehen wollte.

»Könnte ich Lady Roscheimer sprechen? Ach, Sie sind es

selbst. Hier ist Anna Denman. Ist Prinz Oranoff schon eingetroffen? Was? Ach, mein Gott! Wie schrecklich!«

Sie lauschte noch ein paar Augenblicke, dann legte sie auf. Sie wandte sich an Mr Sattersway und sagte:

»Es hat einen Unfall gegeben. So wie Sergius fährt, muss man immer darauf gefasst sein. In all den Jahren hat er sich offensichtlich nicht verändert. Das Mädchen ist nicht sehr verletzt, nur eine Quetschung, und dazu der Schreck. Jedenfalls kann sie heute Abend nicht tanzen. Der Mann hat sich den Arm gebrochen. Sergius selbst ist nichts passiert. Der Teufel kümmert sich immer um seinesgleichen, wie es so schön heißt.«

»Und was ist mit der Aufführung heute Abend?«

»Eben, mein Freund! Es muss etwas geschehen!«

Sie setzte sich und überlegte. Plötzlich blickte sie auf und meinte: »Ich bin eine schlechte Gastgeberin, Mr Sattersway. Ich kümmere mich überhaupt nicht um Sie.«

»Ich versichere Ihnen, es macht mit nichts aus. Obwohl es da eine Sache gibt, Mrs Denman, die ich sehr gern wissen möchte.«

»Ja?«

»Wie sind Sie auf Mr Quin gestoßen?«

»Er ist oft hier«, antwortete sie nachdenklich. »Ich glaube, ihm gehört hier etwas Grund.«

»Das stimmt. Er hat es mir heute Nachmittag selbst erzählt«, erwiderte Mr Sattersway.

»Er ist so …« Sie schwieg. Ihre Blicke trafen sich. »Ich meine, dass Sie ihn viel besser kennen als ich«, schloss sie.

»Ich?«

»Habe ich nicht recht?«

Er war unsicher. Seine friedliche kleine Seele fand sie beunruhigend. Offenbar wollte sie ihn zwingen, mehr zu sagen, als er zu sagen bereit war. Er sollte in Worte fassen, was er nicht einmal sich selbst eingestehen wollte.

»Sie wissen Bescheid«, sagte sie. »Ich glaube, Sie wissen vieles, Mr Sattersway.«

Das war eine Schmeichelei, doch ausnahmsweise beflügelte sie Mr Sattersway nicht. Er schüttelte in ungewohnter Bescheidenheit den Kopf. »Was weiß der Mensch schon?«, sagte er. »So wenig – ach, so wenig!

Sie nickte. Dann nahm sie den Faden wieder auf und sagte in seltsam bedrücktem Ton:

»Angenommen, ich erzähle Ihnen ein Geheimnis – würden Sie mich auslachen? Nein, Sie würden es nicht tun. Angenommen also, dass man zu seiner Phantasie Zuflucht nimmt, um …«, sie schwieg einen Augenblick, »… um weiterarbeiten, weiterleben zu können. Dass man sich etwas einredet, das es in Wahrheit gar nicht gibt, dass man sich eine gewisse Person erträumt … Sie verstehen, man macht sich etwas vor, nichts weiter. Doch eines Tages …«

»Ja?«, ermunterte Mr Sattersway sie. Er war höchst neugierig.

»Eines Tages bewahrheitet sich der Traum. Alles, was man sich in seiner Phantasie vorgestellt hatte, das Unmögliche, das Unglaubliche … wurde wahr! Ist das Wahnsinn? Sagen Sie es mir, Mr Sattersway! Ist das Wahnsinn, oder glauben Sie auch an so etwas?«

»Ich …« Seltsam, dass er nicht imstande war, etwas zu erwidern. Die Worte schienen ihm in der Kehle stecken zu bleiben.

»Verrückt«, sagte Mrs Denman. »Völlig verrückt!«

Sie rauschte aus dem Zimmer und ließ Mr Sattersway mit seinem unausgesprochenen Glaubensbekenntnis allein zurück.

Als Mr Sattersway zum Abendessen hinunterkam, unterhielt sich Mrs Denman mit einem anderen Gast, einem großen dunkelhaarigen Mann mittleren Alters. Sie machte ihn sogleich mit ihm bekannt: »Prinz Oranoff – Mr Sattersway.«

Die beiden Männer verbeugten sich. Mr Sattersway hatte den Eindruck, dass er durch sein Erscheinen ein Gespräch unterbrochen hatte, das nun nicht wieder aufgenommen wurde. Doch nichts deutete auf irgendwelche Spannungen hin. Der Russe unterhielt sich mit Mr Sattersway über Themen, die diesem besonders am Herzen lagen. Er war ein Mann von feinem Kunstverstand, und sie stellten bald fest, dass sie viele gemeinsame Freunde besaßen. John Denman trat zu ihnen, und Oranoff drückte sein Bedauern über den Autounfall aus.

»Es war nicht meine Schuld. Zwar liebe ich die Geschwindigkeit, aber ich bin ein guter Fahrer. Es war Schicksal – oder Zufall.« Er zuckte die Achseln. »Man kann nichts dagegen machen.«

»Da spricht der Russe aus Ihnen, Sergius«, sagte Mrs Denman.

»Verwandte Seelen, Anna«, sagte er schlagfertig.

Mr Sattersway blickte sie der Reihe nach an. John Denman, hellhäutig, sicher, englisch, und die beiden anderen, dunkel, schlank, sich seltsam ähnlich. In seiner Erinnerung begann es sich zu regen – was war es noch? Ach, ja! Jetzt fiel es ihm wieder ein: der erste Akt der *Walküre*. Sigmund und Sieglinde – so ähnlich – und der fremde Hunding. Seine Gedanken schweiften ab. War deshalb Mr Quin hier? Denn an eines glaubte er ganz fest: Wo immer Mr Quin auftauchte, war eine menschliche Tragödie nicht fern. Oder war dies hier nichts weiter als die übliche Dreiecksgeschichte?

Irgendwie war er enttäuscht. Er hatte sich mehr erhofft.

»Was hast du unternommen, Anna?«, fragte Denman. »Sicherlich wird die Vorstellung abgesagt. Ich hörte dich mit der Roscheimer telefonieren.«

Sie schüttelte den Kopf. »Nein, das ist nicht nötig.«

»Aber ohne Ballett geht es doch nicht?«

»Natürlich kann man ohne Harlekin und Kolombine kein komisches Stück aufführen«, stimmte ihm seine Frau trocken zu. »Ich tanze die Kolombine.«

»Du?« Er war erstaunt und beunruhigt, wie Mr Sattersway schien. Sie nickte würdevoll. »Keine Angst, John, ich mache dir keine Schande. Du vergisst, dass es einmal mein Beruf war.«

Was für eine seltsame Sache das doch mit einer Stimme ist, dachte Mr Sattersway. Man kann etwas ausdrücken oder weglassen, obwohl man es sagt …

»Na ja«, meinte John Denman nicht sehr begeistert. »Das löst das halbe Problem. Wo willst du einen Harlekin finden?«

»Ich habe ihn schon gefunden – dort.«

Sie deutete auf die Tür, in der Mr Quin eben aufgetaucht war. Mr Quin lächelte sie an.

»Guter Gott, Quin!«, rief Denman. »Hatten Sie von der ganzen Sache eine Ahnung? Ich hätte mir so etwas nicht im Traum einfallen lassen.«

»Ein Fachmann verbürgt sich für Mr Quin«, sagte seine Frau. »Mr Sattersway wird dir die Antwort darauf geben.«

Mrs Denman nickte Mr Sattersway zu, der zu seiner Verblüffung plötzlich murmelte: »O ja, ich – ich bürge für ihn.«

Mr Denman wandte seine Aufmerksamkeit einem andern Thema zu. »Nach der Aufführung findet ein Maskenball statt. Ein großer Blödsinn. Wir werden Sie ordentlich ausstaffieren müssen, Mr Sattersway.«

Mr Sattersway schüttelte energisch den Kopf. »Mein Alter wird mich entschuldigen«, antwortete er. Dann fiel ihm etwas ein. »Man gebe mir eine Serviette! Ich klemme sie mir unter den Arm und spiele einen ältlichen Ober, der mal bessere Tage gesehen hat.«

Er lachte.

»Ein interessanter Beruf«, meinte Mr Quin. »In dem man viel erlebt.«

»Ich soll mich als Pierrot verkleiden«, bemerkte Denman düster. »Auf jeden Fall werde ich nicht schwitzen. Wie steht's mit Ihnen?« Er blickte Oranoff an.

»Ich habe ein Harlekinkostüm«, erwiderte der Russe. Sein Blick wanderte kurz zu seiner Gastgeberin hinüber.

Mr Sattersway glaubte für einen Augenblick, eine gewisse Spannung zwischen den beiden zu spüren.

»Beinahe wären wir zu dritt gewesen«, sagte Denman und lachte. »Meine Frau hat mir mal ein solches Kostüm genäht, als wir gerade verheiratet waren, zu irgendeinem Anlass, den ich vergessen habe.« Er sah an sich hinunter. »Ich glaube nicht, dass ich heute noch hineinpasse.«

»Heute nicht mehr«, sagte seine Frau. Wieder lag eine seltsame Betonung in ihren Worten. Sie sah auf die Uhr. »Wenn Molly nicht bald kommt, können wir nicht länger warten.«

In diesem Augenblick erschien sie. Sie trug bereits ihr weißgrünes Narrenkostüm und sah darin ganz reizend aus, wie Mr Sattersway fand.

Sie war sehr aufgeregt über ihren bevorstehenden Auftritt. »Ich bin schrecklich nervös!«, verkündete sie, während sie nach dem Essen Kaffee tranken. »Meine Stimme wird unsicher klingen, und vermutlich habe ich den ganzen Text vergessen.«

»Ihre Stimme ist sehr hübsch«, sagte Mrs Denman. »Ich würde mir an Ihrer Stelle deswegen keine Sorgen machen.«

»O doch! Wegen dem andern habe ich keine Angst. Ich meine, wenn's ums Tanzen geht. Das klappt schon. Mit den Füßen kann man nicht viele Fehler machen, finde ich, nicht wahr?«

Sie blickte Mrs Denman bittend an, doch diese reagierte nicht darauf, sondern meinte: »Singen Sie etwas für Mr Sattersway. Es wird Ihnen das Lampenfieber nehmen.«

Molly ging zum Flügel. Mit frischer, heller Stimme sang sie eine alte irische Ballade:

»Sheila, schöne Sheila, was siehst du?
was siehst du, was siehst du im Feuer?
Ich sehe einen Burschen, der mich liebt,
und ich sehe einen Burschen, der mich verlässt.
Und einen andern, einen Mann im Schatten,
der mir Kummer macht.«

Dann war das Lied zu Ende, und Mr Sattersway nickte begeistert.

»Mrs Denman hat recht: Ihre Stimme ist wundervoll. Vielleicht noch nicht fertig ausgebildet, aber so natürlich, voll jugendlichem Charme!«

»Das finde ich auch«, pflichtete Mr Denman ihm bei. »Nur keine Aufregung, Molly. Sie brauchen wirklich kein Lampenfieber zu haben! Jetzt brechen wir wohl am besten auf.«

Man trennte sich, um die Mäntel zu holen. Es war eine herrliche Nacht, und es wurde beschlossen, zu Fuß zu gehen. Der Besitz der Roscheimers lag nur ein paar hundert Meter die Straße hinunter … Mr Sattersway blieb bei seinem Freund stehen. »Seltsam«, sagte er, »bei dem Lied musste ich an Sie denken. Der andere Mann, der Mann im Schatten – das klingt nach einem Geheimnis, und wo es ein Geheimnis gibt, da denke ich sofort … nun, da muss ich sofort an Sie denken.«

»Bin ich denn so geheimnisvoll?«, fragte Mr Quin. Mr Sattersway nickte nachdrücklich. »Ja, das sind Sie! Bis heute Abend hatte ich zum Beispiel keine Ahnung, dass Sie ein Tänzer sind.«

»Ach, wirklich?«

»Hören Sie doch!«, sagte Mr Sattersway und summte das Liebesmotiv aus der *Walküre*. »Das ging mir während des ganzen Abends ständig im Kopf herum, wenn ich die beiden ansah.«

»Wen?«

»Prinz Oranoff und Mrs Denman. Merken Sie nicht, wie anders sie ist? Als hätte sich ein Laden geöffnet, ein Fensterladen, und man könnte ins Innere blicken.«

»Ja. Vielleicht haben Sie recht.«

»Immer das gleiche alte Lied, was? Die beiden gehören zusammen. Sie stammen aus der gleichen Welt, denken die gleichen Gedanken, träumen die gleichen Träume. Man versteht ja, wie es dazu kam. Vor zehn Jahren muss Denman sehr gut ausgesehen haben, ein junger, prächtiger Mann, wie ein Romanheld. Und er rettete ihr das Leben. Alles ganz normal. Aber heute – was ist er heute? Ein netter Kerl, erfolgreich, wohlhabend und – offen gestanden – durchschnittlich. Aus gutem englischem Holz, beinahe wie die Möbel in ihrem Wohnzimmer. So englisch und durchschnittlich wie das hübsche Mädchen mit seiner frischen Stimme. Ja, Sie mögen lächeln, Mr Quin, aber Sie können das nicht leugnen.«

»Das tue ich auch nicht. Was Sie sagen, trifft den Kern genau. Trotzdem ...«

»Wieso trotzdem?«

Mr Quin neigte sich zu Mr Sattersway und fragte mit forschend auf ihn gerichteten Augen. »Haben Sie so wenig aus dem Leben gelernt?« Damit verließ er Mr Sattersway, der leicht beunruhigt war und ins Grübeln geriet. Plötzlich stellte er zu seinem Schrecken fest, dass die andern ohne ihn aufgebrochen waren. Er folgte ihnen durch den Garten und durch dieselbe Pforte, die er am Nachmittag benutzt hatte. Die Straße lag im Mondlicht friedlich da, und während er durch die Pforte trat, sah er ein Paar, das sich eng umschlungen hielt. Einen Augenblick lang dachte er – ja, dann erkannte er, dass er sich nicht getäuscht hatte. Es waren John Denman und Molly Stanwell. Er hörte Denman mit rauer, ärgerlicher Stimme sagen: »Ich kann nicht ohne dich leben! Was sollen wir nur tun?«

Mr Sattersway wollte sich gerade abwenden, als er eine Hand auf seinem Arm spürte. Noch jemand hatte die Szene beobachtet.

Ein Blick in ihr Gesicht genügte Mr Sattersway, um zu erkennen, wie sehr er sich in seinen Vermutungen getäuscht hatte.

Ihre zornige Hand hielt ihn fest, bis das Paar die Straße hinuntergegangen und ihren Blicken entschwunden war. Er hörte sich unsinnige Dinge sagen, die sie trösten sollten und angesichts ihrer Qual ausgesprochen lächerlich waren.

»Bitte«, sagte sie, »lassen Sie mich nicht allein!«

Er fand ihre Bitte seltsam rührend. Schließlich war er doch einmal zu etwas nütze! Et redete weiter sinnloses Zeug, weil alles besser war, als zu schweigen, und sie schritten die Straße hinunter, auf das Haus der Roscheimers zu. Manchmal verkrampfte sich ihre Hand auf seinem Arm, und er begriff, dass sie über seine Gegenwart froh war. Erst als sie vor dem Haus standen, ließ sie ihn los.

»Jetzt werde ich tanzen«, sagte sie mit energisch vorgerecktem Kinn. »Keine Sorge, mein Freund. Ich werde gut tanzen.«

Mit diesen Worten ließ sie Mr Sattersway stehen. Lady Roscheimer, mit Diamanten behängt und voller Klagen über den Unfall, nahm ihn unter ihre Fittiche und reichte ihn dann an Claude Wickam weiter.

»Ich bin ruiniert!«, sagte Wickam. »Völlig am Ende. So etwas passiert mir ständig. Diese Bauerntrampel glauben, sie könnten tanzen! Ich wurde nicht einmal gefragt …«

Er redete und redete und schien nicht mehr aufhören zu wollen. Endlich hatte er einen verständnisvollen Zuhörer gefunden, einen Fachmann. Er schwelgte in Selbstmitleid und hörte erst auf, als die Musik begann.

Mr Sattersway tauchte aus seiner Benommenheit auf. Der Kritiker in ihm erwachte. Wickam war ein unglaublicher Idiot, doch von Musik verstand er etwas. Die Melodien waren leicht wie Spinnweben, nie sentimental oder verlogen.

Das Bühnenbild war beeindruckend. Lady Roscheimer sparte nie, wenn es um einen ihrer Schützlinge ging. Eine verträumte Waldwiese mit geschickten Lichteffekten, die die passende Atmosphäre von Unwirklichkeit schufen.

Zwei Gestalten tanzten, als hätten sie seit endloser Zeit so getanzt. Ein schlanker Harlekin mit Zauberstab und Maske und eine weiße Kolombine, die Pirouetten drehte wie in einem ewigen Traum … Mr Sattersway richtete sich auf. Ja, das hatte er schon einmal erlebt. Ganz sicher … Im Geist war er jetzt weit von Lady Roscheimers Salon entfernt. Er stand in einem Berliner Museum und betrachtete die kleine Statue einer unsterblichen Tänzerin.

Harlekin und Kolombine tanzten weiter. Die ganze Welt schien ihnen zu gehören.

Eine menschlichere Gestalt tauchte auf, Pierrot, der durch den Wald wanderte und sang. Er hatte Kolombine gesehen und kannte keine Ruhe mehr. Das unsterbliche Paar verschwand, doch Kolombine blickte noch einmal zurück. Sie hatte ein Lied gehört, das aus einem menschlichen Herzen kam.

Dann der Dorfanger – tanzende Mädchen – Pierrots und Pierrettes. Auch Molly war darunter. Sie war keine gute Tänzerin, da hatte Mrs Denman recht gehabt, aber ihre Stimme war reizend.

Die Mädchen bitten Pierrot, mit ihnen zu tanzen, doch er weigert sich. Mit weißem Gesicht läuft er weiter – der ewig Liebende auf der Suche nach seinem Ideal. Es wird Abend, und Pierrot schläft erschöpft im Gras ein. Harlekin und Kolombine umtanzen ihn. Er erwacht und sieht sie. Er fleht sie an, bittet sie …

Sie ist unsicher. Harlekin winkt ihr, sie sieht ihn nicht mehr. Sie lauscht auf Pierrots Liebeslied, sie sinkt ihm in die Arme, und der Vorhang fällt.

Der zweite Akt spielt in Pierrots Hütte. Kolombine sitzt am Feuer, sie ist blass, bedrückt. Sie lauscht – auf was? Pierrot singt für sie, der Abend senkt sich herab, und Donner grollt. Kolombine wird unruhig, sie hört nicht mehr, was Pierrot singt. Ihre eigene Melodie erklingt, die Melodie von Harlekin und Kolombine. Und sie erinnert sich.

Ein Donner kracht. Harlekin steht in der Tür. Pierrot kann ihn nicht sehen, aber Kolombine springt mit einem glücklichen Lachen auf. Es donnert wieder, die Wände verschwinden, und Kolombine tanzt mit Harlekin in die stürmische Nacht hinaus.

Dunkelheit, und auch das Lied, das Pierrette singt, ist traurig. Das Licht geht langsam an. Wieder sieht man die Hütte. Jetzt sind Pierrot und Pierrette alt und grau. Sie sitzen in zwei Sesseln vor dem Feuer. Durch das Fenster fällt ein Mondstrahl, und das Motiv von Pierrots längst vergessenem Lied erklingt.

Leise Musik – Feenmusik – Harlekin und Kolombine sind draußen. Die Tür fliegt auf, und Kolombine tanzt herein. Sie beugt sich über den schlafenden Pierrot und küsst ihn auf den Mund.

Wieder ein rollender Donner. Kolombine verschwindet, das Fenster wird hell, und dahinter sieht man das Paar langsam davontanzen. Ein Holzscheit kracht im Feuer. Pierrette springt ärgerlich auf, läuft zum Fenster und lässt das Rollo herunter. Mit einem plötzlichen Misston ist das Stück aus.

Mr Sattersway saß sehr still da und klatschte nicht wie die

übrigen Zuschauer. Schließlich stand er auf und ging hinaus. Er begegnete Molly Stanwell, die mit roten Wangen Komplimente entgegennahm. Er beobachtete John Denman, der sich mit einem neuen Ausdruck in den Augen einen Weg durch die Menge zu bahnen versuchte. Molly trat auf ihn zu, doch er schob sie zur Seite, ohne sie überhaupt zu bemerken. Er dachte jetzt an ganz jemand anderen.

»Wo ist meine Frau?«, fragte er. »Wo ist sie?«

»Ich glaube, sie ging in den Garten.«

Es war dann aber Mr Sattersway, der sie fand. Sie saß auf einem Stein unter einer Zypresse. Er trat auf sie zu und tat etwas Seltsames: Er küsste ihr die Hand.

»Ach!«, sagte sie. »Sie finden also, dass ich gut getanzt habe?«

»Sie haben getanzt, wie Sie immer getanzt haben, Madame Kharsanowa.«

Sie holte tief Luft. »Sie – Sie haben es erraten.«

»Es gibt nur eine Kharsanowa! Niemand, der Sie tanzen gesehen hat, könnte Sie vergessen. Aber warum? Warum …«

»Was denn sonst?«

»Wie bitte?«

»Oh! Sie verstehen genau! Sie kennen das Leben. Eine große Tänzerin … kann Liebhaber haben, das ja. Aber einen Mann … das ist etwas anderes. Und er … er wollte nicht nur mein Liebhaber sein. Er wollte, dass ich ihm gehörte, wie die … die Kharsanowa ihm nie hätte gehören können.«

»Ich verstehe«, antwortete Mr Sattersway. »Jetzt verstehe ich. Und deshalb gaben Sie Ihre Karriere auf?«

Sie nickte.

»Sie müssen ihn sehr geliebt haben«, bemerkte Mr Sattersway freundlich.

»Weil ich ihm ein solches Opfer brachte?« Sie lachte.

»Nein. Weil Sie es so leichten Herzens taten.«

»Ach so! Ja … vielleicht …«

»Und nun?«, fragte Mr Sattersway.

Sie wurde ernst. »Nun?« Sie schwieg. Dann sagte sie laut in die Dunkelheit hinein: »Bist du das, Sergius?«

Prinz Oranoff trat ins Mondlicht. Er ergriff ihre Hand und lächelte Mr Sattersway unbefangen zu.

»Vor zehn Jahren trauerte ich um Anna Kharsanowa«, sagte er einfach. »Sie war mein zweites Ich. Heute fand ich sie wieder. Wir werden uns nie mehr trennen.«

»Am Ende der Straße in zehn Minuten«, antwortete sie. »Ich werde dich nicht warten lassen.«

Oranoff nickte und ging. Mrs Denman wandte sich an Mr Sattersway und fragte lächelnd: »Nun, mein Freund, Sie sind nicht zufrieden?«

»Wissen Sie eigentlich«, sagte Mr Sattersway übergangslos, »dass Ihr Mann Sie sucht?«

Er sah die Erschütterung, die sich auf ihrem Gesicht spiegelte, doch ihre Stimme klang gelassen, als sie antwortete: »Nun, das mag schon sein.«

»Ich habe seine Augen gesehen. Er …« Er schwieg abrupt.

Sie blieb gelassen. »Ja, vielleicht für eine Stunde. Der Zauber eines Augenblicks, hervorgerufen durch Erinnerungen, durch Musik, Mondschein. Das ist alles.«

»Ich kann Sie nicht überzeugen?« Mr Sattersway fühlte sich alt und mutlos.

»Zehn Jahre lang habe ich mit dem Mann zusammengelebt, den ich liebe«, sagte Anna Kharsanowa. »Jetzt werde ich zu dem Mann gehen, der mich seit zehn Jahren liebt.«

Mr Sattersway schwieg. Er wusste nicht, was er sagen sollte. Außerdem schien es ihm die beste Lösung zu sein. Nur …

Nur war es irgendwie nicht die Lösung, die er sich erhofft hatte. Er spürte ihre Hand auf seiner Schulter.

»Ich weiß, mein Freund, ich weiß! Aber eine dritte Möglichkeit gibt es nicht. Man sucht nur immer nach dem einen – dem vollkommenen, ewigen Liebhaber. Es ist die Musik des Harlekins, die man hört. Mit keinem Liebhaber ist man auf die Dauer zufrieden, denn alle sind sterblich. Und Harlekin ist nur ein Mythos, unsichtbar … außer …«

»Ja?«, sagte Mr Sattersway. »Ja?«

»Außer – sein Name ist … Tod.«

Mr Sattersway erschauerte. Mrs Denman erhob sich und verschwand zwischen den Schatten der Bäume.

Wie lange Mr Sattersway noch in Gedanken versunken dastand, wusste er später nicht mehr. Plötzlich schreckte er hoch, weil er das Gefühl hatte, kostbare Zeit vertrödelt zu haben. Er stürzte davon, wie unter Zwang in eine bestimmte Richtung gezogen.

Als er auf die Straße der Liebenden hinaustrat, überkam ihn ein Gefühl der Unwirklichkeit. Verzauberung und Mondschein. Zwei Gestalten schritten auf ihn zu.

Das ist Oranoff in seinem Harlekinkostüm, dachte Mr Sattersway unwillkürlich. Dann waren sie an ihm vorbei, und Mr Sattersway erkannte seinen Irrtum. Diese schlanke Gestalt konnte nur einem Einzigen gehören – Mr Quin.

Sie gingen die Straße hinunter, mit so leichten Schritten, dass sie zu schweben schienen. Mr Quin wandte den Kopf, und Mr Sattersway stellte mit Schrecken fest, dass ihm Mr Quins Gesicht völlig fremd erschien. Nein, es war nicht das Gesicht eines Fremden, sondern eher das John Denmans als junger Mann, als das Leben es noch nicht so gut mit ihm gemeint hatte wie heute. Fröhlich, abenteuerlustig, das Gesicht eines jungen Mannes und eines Verliebten.

Ihr Lachen tönte zu Mr Sattersway herüber, klar und glücklich … In der Ferne schimmerte Licht aus einem kleinen Haus. Mr Sattersway sah dem Paar nach, als träume er.

Eine Hand, die sich schwer auf seine Schulter senkte, riss ihn aus seiner Versunkenheit. Sergius Oranoff stand vor ihm.

»Wo ist sie?«, rief er mit bleichem Gesicht. »Wo ist sie? Sie versprach zu kommen, aber sie ist nicht da.«

»Madame ist eben die Straße hinuntergegangen – allein.«

Es war Mrs Denmans Mädchen, die das sagte. Sie stand im

Schatten an der Pforte zum Garten. Sie hatte dort mit dem Schal ihrer Herrin gewartet.

»Ich habe gesehen, wie sie vorbeiging«, sagte sie.

Mr Sattersway fragte rau: »Wieso allein? Sie sagten, allein?«

Das Mädchen riss erstaunt die Augen auf. »Ja, Sir. Haben Sie sie denn nicht bemerkt?«

Mr Sattersway ergriff Oranoff am Arm. »Schnell«, rief er. »Ich ... ich mache mir große Sorgen!«

Sie eilten die Straße entlang, wobei Oranoff zusammenhanglos vor sich hin redete:

»Sie ist eine wundervolle Person. Ah! Wie herrlich sie heute Abend tanzte! Und Ihr Freund! Wer ist das? Ah! Er ist einzigartig – herrlich! Früher, wenn sie die Kolombine von Rimski-Korsakow tanzte, fand sie nie den richtigen Harlekin. Mordroff, Kassnin – keiner war ihr gut genug. Sie hatte da ihre eigene Vorstellung. Einmal gestand sie es mir dann: Sie tanzte immer mit einem Harlekin, den es gar nicht gab. Der nur in ihren Träumen existierte. Es war Harlekin persönlich, der kam, um mit ihr zu tanzen. Deshalb war sie als Kolombine so herrlich!«

Mr Sattersway nickte. Er konnte immer nur an eines denken. »Schnell!«, rief er. »Schnell. Hoffentlich kommen wir noch rechtzeitig!«

Sie bogen um die letzte Biegung und standen vor der tiefen Grube. Etwas lag dort unten, das vorher nicht dort gewesen war, der Körper einer Frau, in einer wundervollen Pose, die Arme ausgebreitet, den Kopf zurückgeworfen. Eine Frau, noch im Tod triumphierend und schön.

Mr Sattersway fiel ein, was Mr Quin gesagt hatte: »... die schönsten Dinge auf einer Müllhalde ...« Jetzt verstand er.

Oranoff war fassungslos. Tränen strömten ihm übers Gesicht. »Ich habe sie geliebt. Ich habe sie immer geliebt.« Er verwendete beinahe dieselben Worte, die Mr Sattersway früher am Abend gedacht hatte.

»Wir gehörten in die gleiche Welt, sie und ich. Wir dachten die gleichen Gedanken, wir träumten die gleichen Träume. Ich hätte sie immer und ewig geliebt …«

»Wie können Sie das wissen?«

Der Russe starrte ihn entgeistert an.

»Wie können Sie es wissen?«, wiederholte Mr Sattersway. »Alle Liebenden denken so. Alle Liebenden behaupten es. Aber es gibt nur einen wahren Liebenden …«

Er drehte sich um und wäre beinahe mit Mr Quin zusammengestoßen. Erregt packte ihn Mr Sattersway am Arm und zog in beiseite.

»*Sie!*«, sagte er. »Sie waren eben noch mit ihr zusammen!«

Mr Quin schwieg einen Augenblick und antwortete dann: »So könnte man sagen, ja.«

»Aber das Mädchen hat Sie nicht gesehen.«

»Das Mädchen hat mich nicht gesehen.«

»Ich schon. Wieso?«

»Vielleicht, weil Sie einen hohen Preis bezahlt haben. Deshalb sehen Sie Dinge, die andere nicht sehen.«

Mr Sattersway blickte ihn verständnislos an. Dann begann er plötzlich am ganzen Körper zu zittern. »Was ist dies für ein Ort?«, flüsterte er. »Was ist dies für ein Ort?«

»Das sagte ich Ihnen schon heute Nachmittag. Es ist *meine* Straße.«

»Die Straße der Liebenden«, murmelte Mr Sattersway. »Und die Menschen schreiten darüber hin.«

»Die meisten – früher oder später.«

»Und am Ende der Straße? Was ist dort?«

Mr Quin lächelte. Seine Stimme war sehr freundlich. Er deutete auf das verfallene Haus über ihnen. »Das Haus ihrer Träume … oder Abfall … wer weiß das?«

Mr Sattersway blickte zu ihm auf, und eine Welle der Empörung überschwemmte ihn. Er fühlte sich betrogen.

»Aber ich …« Seine Stimme brach. »Ich«, begann er dann von neuem, »ich bin Ihre Straße nie entlanggegangen.«

»Und bedauern Sie das?«

Mr Sattersway sank der Mut. Mr Quin schien ins Unendliche zu wachsen, und Mr Sattersway hatte die Vorstellung von etwas zugleich Drohendem und Schrecklichem. Freude, Trauer, Verzweiflung.

Und seine friedliche kleine Seele schrak davor zurück.

»Bedauern Sie es?«, fragte Mr Quin noch einmal. Er wirkte in keiner Weise schrecklich.

»Nein«, erwiderte Mr Sattersway. »Nein.«

Plötzlich fand er seine Fassung wieder.

»Aber ich sehe Dinge!«, rief er. »Vielleicht bin ich nur ein Zuschauer des Lebens, aber ich sehe Dinge, die andere Leute nicht sehen. Das haben Sie selbst gesagt, Mr Quin!«

Doch Mr Quin war verschwunden.

Das Abenteuer des italienischen Edelmannes

Poirot und ich hatten viele Freunde und Bekannte, mit denen wir gelegentlich zusammenkamen. Unter ihnen auch Dr. Hawker, ein Arzt, der in unserer Nachbarschaft wohnte. Er war ein großer Bewunderer von Poirots genialen Fähigkeiten, und er steckte gelegentlich abends seine Nase durch unsere Tür.

Eines Abends, es war Anfang Juni, kam er gegen halb neun zu uns, und bald diskutierten wir über ein reizendes Thema: Arsen, das von den meisten Giftmördern bevorzugte Gift. Etwa eine Viertelstunde später wurde die Tür unseres Zimmers heftig aufgerissen und ein völlig verstörtes weibliches Wesen stürzte herein.

»Oh, Doktor, es ist ganz dringend! Eine schreckliche Stimme! Ich bin ganz außer mir!«

Es war die Haushälterin von Dr. Hawker, Miss Rider. Der Arzt war Junggeselle und lebte ein paar Straßen weiter in einem düsteren alten Haus. Die sonst so ruhige Miss Rider schien völlig aufgelöst.

»Was für eine schreckliche Stimme? Wer ist es und was ist los?«

»Am Telefon, Doktor. Ich nahm den Hörer ab, und eine Stimme rief: ›Hilfe! Doktor, Hilfe! Man hat mich umgebracht!‹. Dann wurde die Stimme ganz leise. ›Wer ist dort?‹, fragte ich. ›Wer spricht dort?‹. Ich hörte nur noch ein Flüstern: ›Foscatini‹ – so etwas Ähnliches – ›Regent's Court‹.«

Der Doktor rief erstaunt: »Graf Foscatini! Er wohnt im Regent's Court. Da muss ich sofort hingehen. Was kann denn nur passiert sein?«

»Ein Patient von Ihnen?«, fragte Poirot.

»Er erkrankte vor ein paar Wochen leicht, und ich habe ihn behandelt. Er ist Italiener, spricht aber perfekt Englisch. Also – ich muss mich verabschieden – wenn nicht ...« Er zögerte.

»Ich weiß, was Sie sagen wollen«, sagte Poirot lächelnd. »Ich werde Sie gerne begleiten. Hastings, bitte holen Sie uns ein Taxi.«

Meistens dauert es ziemlich lange, bis man ein Taxi findet – besonders wenn es eilt, aber schließlich fand ich doch eines, und wir setzten uns in Richtung Regent's Court in Bewegung. Regent's Court war ein neuer Wohnblock, nahe bei der St. Johns Wood Road. Das Haus war erst kürzlich gebaut und mit den neuesten Errungenschaften der Wohnkultur ausgestattet worden. Es war niemand in der Halle. Der Doktor drückte ungeduldig auf den Liftknopf, und als der Lift kam, fragte er den uniformierten Fahrer streng:

»Appartement elf. Graf Foscatini. Dort gab es einen Unfall, wie ich gehört habe.«

Der Mann starrte ihn an.

»Das ist das Erste, was ich höre, Mister Graves – der Diener von Graf Foscatini – ist vor einer halben Stunde ausgegangen und hat nichts gesagt.«

»Ist der Graf allein in seiner Wohnung?«

»Nein, Sir, es sind zwei Herren zum Essen da.«

»Wie sehen die denn aus?«, fragte ich eifrig.

Wir waren jetzt im Lift und fuhren schnell zum zweiten Stock hinauf.

»Ich habe sie selbst nicht gesehen, Sir. Aber Mr Graves sagte, es seien Ausländer.«

Er zog die eiserne Gittertür zurück, und wir traten auf den Flur hinaus. Nummer elf lag uns genau gegenüber. Der Arzt läutete. Wir hörten es klingeln, aber niemand öffnete. Mr Hawker läutete mehrmals hintereinander – nichts.

»Das ist bedenklich«, murmelte der Arzt, Er wandte sich an den Fahrstuhlführer.

»Gibt es einen zweiten Schlüssel für diese Tür?«

»Ja, unten im Büro des Portiers.«

»Bitte holen Sie ihn und – hören Sie – am besten benachrichtigen Sie auch die Polizei.«

Poirot machte eine zustimmende Bewegung.

Der Mann kam gleich wieder zurück. Mit ihm kam der Hausverwalter.

»Würden Sie mir bitte sagen, meine Herren, was das bedeuten soll?«, erkundigte er sich.

»Aber selbstverständlich. Ich erhielt einen Telefonanruf von Graf Foscatini – er sei überfallen worden und liege im Sterben. Sie werden verstehen, dass wir keine Zeit verlieren dürfen – wenn wir nicht schon zu spät kommen.«

Der Hausverwalter schloss auf, und wir gingen in die Wohnung.

Wir kamen zuerst in einen schmalen Flur. Rechts stand eine Tür halb offen. Der Verwalter sagte mit einem kurzen Nicken: »Das Esszimmer.«

Dr. Hawker ging voran. Der runde Tisch in der Mitte des Zimmers war noch nicht abgedeckt; drei Stühle waren zurückgeschoben; es sah aus, als ob die Herren gerade aufgestanden wären. In der Ecke, rechts vom Kamin, stand ein großer Schreibtisch. Hinter ihm saß ein Mann – tot. Seine rechte Hand hatte den Telefonhörer umklammert. Er war von einem fürchterlichen Schlag auf den Hinterkopf getroffen worden und nach vorn gefallen. Die Waffe brauchte man nicht zu suchen. Eine Marmorstatue stand da, ihr Fuß war blutverschmiert.

Die Untersuchung der Leiche nahm nicht viel Zeit in Anspruch. »Mausetot. Er muss fast auf der Stelle tot gewesen sein. Es wundert mich, dass er überhaupt noch in der Lage war, zu telefonieren. Es ist besser, wir rühren ihn nicht an, bis die Polizei kommt.«

Auf Anregung des Hausverwalters durchsuchten wir die ganze Wohnung. Natürlich ohne Resultat.

Wir gingen zurück ins Esszimmer. Poirot hatte uns auf dem Rundgang durch die Wohnung nicht begleitet. Er stand vor dem gut polierten, runden Mahagonitisch und betrachtete ihn prüfend. In der Mitte stand eine Vase mit Rosen. Unter jedem Gedeck lag ein weißes Spitzendeckchen. Die Obstschale und die drei Dessertteller waren noch unberührt. Alle drei Männer hatten Kaffee getrunken. An den Resten in den Kaffeetassen konnte man noch sehen, dass zwei ihn schwarz und einer mit Milch getrunken hatte. Alle drei Männer hatten dem Portwein zugesprochen, die Kristallflasche war noch halb voll. Einer musste eine Zigarre geraucht haben, die anderen Zigaretten. Die silberbeschlagene Schildpattdose für Rauchwaren stand offen auf dem Tisch.

Ich registrierte alle diese Einzelheiten, aber sie kamen mir nicht besonders wichtig vor. Ich wusste nicht, warum Poirot den Tisch so intensiv betrachtete. Schließlich fragte ich ihn.

»Mon ami«, antwortete er, »wie immer übersehen Sie, was wichtig ist. Ich aber halte Ausschau nach etwas Unsichtbarem.«

»Und was ist das?«

»Ich suche einen Fehler – einen ganz kleinen Fehler, den die Mörder begangen haben.«

Er ging schnell in die kleine Küche, schaute hinein und schüttelte den Kopf.

»Monsieur«, sagte er zu dem Verwalter, »wo werden hier im Haus die Mahlzeiten zubereitet?«

Der Verwalter ging zu einer kleinen Klappe an der Wand.

»Dies hier ist der Speiselift«, erklärte er. »Ganz oben in diesem Gebäude ist die Küche. Man bestellt das Essen telefonisch, und es wird mit dem Lift heruntergeschickt – ein Gang nach dem anderen. Das schmutzige Geschirr wird anschließend wieder hinaufbefördert. Das Haus wurde für Mieter gebaut, die nicht selbst kochen wollen, und so sind sie nicht darauf angewiesen, ins Restaurant essen zu gehen.«

Poirot nickte.

»Also stammt das Geschirr oben aus der Küche. Erlauben Sie mir, dass ich hinaufgehe?«

»Wenn Sie wollen, gerne! Roberts, der Fahrstuhlführer, wird Sie hinauffahren; aber ich fürchte, Sie werden dort wenig finden, was Ihnen nützlich sein könnte. Das ganze schmutzige Geschirr ist sicher schon zusammengestellt worden.«

Aber Poirot blieb fest. Wir fuhren in die Küche und fragten den Mann, der den Auftrag angenommen hatte.

»Die Bestellung wurde nach dem Menu à la carte gemacht – für drei Personen«, erklärte er. »Suppe Julienne, Filet de sole auf normannische Art, Beefsteaks und ein Reissoufflé.

»Wann?«

»Um acht, würde ich sagen. Nein, ich fürchte, das Geschirr ist schon abgewaschen worden – unglücklicherweise. Sie denken wahrscheinlich an Fingerabdrücke?«

»Nicht nur das«, sagte Poirot mit einem rätselhaften Lächeln. »Noch mehr interessiert mich der Appetit von Graf Foscatini. Hat er von jedem Gang gegessen?«

»Ja. Aber ich kann natürlich nicht sagen, wie viel. Die Teller waren alle schmutzig und die Platten leer – das heißt, mit Ausnahme des Reissoufflés. Davon war ziemlich viel übrig geblieben.«

»Ah«, sagte Poirot und schien mit diesen Tatsachen zufrieden zu sein.

Als wir wieder in die Wohnung zurückgingen, sagte er leise zu mir: »Der Mann scheint Methode zu haben.«

»Meinen Sie den Mörder oder den Grafen Foscatini?«

»Der Graf war ohne jeden Zweifel ein ordentlicher Mann. Nachdem er um Hilfe angerufen und sein bevorstehendes Ende angekündigt hatte, hat er den Telefonhörer sorgfältig wieder aufgelegt.«

Ich starrte Poirot an. Seine Worte und seine Nachforschungen in der Küche erschienen mir auf einmal nicht mehr so sinnlos.

»Vermuten Sie Gift?«, flüsterte ich. »War der Schlag auf den Kopf nur Schein?«

Poirot lächelte nur.

Unten in der Wohnung fanden wir einen Polizeiinspektor und zwei Beamte vor. Der Inspektor war nicht erfreut über unsere Anwesenheit, aber Poirot ließ so nebenbei den Namen unseres Freundes in Scotland Yard, Inspektor Japp, fallen, und daraufhin duldete er missbilligend unsere Anwesenheit. Es war gut, dass wir dageblieben waren, denn fünf Minuten später stürzte ein aufgeregter Mann ins Zimmer.

Es war Graves, der Kammerdiener des toten Grafen Foscatini. Die Geschichte, die er erzählte, war sensationell.

Am vergangenen Morgen waren zwei Herren erschienen und hatten nach dem Grafen gefragt. Es waren Italiener, und der ältere, ein Mann von ungefähr vierzig Jahren, nannte seinen Namen: Signor Ascanio. Der Jüngere war elegant angezogen und ungefähr vierundzwanzig Jahre.

Graf Foscatini war anscheinend auf den Besuch vorbereitet und schickte Graves mit einem kleinen Auftrag fort. Hier machte der Diener eine Pause und zögerte, weiterzuerzählen. Nach einem Augenblick gab er zu, dass er nicht sofort weggegangen war. Neugierig hatte er versucht, irgendetwas Näheres über die Besucher zu erfahren.

Aber die Unterhaltung wurde so leise geführt, dass er zunächst gar nichts verstand. Schließlich wurden die Stimmen etwas lauter, und der Lauscher konnte feststellen, dass es um Geld ging. Er hörte den Grafen sagen: »Ich habe jetzt keine Zeit, mit Ihnen weiter zu diskutieren, meine Herren. Wenn Sie morgen Abend um acht mit mir essen wollen, können wir die Diskussion fortsetzen.«

Nach diesem Satz ging Graves, der nicht beim Lauschen ertappt werden wollte, weg. Am anderen Abend erschienen die beiden Herren pünktlich um acht. Während des Essens hatten sie sich über alles Mögliche unterhalten – Politik, Wetter und Theater. Nachdem Graves den Portwein gebracht und den Kaffee serviert hatte, teilte ihm der Graf mit, er könne sich den Abend freinehmen.

»War das üblich, wenn er Gäste hatte?«, fragte der Inspektor.

»Nein, Sir. Aus diesem Grunde nahm ich auch an, dass es sich um ein ungewöhnliches Geschäft handeln müsse.«

Das war Graves' Geschichte: Er war ungefähr um acht Uhr dreißig ausgegangen, hatte einen Freund getroffen und ihn in die *Metropolitan* Music Hall in Edgware Road begleitet.

Niemand hatte die beiden Herren weggehen sehen, aber die Zeit des Mordes konnte eindeutig festgestellt werden. Eine kleine Uhr auf dem Schreibtisch war durch eine Armbewegung des Grafen hinuntergefegt worden und um acht Uhr siebenundvierzig stehen geblieben. Die Zeit stimmte auch mit dem Telefonanruf bei Miss Rider überein.

Der Polizeiarzt hatte die Leiche untersucht und auf die Couch gelegt. Ich sah das Gesicht zum ersten Mal – olivfarbener Teint, lange Nase, üppiger schwarzer Schnurrbart und volle rote Lippen. Kein sehr angenehmes Gesicht.

»Gut«, sagte der Inspektor und machte sein Notizbuch zu. »Der Fall scheint klarzuliegen. Wir müssen diesen Signor Ascanio suchen. Vielleicht ist seine Adresse im Taschenbuch des Toten?«

Wie Poirot schon bemerkt hatte, war der verstorbene Graf Foscatini ein sehr ordentlicher Mann. Sauber geschrieben mit kleiner deutlicher Schrift stand da: *Signor Paolo Ascanio, Grosvenor Hotel.*

Der Inspektor begann zu telefonieren und drehte sich nach einer Weile grinsend zu uns um.

»Gerade noch zeitig genug. Unser feiner Gentleman war gerade im Begriff, den Zug für das Schiff zum Kontinent zu nehmen. Ja, meine Herren, das ist wohl alles, was wir im Augenblick hier tun können. Eine böse Geschichte, aber ziemlich eindeutig. Vielleicht eine dieser italienischen Mafiageschichten!«

Hiermit entlassen, befanden wir uns bald im Lift. Dr. Hawker war sehr aufgeregt.

»Wie der Anfang eines Romanes, was? Wirklich aufregend! Ich würde es nicht glauben, wenn ich es lesen würde.«

Poirot sprach nicht. Er war sehr nachdenklich, den ganzen Abend hatte er kaum seinen Mund aufgemacht.

»Was sagt denn unser Meisterdetektiv, eh?«, fragte Hawker und klopfte ihm auf den Rücken. »Dieses Mal ist es wohl nichts für Ihre kleinen grauen Gehirnzellen?«

»Glauben Sie?«

»Haben Sie denn etwas Besonderes bemerkt?«

»Nun, da wäre zum Beispiel das Fenster.«

»Das Fenster? Soweit ich mich erinnere, war es geschlossen. Niemand konnte da hinaus- oder hereingekommen sein. Doch, ich erinnere mich sogar genau.«

»Sind Sie dessen ganz sicher?«

Der Doktor sah verwirrt aus. Poirot beeilte sich, zu erklären.

»Haben Sie auf die Vorhänge geachtet? Sie waren nicht zugezogen. Das ist doch ein wenig merkwürdig. Nächster Punkt – der Kaffee. Er war sehr schwarz, der Kaffee.«

»Was wollen Sie damit sagen?«

»Sehr schwarz«, wiederholte Poirot. »Und dann lassen Sie uns in Verbindung damit nicht vergessen, dass von dem Reissoufflé sehr wenig gegessen worden war. Zu welchem Schluss führt das?«

»Sie wollen mich wohl aufziehen?«

»Nichts liegt mir ferner. Hastings weiß, dass ich es völlig ernst meine.«

»Trotzdem ist auch mir unklar, worauf Sie hinauswollen«, bekannte ich. »Sie verdächtigen doch nicht etwa den Diener? Vielleicht ist er ein Verbündeter der Gangster und hat ein Betäubungsmittel in den Kaffee getan. Wird sein Alibi nicht nachgeprüft?«

»Ohne Zweifel, mein Freund; aber mich interessiert das Alibi von Signor Ascanio.«

»Glauben Sie, er hat ein Alibi?«

»Das ist es, was mich beschäftigt. Aber ich zweifle nicht daran, dass wir darüber bald Klarheit haben werden.«

Am anderen Morgen orientierte uns der *Daily Newsmonger* über die Ereignisse.

Signor Ascanio war verhaftet und beschuldigt worden, den Grafen Foscatini ermordet zu haben. Bei seiner Verhaftung leugnete er, den Grafen überhaupt zu kennen, und erklärte, dass er weder am Abend des Verbrechens noch am vorherigen Morgen in Regent's Court gewesen sei. Der jüngere Mann war überhaupt nicht vorhanden. Signor Ascanio war zwei Tage vor dem Mord allein im *Grosvenor Hotel* abgestiegen. Alle Versuche, den zweiten Mann zu finden, scheiterten.

Indessen, die Anklage gegen Ascanio musste fallen gelassen werden. Kein Geringerer als der italienische Botschafter selbst erschien und bestätigte der Polizei, dass Ascanio an dem fraglichen Abend von acht bis neun Uhr bei ihm in der Botschaft gewesen war. Er wurde daraufhin entlassen. Natürlich glaubte eine Menge Leute, es handle sich um ein politisches Verbrechen, das mit Absicht vertuscht werde.

Poirot hatte die ganze Sache mit großem Interesse verfolgt. Trotzdem war ich etwas überrascht, als er mir eines Morgens erzählte, um elf Uhr käme Signor Ascanio zu uns.

»Er wünscht, von Ihnen beraten zu werden?«

»*Du tout,* Hastings, ich wünsche, ihn zu sehen.«

»Weshalb?«

»Wegen des Mordes in Regent's Court.«

»Wollen Sie ihm beweisen, dass er ihn doch begangen hat?«

»Denken Sie nach, Hastings. Versuchen Sie doch, Ihren gesunden Menschenverstand anzuwenden. Ah, es läutet – das ist unser Freund.«

Kurz darauf wurde Signor Ascanio hereingeführt – ein kleiner, dünner Mann mit geheimnisumwitterten Augen. Er blieb stehen und blickte argwöhnisch von einem zum andern.

»Monsieur Poirot?«

Mein kleiner Freund klopfte sich auf die Brust.

»Setzen Sie sich, Signore. Sie erhielten meinen Brief. Ich bin fest entschlossen, dieser geheimnisvollen Affäre auf den Grund zu kommen. In einigen kleinen Dingen können Sie mir helfen. Lassen Sie uns anfangen! Sie haben – in Begleitung eines Freundes – den verstorbenen Grafen Foscatini am Morgen des Dienstags, dem neunten ...«

Der Italiener machte eine ärgerliche Bewegung.

»Ich habe nichts dergleichen getan. Ich habe bei Gericht geschworen ...«

»*Précisement* – ich habe so das Gefühl, Sie haben falsch geschworen.«

»Sie drohen mir? Bah, ich habe von Ihnen nichts zu befürchten. Ich bin freigesprochen worden!«

»Ja. Und da ich ein Dummkopf bin, drohe ich Ihnen nicht mit dem Galgen, aber mit der Öffentlichkeit. Öffentlichkeit! Ich sehe schon, Sie mögen dieses Wort nicht. Ich dachte es mir. Wissen Sie, meine kleinen Einfälle sind mir sehr wichtig. Signore, Ihre einzige Chance ist, offen mit mir zu reden. Ich frage Sie ja nicht, welcher Auftrag Sie nach England geführt hat. Ich weiß nur so viel, dass Sie ausschließlich, um den Grafen Foscatini zu sehen, nach England gekommen sind.«

»Er war kein Graf!«, knurrte der Italiener.

»Ich habe bereits festgestellt, dass sein Name nicht im Gotha steht. Macht nichts, der Grafentitel ist für einen Erpresser oft sehr nützlich.«

»Sie scheinen ja eine ganze Menge zu wissen! Nun, in diesem Fall kann ich ja offen mit Ihnen sprechen.«

»Ich habe mir eben die Dinge durch den Kopf gehen lassen. Sagen Sie, Signor Ascanio, Sie haben am Dienstag den Ermordeten aufgesucht – nicht wahr?«

»Ja, aber am folgenden Abend bin ich nicht dort gewesen. Es war nicht mehr nötig. Ich will Ihnen die Sache erklären. Gewisse Dokumente, einen einflussreichen Mann in Italien betreffend, waren in den Besitz des Erpressers gelangt. Er forderte für die Herausgabe der Papiere eine große Summe. Einer der jungen Sekretäre der Botschaft begleitete mich. Der Graf war vernünftiger, als ich gehofft hatte; trotzdem war die Summe, die ich bezahlte, sehr groß.«

»Verzeihung, in welcher Währung zahlten Sie?«

»In kleinen italienischen Scheinen. Ich gab ihm das Geld und er mir die belastenden Papiere. Später habe ich ihn nicht mehr gesehen.«

»Warum haben Sie das alles nicht gesagt, als Sie verhaftet wurden?«

»In meiner schwierigen Lage musste ich jede Verbindung mit dem Mann leugnen.«

»Und wie erklären Sie sich die Vorgänge des nächsten Abends?«

»Ich nehme an, irgendjemand hat sich für mich ausgegeben. Wie ich gehört habe, hat man in seiner Wohnung kein Geld gefunden.«

Poirot sah ihn an und schüttelte den Kopf.

»Sonderbar«, murmelte er. »Wir haben doch alle etwas Verstand, aber so wenige von uns benutzen ihn richtig. Auf Wiedersehen, Signor Ascanio. Ihre Schilderung scheint mir glaubwürdig. So ähnlich habe ich mir alles vorgestellt. Ich wollte mir nur Gewissheit verschaffen.«

Nachdem er seinen Gast hinausbegleitet hatte, kehrte Poirot zu seinem Lehnstuhl zurück und lächelte mich an.

»Nun, was denkt Captain Hastings über diesen Fall?«

»Ich vermute, Ascanio hat recht – irgendjemand gab sich für ihn aus!«

»Oh, wozu hat Ihnen der liebe Gott ein Hirn gegeben, *mon ami*! Rufen Sie sich doch einige Worte in Ihr Gedächtnis zurück, die ich beim Verlassen der Wohnung äußerte. Sie bezogen sich auf die Vorhänge, die nicht zugezogen waren. Wir haben Juni; um acht Uhr ist es noch hell. Erst um halb neun Uhr wird es langsam dunkel. *Ça vous dit quelque chose?* Ich vermute, dass Sie es eines Tages merken werden! Lassen Sie mich fortfahren. Der Kaffee war, wie ich sagte, sehr schwarz. Schwarzer Kaffee hinterlässt vornehmlich an den Zähnen Spuren. Daraus ziehe ich den Schluss, dass der Graf keinen Kaffee getrunken hatte. Trotzdem waren in allen drei Tassen Kaffeereste. Warum sollte es so aussehen, als ob Graf Foscatini Kaffee getrunken habe?«

Ich schüttelte sichtlich verstört den Kopf.

»Ich will Ihnen helfen, Hastings. Welche Beweise haben wir dafür, dass Ascanio und sein Freund oder zwei andere Männer, die sich für sie ausgaben, jemals in der Nacht in die Wohnung gekommen sind? Niemand sah sie kommen – niemand sah sie gehen. Wir haben nur die Aussagen eines einzigen Mannes und ein paar Requisiten.«

»Was meinen Sie damit?«

»Messer, Gabel, Teller und leere Platten. Ah, eine gute Idee! Graves ist ein Dieb und Lump, aber ein Mann mit Methode! Er belauscht einen Teil der Unterhaltung am Vormittag und macht sich klar, dass der Verdacht auf Ascanio fallen wird. Am nächsten Abend um acht Uhr sagt er zu dem Grafen, er würde am Telefon verlangt. Foscatini setzt sich an den Schreibtisch und greift nach dem Telefon. Graves schlägt ihn von hinten mit der Marmorfigur nieder und eilt dann schnell an das Telefon in der Küche. – Dinner für drei Personen. Es kommt, er deckt den Tisch, macht die Teller schmutzig, die Messer und Gabeln etc. Aber er muss auch das Essen loswerden. Er ist nicht nur ein Mann mit einem klugen Köpfchen, er hat auch einen guten und aufnahmefähigen Magen. Nachdem er drei Beefsteaks aufgegessen hat, ist das Reissoufflé zu viel für ihn! Er raucht sogar eine Zigarre und eine Zigarette! Glänzend gemacht! Dann, nachdem er die Zeiger der Uhr auf acht Uhr siebenundvierzig gestellt hat, bringt er sie zum Stehen und wirft sie hinunter. Das Einzige, was er vergisst, sind die Vorhänge. Hätte es sich um ein richtiges Dinner gehandelt, hätten die Vorhänge zugezogen werden müssen, als es dunkel wurde.

Dann geht er eilig fort und erwähnt noch dem Fahrstuhlführer gegenüber die zwei Gäste seines Herrn. Von einer öffentlichen Telefonzelle aus ruft er den Arzt an und ahmt die Stimme seines sterbenden Herrn nach. Diese Idee war so erfolgreich, dass sich niemand danach erkundigte, ob vom Appartement elf auch wirklich ein Telefongespräch geführt wurde!«

»Ausgenommen Hercule Poirot«, sagte ich sarkastisch.

»Nicht einmal Hercule Poirot«, sagte mein Freund mit einem Lächeln.

»Aber ich werde es jetzt nachholen. Ich wollte nur erst Ihnen gegenüber den Beweis führen. Sie werden sehen, ich habe recht. Und dann wird Japp, dem ich schon eine Andeutung gemacht habe, in der Lage sein, den ehrenwerten Graves zu verhaften. Ich bin neugierig, wie viel er von dem Geld schon ausgegeben hat.«

Poirot hatte recht. Er hat immer recht – zum Kuckuck mit ihm!

Jane sucht Arbeit

Jane Cleveland raschelte mit der Zeitung und stieß einen tiefen Seufzer aus, der aus dem Innersten ihrer Seele zu steigen schien. Angewidert betrachtete sie die marmorne Tischplatte vor sich, auf der sich ein Teller mit einer Toastscheibe, garniert mit einem verlorenen Ei, sowie ein Kännchen Tee befanden. Nicht etwa, weil sie keinen Hunger hatte. Das war keineswegs der Fall, Jane hatte einen Bärenhunger. Sie hätte in diesem Augenblick gut und gern ein riesengroßes Steak mit Bratkartoffeln und einer Portion Butterbohnen vertilgen und dazu ein etwas aufregenderes Getränk als den faden Tee trinken können.

Aber junge Frauen, in deren Kasse totale Ebbe herrscht, können nicht wählerisch sein. Jane durfte sich schon glücklich schätzen, dass sie in der Lage war, ein verlorenes Ei und ein Kännchen Tee zu bestellen. Morgen würde sie sich vermutlich nicht einmal mehr das leisten können, es sei denn …

Sie wandte sich wieder dem Anzeigenteil im *Daily Leader* zu. Um es klar und deutlich zu sagen, Jane war arbeitslos, und ihre Lage wurde allmählich brenzlig. Die Wirtin ihrer schäbigen Pension hatte sie bereits mehrmals mit schrägen Blicken gemustert.

»Und dabei«, sagte Jane zu sich selbst, wobei sie, wie es ihre Gewohnheit war, trotzig das Kinn hob, »und dabei bin ich intelligent, sehe gut aus und habe eine anständige Erziehung genossen. Was wollen die Leute eigentlich noch mehr?«

Nach dem *Daily Leader* zu schließen, wollten die Leute Stenotypistinnen mit reichlicher Berufserfahrung, Geschäftsführerinnen mit etwas Eigenkapital, Interessentinnen an lukrativen Hühnerzuchtbetrieben (auch hier war ein bisschen Eigenkapital erforderlich) sowie unzählige Köchinnen, Zimmermädchen und Putzfrauen – insbesondere Putzfrauen.

»Es würde mir ja gar nichts ausmachen, mich als Putzfrau zu verdingen«, sagte Jane zu sich, »aber selbst hier würde man mich nicht ohne Berufserfahrung nehmen. Wahrscheinlich könnte ich irgendwo eine Stelle als Hausmädchen finden, aber Hausmädchen zahlt man nun mal kein nennenswertes Gehalt.«

Sie seufzte abermals tief auf, legte die Zeitung vor sich hin und machte sich mit dem gesunden Appetit der Jugend über das verlorene Ei her.

Als sie den letzten Bissen verschlungen hatte, trank sie ihren Tee und blätterte dabei die Zeitung durch bis zu den Kleinanzeigen. Das war immer ihre letzte Hoffnung.

Hätte sie bloß zweitausend Pfund besessen, so wäre alles kinderleicht. Es gab da mindestens sieben einmalige Anlagemöglichkeiten, die alle nicht weniger als dreitausend Pfund im Jahr abwarfen. Jane schnitt eine Grimasse.

»Wenn ich zweitausend Pfund hätte«, murmelte sie, »würde ich mich bestimmt nicht so leicht davon trennen.«

Sie ließ ihre Augen rasch bis zum Ende der Spalte gleiten und dann mit der Gewandtheit langer Übung wieder daran emporwandern.

Da war die Dame, die so wunderbar hohe Preise für abgelegte Kleidung bezahlte, wobei sie zur Besichtigung von »Damengarderobe« sogar zu einem nach Hause kam. Da war der Herr, der *alles* kaufte, aber sich vorzugsweise für *Zähne* interessierte. Da waren die Damen »von Stand«, die unbedingt verreisen mussten und daher ihre Pelzmäntel zu geradezu spottbilligen Preisen abgeben wollten. Da waren der verarmte Geistliche, die schwer arbeitende Witwe, der kriegsversehrte Offizier, die alle unbedingt Beträge zwischen fünfzig und zweihundert Pfund benötigten.

Und dann hielt Jane abrupt inne. Sie stellte ihre Teetasse hin und las die Annonce ein zweites Mal.

»Es ist natürlich ein Haken dabei«, murmelte sie. »Hinter dieser Art von Angeboten steckt immer ein Haken. Ich muss vorsichtig sein. Aber trotzdem ...«

Die Anzeige, die Jane Cleveland so interessierte, lautete folgendermaßen: »*Wenn* Sie – *junge Dame, Alter zwischen fünfundzwanzig und dreißig, dunkelblaue Augen, hellblonde Haare, schwarze Augenbrauen und Wimpern, gerade Nase, schlanke Figur, Größe ein Meter achtundsechzig, mit Schauspieltalent und französischen Sprachkenntnissen – sich heute zwischen 17 und 18 Uhr bei der Adresse Endersleigh Street 7 melden, haben wir ein interessantes Angebot für Sie.*«

»›Die Unschuld vom Lande‹ oder ›Wie man auf die schiefe Bahn gerät‹«, spöttelte Jane halblaut. »Auf jeden Fall ist Vorsicht geboten. Aber eigentlich werden für so was zu viele besondere Eigenschaften verlangt. Ob vielleicht ... gehen wir die Bedingungen noch einmal durch.«

Sie fing von vorne an.

»Alter fünfundzwanzig bis dreißig – ich bin sechsundzwanzig. Augen dunkelblau – stimmt. Haare hellblond, Augenbrauen und Wimpern schwarz – stimmt alles. Gerade Nase? Na ja – ziemlich gerade, jedenfalls keine Haken- und keine Himmelfahrtsnase. Und eine schlanke Figur hab ich – selbst für heutzutage. Groß bin ich zwar nur ein Meter siebenundsechzig – aber ich könnte ja Schuhe mit hohen Absätzen tragen. Schauspieltalent hab ich auch, nicht überwältigend vielleicht, aber ich kann gut anderer Leute Stimmen imitieren, und Französisch spreche ich wie ein Engel oder eine geborene Französin. Kurz und gut, ich bin genau die Richtige. Die müssten vor Freude schier in die Luft springen, wenn ich mich dort melde. Also los, Jane, auf in den Kampf.«

Entschlossen riss Jane die Anzeige aus der Zeitung und steckte sie in ihre Handtasche. Dann rief sie mit neu erwachter Energie in der Stimme nach ihrer Rechnung.

Um zehn Minuten vor fünf war Jane bereits in der Gegend der Endersleigh Street, um sich ein wenig umzusehen. Die Endersleigh Street selbst war eine kleine, zwischen zwei größere Straßen eingezwängte Nebenstraße nicht weit vom Oxford Circus entfernt. Die graubraunen Häuserfronten wirkten eintönig, aber respektabel.

Nummer 7 schien sich durch nichts von den Nachbarhäusern zu unterscheiden. Es bestand ebenfalls ausschließlich aus Büroetagen. Doch während Jane an der Fassade emporblickte, dämmerte es ihr zum ersten Mal, dass sie nicht das einzige blauäugige, blondhaarige, mit einer geraden Nase ausgestattete schlanke Mädchen zwischen fünfundzwanzig und dreißig Jahren war. In London wimmelte es offensichtlich von derartigen weiblichen Wesen, und mindestens vierzig bis fünfzig davon hatten sich vor der Endersleigh Street 7 versammelt.

»Die Konkurrenz«, seufzte Jane. »Ich reihe mich am besten schleunigst in die Warteschlange ein.«

Sie tat es genau in dem Moment, als drei weitere Mädchen um die Straßenecke bogen. Hinter ihnen tauchten noch andere auf. Jane vertrieb sich die Zeit, indem sie ihre unmittelbaren Nachbarinnen genau unter die Lupe nahm. Bei allen entdeckte sie glücklicherweise etwas, das nicht stimmte – blonde statt dunkle Wimpern; Augen, die mehr grau als blau waren; blonde Haare, die ihre Farbe der Kunst eines Friseurs und nicht der Natur verdankten, interessante Nasenformen und Figuren, die man nur mit größter Nachsicht als schlank bezeichnen konnte. Jane fasste wieder Mut.

»Ich glaube, ich habe geradeso gut eine Chance wie alle anderen hier«, murmelte sie vor sich hin. »Bin gespannt, um was es sich bei der Sache dreht. Ein Statistinnenjob hoffentlich.«

Die Warteschlange rückte langsam, aber stetig voran. Nach einer Weile setzte, aus dem Haus kommend, ein zweiter Strom von Mädchen ein. Einige von ihnen warfen verächtlich die Köpfe zurück, andere grinsten spöttisch.

»Abgelehnt«, frohlockte Jane. »Ich hoffe zu Gott, es ist noch nicht alles besetzt, bis ich drinnen bin.«

Und die Schlange rückte immer noch vorwärts. Ängstliche Blicke senkten sich auf winzige Taschenspiegel, Nasen wurden frisch gepudert, Lippenstifte gezückt.

Ich wünschte, ich hätte einen fescheren Hut, dachte Jane betrübt.

Endlich war sie an der Reihe. Im Hausflur befand sich auf der einen Seite eine Glastür mit der Aufschrift »Messrs. Cuthbertsons«. Durch diese Tür wurden die Bewerberinnen einzeln eingelassen. Nun kam Jane dran. Sie holte tief Luft und ging hinein.

Sie gelangte in ein Vorzimmer, das offensichtlich für das Büropersonal bestimmt war. An seinem Ende war eine weitere Glastür. Jane wurde angewiesen, durch diese Tür zu gehen. Sie tat es und sah sich nun in einem wesentlich kleineren Raum. Darin stand ein riesiger Schreibtisch, und hinter diesem saß ein Mann mittleren Alters mit scharfen Augen und einem dichten, ziemlich fremdländisch wirkenden Schnurrbart. Sein Blick glitt über Jane hinweg, dann deutete er auf eine Tür zur Linken.

»Bitte, warten Sie dort drinnen«, sagte er knapp.

Jane gehorchte. In dem Raum, den sie nun betrat, waren schon mehrere Personen. In steifer Haltung saßen dort fünf Mädchen, die sich alle untereinander mit bösen Blicken maßen. Es war Jane klar, dass man sie unter die aussichtsreichsten Kandidatinnen eingereiht hatte, und sie schöpfte neue Hoffnung. Nichtsdestoweniger musste sie zugeben, dass diese fünf Mädchen hier den in der Annonce geforderten Bedingungen ebenso entsprachen wie sie selbst.

Die Zeit verging. Durch das Büro nebenan strömten offenbar weitere Scharen von Mädchen. Die meisten wurden durch eine andere Tür, die zum Korridor ging, wieder nach draußen geschleust, aber hin und wieder gesellte sich ein Neuankömmling zur Gruppe der Auserwählten. Um halb sieben waren schließlich vierzehn junge Damen in dem Nebenzimmer versammelt.

Jane hörte Stimmengemurmel aus dem Büro, und kurz darauf

trat der ausländisch aussehende Herr, den sie im Geist wegen seines martialischen Schnurrbarts den »Oberst« getauft hatte, in die Tür.

»Meine Damen, ich würde mich nun gern einzeln mit Ihnen unterhalten«, sagte er. »In der Reihenfolge, in der Sie gekommen sind, bitte.«

Jane war demnach die Sechste auf der Liste. Zwanzig Minuten verstrichen, ehe sie hereingerufen wurde. Der »Oberst« stand aufrecht im Zimmer, die Hände auf dem Rücken verschränkt, und stellte ihr rasch hintereinander einige Fragen. Er prüfte ihre Französischkenntnisse und maß schließlich ihre Größe.

»Es wäre möglich, Mademoiselle«, sagte er dann auf Französisch, »dass Sie den Anforderungen entsprechen. Ich weiß es noch nicht. Aber es wäre möglich.«

»Um was für einen Posten handelt es sich denn, wenn ich fragen darf«, erkundigte sich Jane ohne Umschweife.

Er zuckte mit den Achseln.

»Das kann ich Ihnen noch nicht sagen. Wenn die Wahl auf Sie fällt – dann werden Sie es erfahren.«

»Das scheint mir alles sehr geheimnisvoll«, wandte Jane ein. »Ich kann unmöglich eine Tätigkeit annehmen, ohne genau darüber Bescheid zu wissen. Darf ich fragen, ob es etwas mit dem Film zu tun hat?«

»Dem Film? Nein, absolut nicht.«

»Ach!«, stieß Jane verblüfft hervor.

Der »Oberst« musterte sie aufmerksam.

»Sie besitzen Intelligenz, ja? Und Diskretion?«

»Ich besitze jede Menge Intelligenz und Diskretion«, entgegnete Jane ruhig. »Wie steht's mit der Bezahlung?«

»Die Bezahlung wird zweitausend Pfund betragen – für eine Arbeitsdauer von zwei Wochen.«

»Oh!«, hauchte Jane.

Die Höhe der genannten Summe überwältigte sie derart, dass sie im Augenblick kein weiteres Wort herausbrachte.

»Ich habe noch eine weitere junge Dame in die engere Wahl gezogen«, fuhr der Oberst fort. »Sie sind beide gleich gut geeignet. Vielleicht gibt es unter den verbleibenden Damen noch andere, die infrage kommen. Ich werde Ihnen nun weitere Anweisungen geben. Sie kennen das Hotel ›Harridge's‹?«

Jane rang nach Luft. Wer in England kannte nicht das »Harridge's«, jenes berühmte Haus in einer bescheidenen Nebenstraße von Mayfair, wo regelmäßig Mitglieder regierender Häuser und andere Berühmtheiten abzusteigen pflegten. Erst heute Morgen hatte Jane von der Ankunft der Großherzogin Pauline von Ostrowa gelesen. Sie war nach England gekommen, um einen großen Wohltätigkeitsbasar zur Unterstützung russischer Flüchtlinge zu eröffnen, und sie wohnte natürlich im »Harridge's«.

»Ja«, antwortete Jane auf die Frage des Obersten.

»Schön. Begeben Sie sich dorthin. Fragen Sie nach Graf Streptitsch. Schicken Sie Ihre Visitenkarte hinauf – Sie haben doch eine Visitenkarte?«

Jane holte eine aus der Tasche. Der Oberst nahm sie und kritzelte in eine Ecke davon ein winziges P. Dann gab er Jane die Karte zurück.

»Das garantiert Ihnen, dass der Graf Sie auch bestimmt empfängt. Er wird daraus ersehen, dass ich Sie geschickt habe. Die endgültige Entscheidung liegt bei ihm – und bei einer anderen Person. Sollte er Sie für geeignet halten, wird er Ihnen erklären, um was es sich handelt, und Sie können dann sein Angebot annehmen oder ablehnen. Sind Sie damit einverstanden?«

»Vollkommen«, erwiderte Jane.

Vorläufig wenigstens, dachte sie, als sie auf die Straße trat.

Ich kann keinen Haken an der Geschichte entdecken. Und doch muss es einen geben. Für nichts kriegt man nichts. Es muss sich um irgendeine illegale Sache handeln! Etwas anderes bleibt gar nicht übrig.

Sie wurde ganz vergnügt bei dem Gedanken. Die Idee einer illegalen Beschäftigung schien ihr nicht so übel, vorausgesetzt natürlich, diese hielt sich im Rahmen. Die Zeitungen waren in letzter Zeit voll von den »Heldentaten« verschiedener »Gangsterbräute« gewesen, und Jane hatte sich schon ernstlich überlegt, ob sie sich, sollte alles andere schiefgehen, nicht auch auf dieses Metier verlegen sollte.

Mit leichtem Schaudern trat sie durch das geheiligte Portal des »Harridge's«. Mehr als je zuvor wünschte sie, sie hätte einen neuen Hut.

Aber sie marschierte tapfer zur Rezeption, holte ihre Karte heraus und fragte ohne jedes Zaudern in der Stimme nach Graf Streptitsch. Ihr schien, als sehe der Portier sie recht neugierig an, doch er nahm ihre Karte und gab sie einem kleinen Hotelpagen, wobei er diesem leise einige Anweisungen erteilte, die Jane nicht verstand. Nach einer Weile kehrte der Page zurück und forderte Jane auf, ihm zu folgen. Sie fuhren mit dem Lift nach oben und gingen einen Korridor entlang bis zu einer breiten Doppeltür. Der Page klopfte an. Einen Augenblick später fand sich Jane in einem großen Raum einem hochgewachsenen, schlanken Herrn mit blondem Bart gegenüber, der lässig ihre Visitenkarte zwischen langen weißen Fingern hielt.

»Miss Jane Cleveland«, las er langsam. »Ich bin Graf Streptitsch.«

Seine Lippen öffneten sich zu etwas, das wohl ein Lächeln darstellen sollte, und entblößten zwei Reihen weißer ebenmäßiger Zähne. Das Resultat erweckte jedoch keineswegs den Eindruck von Heiterkeit.

»Wenn ich recht verstehe, haben Sie sich auf unsere Annonce hin beworben«, fuhr der Graf fort. »Unser guter Oberst Kranin hat Sie dann zu uns geschickt.«

Er ist also doch ein Oberst, dachte Jane, erfreut über ihre Menschenkenntnis, doch sie nickte bloß.

»Sie werden es mir nicht übel nehmen, wenn ich Ihnen nun ein paar Fragen stelle?«

Er wartete ihre Antwort nicht ab, sondern unterzog Jane sofort einem Verhör, das demjenigen des Obersten Kranin fast aufs Haar glich. Ihre Antworten schienen ihn zu befriedigen. Er nickte ein- oder zweimal mit dem Kopf.

»Ich möchte Sie nun bitten, Mademoiselle, langsam bis zur Tür und wieder zurück zu gehen.«

Vielleicht wollen die mich als Mannequin, dachte Jane, während sie gehorchte. Aber nein, einem Mannequin würden sie nicht zweitausend Pfund bezahlen. Trotzdem, ich stelle vorläufig lieber noch keine Fragen.

Graf Streptitsch runzelte die Stirn. Er trommelte mit seinen weißen Fingern auf die Tischplatte. Plötzlich erhob er sich, öffnete die Tür zu einem Nebenzimmer und sprach mit jemandem dort drinnen.

Er kehrte zu seinem Platz zurück, und gleich darauf erschien eine ältere Dame aus dem Nebenzimmer, dessen Tür sie hinter sich schloss. Sie war auffallend hässlich, dennoch merkte man ihrem Auftreten an, dass sie eine bedeutende Persönlichkeit war.

»Nun, Anna Michaelowna«, sagte der Graf. »Was halten Sie von ihr?«

Die Dame musterte Jane von oben bis unten, als wäre das Mädchen eine Wachsfigur in einem Panoptikum. Sie machte nicht die geringsten Anstalten, Jane zu begrüßen.

»Sie könnte passen«, meinte sie schließlich. »Eine Ähnlichkeit im buchstäblichen Sinn ist zwar kaum vorhanden. Aber die Figur und die Farben sind sehr gut, besser als bei den anderen. Was meinen Sie, Feodor Alexandrowitsch?«

»Ich bin ganz Ihrer Meinung, Anna Michaelowna.« »Spricht sie Französisch?«

»Ihr Französisch ist ausgezeichnet.«

Jane kam sich mehr und mehr wie eine Wachspuppe vor. Keiner dieser beiden merkwürdigen Leute schien auf den Gedanken zu kommen, dass sie ein menschliches Wesen war.

»Aber wird sie auch schweigen können?«, fragte die Dame, indem sie Jane stirnrunzelnd betrachtete.

»Das ist die Prinzessin Poporensky«, wandte sich Graf Streptitsch auf Französisch an Jane. »Sie möchte wissen, ob Sie schweigen können.«

Jane richtete ihre Antwort an die Prinzessin.

»Ehe man mir nicht erklärt, um welche Tätigkeit es sich handelt, kann ich schwerlich irgendetwas versprechen.«

»Es ist richtig, was sie da sagt, die Kleine«, meinte die Dame. »Ich glaube, sie ist intelligent, Feodor Alexandrowitsch, intelligenter als die anderen. Sagen Sie mir, Kleine, haben Sie auch Mut?«

»Ich weiß nicht«, antwortete Jane verwirrt. »Ich hab's nicht gerade besonders gern, wenn man mir Schmerzen zufügt, aber ich kann's ertragen.«

»Oh, das habe ich nicht gemeint. Sie haben keine Angst vor Gefahren, nein?«

»Ach so!«, rief Jane. »Gefahren! Nein, das nicht. Gefahren, die liebe ich.«

»Und Sie sind arm? Würden Sie gern viel Geld verdienen?«

»Und ob«, rief Jane schon beinahe enthusiastisch.

Graf Streptitsch und Prinzessin Poporensky wechselten einen Blick. Dann nickten sie beide gleichzeitig.

»Soll ich erklären, Anna Michaelowna?«, fragte Streptitsch. Die Prinzessin schüttelte den Kopf.

»Ihre Hoheit möchte das selbst tun.«

»Das ist unnötig – und unklug.«

»Dennoch, so lautet ihr Befehl. Ich soll das Mädchen zu ihr bringen, sobald Sie mit Ihrem Interview fertig sind.«

Streptitsch zuckte die Achseln. Er war sichtlich nicht erbaut darüber. Aber ebenso sichtlich verspürte er keine Neigung, sich dem Befehl zu widersetzen. Er wandte sich zu Jane.

»Die Prinzessin Poporensky wird Sie nun Ihrer Hoheit, der Großherzogin Pauline vorstellen. Haben Sie keine Angst.«

Jane hatte absolut keine Angst. Sie war von dem Gedanken entzückt, einer echten, lebendigen Großherzogin vorgestellt zu werden. Ihr Wesen war nicht von sozialistischen Ideen angekränkelt. Für den Augenblick machte sie sich nicht einmal mehr Sorgen wegen ihres Hutes.

Prinzessin Poporensky watschelte Jane gewichtigen Schritts voraus, wobei sie es trotz widriger Umstände fertigbrachte, ihrem Gang eine gewisse Würde zu verleihen. Sie durchschritten den Nebenraum, eine Art Vorzimmer, und die Prinzessin klopfte an eine Tür in der gegenüberliegenden Wand. Eine Stimme von drinnen antwortete. Die Prinzessin öffnete die Tür und trat über die Schwelle, dicht gefolgt von Jane.

»Madame«, begann sie in feierlichem Ton, »gestatten Sie, dass ich Ihnen Miss Jane Cleveland vorstelle.«

Eine junge Frau, die in einem tiefen Sessel im Hintergrund des Raums gesessen hatte, sprang auf und eilte auf die beiden zu. Ein oder zwei Minuten lang starrte sie Jane wie gebannt an, dann brach sie in fröhliches Lachen aus.

»Aber das ist ja phantastisch, Anna«, rief sie. »Ich hätte nie geglaubt, dass es so gut funktionieren würde. Kommen Sie, wir wollen uns Seite an Seite betrachten.«

Sie ergriff Jane beim Arm und zog sie mit sich durchs Zimmer bis zu einem mannshohen Spiegel an der Wand.

»Sehen Sie?«, rief sie entzückt. »Das perfekte Ebenbild.« Schon beim ersten Anblick der Großherzogin Pauline hatte Jane angefangen zu begreifen. Die Großherzogin war eine junge Frau, vielleicht ein oder zwei Jahre älter als Jane. Sie hatte Haare vom gleichen Blondton wie Jane und die gleiche schlanke Figur. Sie war lediglich eine Spur größer. Jetzt, da sie beide nebeneinander standen, war die Ähnlichkeit wirklich frappant.

Die Großherzogin klatschte in die Hände. Sie schien eine außergewöhnlich heitere junge Frau zu sein.

»Es könnte nicht besser sein«, rief sie aus. »Sie müssen Feodor Alexandrowitsch in meinem Namen beglückwünschen, Anna. Er hat wirklich großartige Arbeit geleistet.«

»Bisher, Madame«, entgegnete die Prinzessin mit gedämpfter

Stimme, »weiß diese junge Frau noch nicht, was von ihr verlangt wird.«

»Stimmt.« Die Großherzogin beruhigte sich ein wenig. »Das habe ich ganz vergessen. Nun, ich werde sie aufklären. Lassen Sie uns allein, Anna Michaelowna.«

»Aber, Madame –«

»Lassen Sie uns allein, habe ich gesagt.«

Die Großherzogin stampfte ärgerlich mit dem Fuß auf. Mit merklichem Widerstreben verließ Anna Michaelowna den Raum. Die Großherzogin setzte sich und bedeutete Jane, das Gleiche zu tun.

»Sie sind schon lästig, diese alten Frauen«, bemerkte Pauline. »Aber sie gehören nun einmal dazu. Anna Michaelowna ist noch besser als die meisten anderen. Nun, Miss ... ach ja, Miss Jane Cleveland. Der Name gefällt mir. Sie übrigens auch. Sie sind sympathisch. Ich merke sofort, ob Menschen sympathisch sind.«

»Das ist sehr klug von Ihnen, Madame.« Jane tat zum ersten Mal den Mund auf.

»Ich bin klug«, gab Pauline ruhig zurück. »So, und nun will ich Ihnen alles erklären. Zwar gibt es da nicht viel zu erklären. Sie kennen die Geschichte von Ostrowa. Praktisch meine ganze Familie ist tot – von den Kommunisten ausgerottet worden. Ich bin wahrscheinlich die Letzte meiner Linie. Und ich bin eine Frau, wir haben keine weibliche Erbfolge. Man möchte daher meinen, sie würden mich in Ruhe lassen. Aber nein, wohin ich gehe, werden Attentatsversuche gegen mich unternommen. Absurd, nicht wahr? Diesen Leuten geht eben jeder Sinn für das rechte Maß ab.«

»Ich verstehe«, murmelte Jane in dem unbestimmten Gefühl, es werde eine Antwort von ihr erwartet.

»Die meiste Zeit lebe ich in strenger Zurückgezogenheit – wo ich Vorkehrungen für meinen Schutz treffen kann. Aber hin und wieder muss ich an öffentlichen Feierlichkeiten teilnehmen. Während meines Aufenthalts hier zum Beispiel muss ich mehrere halb öffentliche Veranstaltungen besuchen. Und ebenso in Paris, auf meinem Rückweg. Ich habe nämlich einen Besitz in Ungarn, wissen Sie. Man kann dort wunderbar Sport treiben.«

»Tatsächlich?«, sagte Jane.

»Ja, fabelhaft. Ich liebe Sport. Außerdem – eigentlich dürfte ich Ihnen das gar nicht erzählen, aber ich tu's doch, weil Sie so ein sympathisches Gesicht haben –, also, es werden dort gewisse Vorbereitungen getroffen in aller Stille, verstehen Sie. Kurz gesagt, es ist sehr wichtig, dass ich während der nächsten zwei Wochen nicht umgebracht werde.«

»Aber bestimmt ist die Polizei …«, begann Jane.

»Die Polizei? O ja, die ist sicherlich ausgezeichnet. Und wir selbst haben auch unsere Spione. Es ist gut möglich, dass ich vor einem Attentatsversuch gewarnt werde. Aber vielleicht eben auch nicht.«

Sie zuckte die Achseln.

»Langsam verstehe ich«, sagte Jane bedächtig. »Sie wünschen, dass ich Ihren Platz einnehme?«

»Nur bei bestimmten Gelegenheiten«, sprudelte die Großherzogin hervor. »Sie müssten sich irgendwo zu meiner Verfügung halten, verstehen Sie? Ich werde Sie während der nächsten vierzehn Tage vielleicht zweimal, dreimal oder auch viermal brauchen. Das wird jedes Mal anlässlich irgendeiner öffentlichen Veranstaltung sein. Bei intimen Geselligkeiten jeder Art können Sie mich natürlich nicht vertreten.«

»Natürlich nicht«, bestätigte Jane.

»Sie eignen sich wirklich ausgezeichnet für diese Aufgabe. Es war ein kluger Einfall von Feodor Alexandrowitsch, diese Annonce, finden Sie nicht?«

»Und angenommen, ich werde ermordet?«

Die Großherzogin hob die Schultern.

»Dieses Risiko besteht natürlich, aber laut unseren eigenen geheimen Informationen möchte man mich entführen, nicht sofort umbringen. Aber ich will ganz ehrlich sein – es besteht natürlich immer die Möglichkeit, dass ein Bombenattentat auf mich geplant ist.«

»Aha«, murmelte Jane in einem Versuch, die unbeschwerte Art von Pauline zu imitieren. Sie hätte zu gerne die Frage der Bezahlung zur Sprache gebracht, wusste jedoch nicht so recht, wie sie das Thema anschneiden sollte. Aber Pauline enthob sie ihrer Sorge.

»Wir werden Sie natürlich gut dafür bezahlen«, bemerkte sie leichthin. »Ich kann mich momentan nicht genau erinnern, wie viel Feodor Alexandrowitsch vorgeschlagen hat. Wir sprachen von Francs oder Kronen, glaube ich.«

»Oberst Kranin«, sagte Jane, »sagte etwas von zweitausend Pfund.«

»Genau«, entgegnete Pauline lebhaft. »Jetzt erinnere ich mich wieder. Es ist hoffentlich genug, ja? Oder würden Sie lieber dreitausend haben?«

»Tja«, meinte Jane, »wenn es Ihnen nichts ausmacht, so hätte ich lieber dreitausend.«

»Sie verstehen sich auf geschäftliche Dinge, wie ich sehe«, sagte die Großherzogin freundlich. »Ich wünschte, ich täte es auch. Aber ich habe überhaupt keinen Begriff von Geld. Was ich mir wünsche, muss ich haben, und damit basta.«

Jane schien das eine schlichte, aber bewundernswerte Lebenseinstellung.

»Und dann besteht natürlich, wie Sie sagen, eine gewisse Gefahr«, fuhr Pauline nachdenklich fort. »Obwohl Sie mir nicht so aussehen, als ob Sie die Gefahr fürchteten. Ich selbst tue es auch nicht. Ich hoffe, Sie denken nicht, es geschehe aus Feigheit, dass ich Sie meine Rolle spielen lassen will? Sehen Sie, es ist für Ostrowa von allergrößter Wichtigkeit, dass ich heirate und mindestens zwei Söhne bekomme. Danach kommt es nicht mehr darauf an, was mit mir geschieht.«

»Ich verstehe«, sagte Jane.

»Und Sie sind einverstanden?«

»Ja«, erklärte Jane fest, »ich bin einverstanden.«

Pauline klatschte mehrmals heftig in die Hände. Sofort erschien Prinzessin Poporensky im Zimmer.

»Ich habe ihr alles erzählt, Anna«, verkündete die Großherzogin. »Sie wird sich nach unseren Wünschen richten, und sie soll dreitausend Pfund bekommen. Sagen Sie Feodor, er soll es sich notieren. Sie ist mir wirklich sehr ähnlich, meinen Sie nicht? Allerdings sieht sie besser aus, finde ich.«

Die Prinzessin watschelte aus dem Zimmer und kehrte mit Graf Streptitsch zurück.

»Wir haben alles geregelt, Feodor Alexandrowitsch«, sagte die Großherzogin.

Er verbeugte sich.

»Wird sie ihre Rolle aber auch spielen können?«, fragte er mit einem zweifelnden Blick auf Jane.

»Ich werd's Ihnen zeigen«, sagte Jane plötzlich. »Sie gestatten, Madame?«, wandte sie sich zur Großherzogin.

Diese nickte erfreut.

Jane erhob sich. »Aber das ist ja phantastisch, Anna«, rief sie. »Ich hätte nie geglaubt, dass es so gut funktionieren würde. Kommen Sie, wir wollen uns Seite an Seite betrachten.«

Und wie Pauline es schon getan hatte, zog sie ihrerseits die Großherzogin vor den Spiegel.

»Sehen Sie? Das perfekte Ebenbild!«

Es war in Wort, Bewegung und Mimik eine ausgezeichnete Imitation von Paulines Begrüßung, und die Prinzessin nickte beifällig.

»Das war gut«, meinte Anna. »Die meisten Menschen würden sich davon täuschen lassen.«

»Sie sind wirklich sehr geschickt«, lobte Pauline. »Ich könnte niemals einen anderen Menschen nachmachen, und wenn es um mein Leben ginge.«

Jane glaubte ihr aufs Wort. Ihr war bereits aufgefallen, dass Pauline eine sehr egozentrische Persönlichkeit war.

»Anna wird nun alle Einzelheiten mit Ihnen besprechen«, fuhr die Großherzogin fort. »Führen Sie sie in mein Schlafzimmer, Anna, und probieren Sie ihr ein paar von meinen Kleidern an.«

Ein liebenswürdiges Nicken, und Jane war entlassen. Prinzessin Poporensky geleitete sie hinaus.

»Dieses hier wird Ihre Hoheit zur Eröffnung des Basars tragen«, erläuterte die alte Dame, während sie eine gewagte Kreation in Weiß und Schwarz emporhielt. »Das wird in drei Tagen sein. Es könnte sich die Notwendigkeit ergeben, dass Sie sie dort vertreten müssen. Wir wissen es noch nicht, weil wir noch keine Informationen darüber haben.« Auf Annas Geheiß streifte Jane ihre eigenen abgetragenen Kleidungsstücke ab und schlüpfte in das Kleid. Es passte ausgezeichnet. Anna Michaelowna nickte beifällig.

»Es passt genau – nur ein bisschen zu lang, da Sie etwa zwei Zentimeter kleiner sind als Ihre Hoheit.«

»Dem kann man leicht abhelfen«, sagte Jane rasch. »Die Großherzogin trägt Schuhe mit flachen Absätzen, wie ich bemerkt habe. Wenn ich die gleiche Art von Schuhen trage, aber mit hohen Absätzen, stimmt die Länge.«

Anna Michaelowna zeigte ihr die Schuhe, die die Großherzogin gewöhnlich zu dem Kleid trug – Sandaletten aus Eidechsenleder mit gekreuzten Zehenriemen. Jane prägte sich die Form ein, um sich ein möglichst ähnliches Modell zu besorgen, nur mit anderen Absätzen.

»Es wäre ratsam«, fuhr Anna Michaelowna fort, »wenn Sie außerdem ein Kleid kaufen würden, das in Farbe und Material von dem Ihrer Hoheit vollständig absticht. Sollte es sich dann kurzfristig ergeben, dass Sie an ihre Stelle treten müssen, würde der Austausch wahrscheinlich weniger auffallen.«

Jane überlegte einen Moment.

»Wie wär's mit leuchtend rotem Marocain? Und vielleicht trage ich dazu eine Brille. Das verändert das Aussehen sehr stark.«

Beide Vorschläge fanden Beifall, und man besprach weitere Einzelheiten. Jane verließ das Hotel mit Banknoten im Wert von hundert Pfund in der Handtasche sowie mit der Anweisung, sich die notwendigen Kleidungsstücke zu besorgen und sich sodann unter dem Namen Miss Montresor aus New York ein Zimmer im Hotel »Blitz« zu nehmen.

Am zweiten Tag nach diesen Ereignissen stattete ihr Graf Streptitsch dort einen Besuch ab.

»Welch eine Verwandlung«, bemerkte er, während er sich verbeugte.

Jane antwortete mit einer spöttischen Verneigung. Ihre neue Garderobe und das Luxusdasein, das sie jetzt führte, machten ihr großen Spaß.

»Das ist ja alles wunderschön«, seufzte sie. »Aber ich fürchte, Ihr Besuch bedeutet, dass ich nunmehr an die Arbeit gehen und mir mein Geld verdienen muss.«

»Das ist richtig. Wir haben Informationen erhalten. Demnach scheint die Möglichkeit zu bestehen, dass man den Versuch unternehmen wird, Ihre Hoheit auf dem Rückweg von dem Wohltätigkeitsbasar zu entführen. Dieser Basar soll, wie Sie wissen, in ›Orion House‹ stattfinden, welches ungefähr zehn Meilen außerhalb von London liegt. Ihre Hoheit wird an dem Basar leider in eigener Person teilnehmen müssen, da die Gräfin von Anchester, die ihn organisiert, sie persönlich kennt. Aber ich habe folgenden Plan ausgearbeitet.«

Jane hörte ihm aufmerksam zu. Sie stellte ein paar Fragen und erklärte schließlich, sie habe die Rolle, die sie spielen sollte, genau verstanden.

Am nächsten Morgen strahlte die Sonne vom wolkenlosen Himmel – das ideale Wetter für eines der großen gesellschaftlichen Ereignisse der Londoner Saison, dem Wohltätigkeitsbasar, der unter Leitung der Gräfin von Anchester zugunsten der in England lebenden Flüchtlinge aus Ostrowa in »Orion House« stattfinden sollte.

Mit Rücksicht auf die Unberechenbarkeit des englischen Klimas wurde der Basar selbst in den weitläufigen Salons von »Orion House« abgehalten, das sich seit fünfhundert Jahren im Besitz der Grafen von Anchester befand. Es waren unter anderem verschiedene Privatsammlungen zu besichtigen, und als eine besonders hübsche Idee hatten hundert Damen der Londoner Gesellschaft jeweils eine Perle aus ihren eigenen Kolliers gestiftet, die am folgenden Tag einzeln versteigert werden sollten. Außerdem fanden im Schlosspark zahlreiche Theaterveranstaltungen und andere Vorführungen statt.

Jane in ihrer Rolle als Miss Montresor war frühzeitig zur Stelle. Sie trug ein Kleid aus leuchtend rotem Marocain und dazu ein eng anliegendes rotes Hütchen. Ihre Füße steckten in hochhackigen Sandaletten aus Eidechsenleder. Die Ankunft der Großherzogin Pauline war ein großes Ereignis. Sie wurde zur Rednertribüne geleitet, und ein kleines Mädchen überreichte ihr den obligaten Rosenstrauß. Sie hielt eine kurze, liebenswürdige Ansprache und erklärte sodann den Wohltätigkeitsbasar für eröffnet. Sie wurde von Graf Streptitsch und Prinzessin Poporensky begleitet. Sie trug das Kleid, das Jane schon kannte, weiß mit einem auffallenden schwarzen Muster, und dazu einen kleinen schwarzen Hut, über dessen Krempe üppige weiße Straußenfedern wallten. Ein zarter Spitzenschleier fiel ihr tief in die Stirn. Jane lächelte in sich hinein.

Die Großherzogin machte einen Rundgang durch den Basar, wobei sie vor jedem Stand kurz anhielt, etwas kaufte und ein paar liebenswürdige Worte sprach. Dann traf sie Anstalten, sich zu verabschieden.

Das war der Moment für Janes Auftritt. Sie wandte sich an Prinzessin Poporensky und bat, der Großherzogin vorgestellt zu werden.

»Ach ja!«, rief Pauline mit heller Stimme. »Miss Montresor, ich erinnere mich an den Namen. Eine amerikanische Journalistin, wenn ich mich nicht irre. Sie hat viel für unsere Sache getan. Es wäre mir ein Vergnügen, ihr ein kurzes Interview für ihre Zeitung zu geben. Gibt es hier irgendwo einen Platz, wo wir ungestört sind?«

Sofort wurde der Großherzogin ein kleines Vorzimmer zur Verfügung gestellt, und man schickte Graf Streptitsch aus, um Miss Montresor hereinzuholen. Sobald er seinen Auftrag ausgeführt und sich wieder zurückgezogen hatte, fand mit Hilfe von Prinzessin Poporensky ein blitzschneller Kleidertausch statt.

Drei Minuten später öffnete sich die Tür, und die Großherzogin erschien, ihren Rosenstrauß dicht vors Gesicht haltend.

Mit einem liebenswürdigen Neigen des Kopfes und ein paar französischen Abschiedsworten an die Gräfin von Anchester rauschte sie hinaus und bestieg ihren wartenden Wagen. Prinzessin Poporensky nahm den Platz neben ihr ein, und der Wagen fuhr davon.

»So«, sagte Jane, »das war's. Wie es wohl Miss Montresor ergehen mag?«

»Auf sie wird niemand achten. Sie kann unbemerkt hinausschlüpfen.«

»Das stimmt«, gab Jane zu. »Ich habe meine Sache gut gemacht, nicht wahr?«

»Sie haben Ihre Rolle ausgezeichnet gespielt, ja.«

»Warum ist der Graf nicht mit uns gekommen?«

»Er musste dort bleiben, denn jemand muss über die Sicherheit Ihrer Hoheit wachen.«

»Hoffentlich wirft niemand eine Bombe«, meinte Jane besorgt. »He! Wir biegen ja von der Hauptstraße ab. Was soll das?«

Der Wagen raste mit zunehmender Geschwindigkeit eine Nebenstraße hinunter.

Jane fuhr hoch und redete protestierend auf den Chauffeur ein. Dieser lachte bloß und erhöhte das Tempo. Jane ließ sich wieder in den Sitz zurücksinken.

»Ihre Spione hatten recht«, lachte sie. »Da haben wir den Salat. Ich denke, je länger ich meine Rolle spiele, desto besser ist es für die Sicherheit der Großherzogin. Auf alle Fälle müssen wir genug Zeit gewinnen, dass sie heil nach London kommt.«

Die drohende Gefahr ließ Janes Herz höherschlagen. Der Gedanke an ein Bombenattentat hatte ihr missfallen, doch diese Art Abenteuer appellierte an ihre sportlichen Instinkte.

Plötzlich hielt der Wagen mit quietschenden Reifen. Ein Mann sprang auf das Trittbrett. Er hielt einen Revolver in der Hand.

»Hände hoch«, zischte er.

Prinzessin Poporenskys Hände fuhren blitzschnell in die Höhe, Jane hingegen blickte den Mann bloß verächtlich an und ließ die Hände im Schoß ruhen.

»Fragen Sie ihn, was dieses empörende Benehmen zu bedeuten hat«, sagte sie auf Französisch zu ihrer Begleiterin.

Ehe diese jedoch dazu kam, zu antworten, fiel ihr der Mann ins Wort und überschüttete die beiden Frauen mit einem Redeschwall in irgendeiner fremden Sprache.

Jane, die kein Wort verstand, zuckte bloß die Achseln und schwieg. Der Chauffeur war unterdessen von seinem Sitz geklettert und neben den anderen Mann getreten.

»Würde sich die hochedle Dame bitte herausbemühen?«, fragte er grinsend.

Den Blumenstrauß wieder dicht vor ihr Gesicht haltend, stieg Jane aus dem Wagen. Prinzessin Poporensky folgte ihr.

»Würde die hochedle Dame nun bitte hier langkommen?« Jane nahm keine Notiz von dem unverschämten Ton des Mannes, sondern ging aus freien Stücken auf ein niedriges, verwinkeltes Haus zu, das etwa hundert Meter entfernt von der Stelle, wo der Wagen gehalten hatte, stand. Die Straße war eine Sackgasse, die in der Zufahrt zu diesem offensichtlich unbewohnten Gebäude mündete.

Der Mann, der noch immer mit seinem Revolver herumfuchtelte, marschierte dicht hinter den beiden Frauen her. Als sie die Vortreppe hinaufstiegen, drängte er sich an ihnen vorbei und riss links eine Tür auf. Sie führte in ein leeres Zimmer, in das man lediglich einen Tisch und zwei Stühle gestellt hatte.

Jane trat ein und setzte sich. Anna Michaelowna folgte ihr. Der Mann schlug die Tür zu und drehte den Schlüssel im Schloss.

Jane ging zum Fenster und blickte hinaus.

»Ich könnte natürlich hinausspringen«, meinte sie, »aber ich würde nicht weit kommen. Nein, vorläufig müssen wir wohl hier bleiben und uns mit unserer Lage abfinden. Ob die uns wohl etwas zu essen bringen werden?«

Etwa eine halbe Stunde später wurde ihre Frage beantwortet. Eine große Terrine dampfender Suppe wurde hereingebracht und vor sie auf den Tisch gestellt. Dazu gab es zwei Stück trockenes Brot.

»Nicht gerade ein fürstliches Mahl«, bemerkte Jane fröhlich, während die Tür wieder von außen verschlossen wurde. »Wollen Sie anfangen oder soll ich?«

Die Prinzessin Poporensky winkte schon bei dem Gedanken an Essen entsetzt ab.

»Wie könnte ich einen Bissen hinunterbringen? Wer weiß, in welcher Gefahr sich meine Herrin womöglich befindet?«

»Ach, der passiert nichts«, entgegnete Jane trocken. »Ich mache mir eher Sorgen um meine eigene Person. Wissen Sie, diese Leute werden ganz und gar nicht erfreut sein, wenn sie merken, dass sie die Falsche erwischt haben. Ja, sie könnten sogar ausgesprochen unangenehm werden. Nun, ich werde eben so lange wie möglich die hoheitsvolle Großherzogin mimen und, falls sich eine Gelegenheit bietet, schleunigst verschwinden.«

Jane hatte Hunger und aß die Suppe allein auf. Sie hatte einen etwas komischen Beigeschmack, aber sie war heiß und gut gewürzt.

Hinterher fühlte sich Jane schläfrig. Die Prinzessin Poporensky schien lautlos vor sich hin zu weinen. Jane setzte sich möglichst bequem auf dem unbequemen Stuhl zurecht und ließ den Kopf auf die Brust sinken.

Nach wenigen Minuten war sie fest eingeschlafen.

Jane schreckte aus ihrem Schlaf hoch. Irgendwie war ihr zumute, als hätte sie sehr lange geschlafen. Sie spürte einen unangenehmen, dumpfen Druck im Kopf.

Und dann sah sie plötzlich etwas, das sie ruckartig hellwach werden ließ. Sie hatte das leuchtend rote Kleid an.

Sie richtete sich auf und schaute sich um. Ja, sie saß noch immer in dem Zimmer in dem leeren Haus. Alles war noch genauso wie zu dem Zeitpunkt, als sie eingeschlafen war mit Ausnahme von zwei Tatsachen. Erstens, die Prinzessin Poporensky saß nicht mehr auf dem anderen Stuhl. Und Tatsache Nummer zwei, ihre eigene unerklärliche Verwandlung.

Ich kann das Ganze nicht geträumt haben, dachte Jane, denn hätte ich es geträumt, dann wäre ich nicht hier.

Als sie einen Blick zum Fenster warf, kam ihr ein weiterer bedeutsamer Umstand zu Bewusstsein. Bei ihrer Ankunft hatte strahlende Sonne durchs Fenster geschienen. Jetzt warf das Haus einen langen Schatten auf die sonnenbeschienene Einfahrt.

Das Haus blickt nach Westen, überlegte sie. Als ich einschlief, war es Nachmittag. Also muss es jetzt frühmorgens sein. Also war ein Schlafmittel in der Suppe. Also – ach, ich weiß nicht. Das Ganze ist verrückt.

Sie erhob sich und ging zur Tür. Diese war unversperrt. Jane durchsuchte das Haus. Es war still und leer.

Jane drückte die Handflächen gegen ihren schmerzenden Kopf und versuchte nachzudenken. Da fiel ihr Blick auf eine zerrissene Zeitung, die neben der Eingangstür lag. Eine dicke Schlagzeile stach ihr ins Auge.

Amerikanische Gangsterbraut in England, las sie. Das Mädchen im roten Kleid. Sensationeller Überfall beim Wohltätigkeitsbasar in »Orion House«.

Mit wankenden Knien trat Jane in die Sonne hinaus und ließ sich auf den Eingangsstufen nieder. Während sie las, wurden ihre Augen immer größer.

Der Bericht schilderte knapp folgenden Tatbestand: Unmittelbar nach der Abfahrt der Großherzogin Pauline hatten drei Männer und eine junge Frau in einem roten Kleid plötzlich Schusswaffen gezogen und damit die Menge in Schach gehalten. Sie hatten die hundert Perlen an sich genommen und in einem schnellen Sportwagen die Flucht ergriffen. Bisher war noch keine Spur von ihnen gefunden worden. Wie verlautet, habe die junge Frau im roten Kleid zuvor unter dem Namen einer Miss Montresor aus New York im Hotel »Blitz« gewohnt.

»Ich bin erledigt«, stöhnte Jane. »Absolut erledigt. Ich habe ja von Anfang an gewusst, dass ein Haken dran war.«

Und dann zuckte sie zusammen. Ein sonderbares Geräusch durchschnitt die Stille. Es war die Stimme eines Mannes, der in kurzen Abständen immer wieder das gleiche Wort hervorstieß.

»Verdammt«, schimpfte die Stimme. »Verdammt.« Und gleich darauf wieder: »Verdammt!«

Jane durchrieselte es kalt. Das Wort drückte so haargenau ihre eigenen Gefühle aus. Sie lief die Stufen hinunter. Am Fuß der Treppe lag ein junger Mann, der sich mühte, den Kopf vom Erdboden zu erheben. Sein Gesicht erschien Jane als eines der nettesten, die sie je gesehen. Es war voller Sommersprossen und trug einen liebenswürdig-ironischen Zug.

»Verdammt, mein Kopf«, stöhnte der junge Mann. »Verdammt –«

Er unterbrach sich plötzlich und starrte zu Jane hinauf. »Ich muss träumen«, sagte er schwach.

»Das Gleiche habe ich auch gesagt«, entgegnete Jane. »Aber wir träumen nicht. Was ist mit Ihrem Kopf los?«

»Jemand hat mir einen Schlag über den Schädel gegeben. Gott sei Dank habe ich einen ziemlich harten Schädel.«

Er setzte sich mühsam auf und verzog das Gesicht. »Mein Gehirn wird hoffentlich auch bald wieder funktionieren. Ich bin noch immer am gleichen Ort, wie ich sehe.«

»Wie sind Sie denn hierhergekommen?«, fragte Jane neugierig.

»Das ist eine lange Geschichte. Übrigens, sind Sie nicht diese Großherzogin Dingsda? Hab ich nicht recht?«

»Nein, die bin ich nicht. Ich heiße schlicht Jane Cleveland.«

»Na, immerhin sehen Sie nicht schlicht aus«, witzelte der junge Mann, wobei er sie jedoch mit unverhohlener Bewunderung musterte.

Jane wurde rot. »Ich sollte Ihnen wohl ein Glas Wasser bringen, nicht wahr?«, fragte sie unsicher.

»Ich glaube, das ist in solchen Fällen üblich«, stimmte der junge Mann zu. »Trotzdem würde ich eigentlich lieber einen Schluck Whisky haben, falls Sie einen auftreiben können.«

Jane fand keinen Whisky. Der junge Mann trank stattdessen einen großen Schluck Wasser und verkündete hinterher, nun fühle er sich besser.

»Soll ich Ihnen jetzt mein Abenteuer erzählen, oder wollen Sie mir Ihres erzählen?«, fragte er dann.

»Sie zuerst.«

»Meins ist eigentlich eher banal. Ich bemerkte zufällig, dass die Großherzogin bei dem bewussten Basar mit flachen Schuhen in ein Zimmer hineinging und mit hochhackigen Schuhen wieder herauskam. Das fand ich irgendwie sonderbar. Und sonderbare Dinge reizen meine Neugier.

Ich fuhr also mit meinem Motorrad hinter ihrem Wagen her. Ich sah, wie Sie in dieses Haus gebracht wurden. Etwa zehn Minuten später kam ein großer Sportwagen angerast. Eine junge Frau in Rot und drei Männer stiegen aus. Die Frau trug tatsächlich flache Schuhe. Die vier gingen ins Haus. Kurz darauf kam die Frau in einem schwarz-weiß gemusterten Kleid heraus und fuhr, begleitet von einer alten Weibsperson und einem großen Mann mit blondem Bart, in dem ersten Wagen davon. Die anderen fuhren im Sportwagen ab. Ich dachte, jetzt seien alle weg, und wollte gerade durch das Fenster dort klettern, um Sie zu retten, als mir irgendjemand von hinten eins über den Schädel gab. Das ist alles. Jetzt sind Sie dran.«

Jane erzählte, was ihr widerfahren war.

»Und es ist ein Riesenglück für mich, dass Sie hinter uns hergefahren sind«, schloss sie. »Denn denken Sie nur, in was für einer schrecklichen Situation ich sonst wäre. Die Großherzogin hätte ein hieb- und stichfestes Alibi. Sie verließ den Basar vor dem Überfall und kam in ihrem Wagen in London an. Würde mir da irgendein Mensch auf der Welt meine total unmögliche Geschichte geglaubt haben?«

»Nie im Leben«, versicherte der junge Mann.

Die beiden waren so in ihre gegenseitigen Erzählungen vertieft, dass sie ihre Umgebung völlig vergessen hatten. Nun blickten sie auf und sahen erschrocken einen hochgewachsenen, grämlich blickenden Mann an der Hauswand lehnen. Er nickte ihnen zu.

»Sehr interessant«, bemerkte er.

»Wer sind Sie?«, fragte Jane scharf.

Der grämlich blickende Mann blinzelte leicht belustigt. »Kriminalinspektor Farrell«, sagte er sanft. »Es wäre uns wohl tatsächlich ein bisschen schwer gefallen, Ihrer Erzählung Glauben zu schenken, wenn sich da nicht ein oder zwei Dinge ereignet hätten.«

»Nämlich?«

»Ja, sehen Sie, wir haben zum Beispiel heute Morgen erfahren, dass die echte Großherzogin in Paris mit einem Chauffeur durchgebrannt ist.«

Jane schnappte nach Luft.

»Außerdem wussten wir, dass sich diese bewusste amerikanische Gangsterbraut seit kurzem in England aufhielt, und haben mit einem Coup von ihr gerechnet. Wir werden die Bande sehr schnell geschnappt haben, verlassen Sie sich darauf. Entschuldigen Sie mich bitte einen Moment.«

Er lief die Stufen hinauf ins Haus.

»So was!«, stieß Jane hervor. Nach einer Pause erklärte sie unvermittelt: »Ich finde es riesig intelligent von Ihnen, dass Sie den Trick mit den Schuhen bemerkt haben.«

»Durchaus nicht«, entgegnete der junge Mann. »Ich bin im Schuhgeschäft groß geworden. Mein Vater ist so eine Art Schuhkönig. Er wollte, dass ich in seine Fußstapfen trete, ein solides Leben führe und heirate und so. Niemand Spezielles – bloß im Prinzip. Aber ich wollte lieber Künstler werden.« Er seufzte.

»Ach, das tut mir aber leid«, erklärte Jane mitfühlend.

»Seit sechs Jahren versuche ich es nun. Und es hat keinen Zweck, sich etwas vorzumachen: Ich bin ein miserabler Maler. Ich hätte gute Lust, das Ganze hinzuwerfen und wie der verlorene Sohn nach Hause zurückzukehren. Dort wartet ein guter Job auf mich.«

»Ach ja, ein Job ist etwas Fabelhaftes«, seufzte Jane. »Glauben Sie, Sie könnten mir vielleicht einen besorgen – als Schuhverkäuferin oder so?«

»Ich wüsste einen besseren für Sie – falls Sie ihn annehmen wollen.«

»Oh, was für einen?«

»Egal, das erzähle ich Ihnen später. Wissen Sie, bis gestern bin ich noch nie einem Mädchen begegnet, das ich hätte heiraten mögen.«

»Gestern?«

»Bis zu dem Wohltätigkeitsbasar. Da habe ich sie gesehen – diejenige welche!«

Er blickte Jane fest an.

»Wie hübsch der Rittersporn blüht«, stotterte Jane errötend.

»Das sind Lupinen«, verbesserte der junge Mann.

»Macht nichts«, sagte Jane.

»Macht überhaupt nichts«, stimmte er zu. Und er rückte ein bisschen näher an Jane heran.

Das Verschwinden Mister Davenheims

Poirot und ich erwarteten unseren alten Freund, Inspektor Japp von Scotland Yard, zum Tee. Poirot war gerade damit fertig, die Tassen und Teller, die unsere Wirtin stets mehr auf den Tisch schmetterte als stellte, sorgfältig hinzustellen. Er betrachtete die silberne Teekanne, seufzte und polierte sie mit einem seidenen Taschentuch. Der Kessel stand auf dem Kocher, daneben eine kleine Emaillekanne mit dicker, süßer Schokolade, etwas, das mehr nach Poirots Geschmack war als das, war er »euer englisches Gift« zu nennen pflegte.

Vor dem Haus ertönte eine Hupe, und wenige Minuten später betrat Japp das Zimmer.

»Hoffentlich komme ich nicht zu spät«, sagte er, als er uns begrüßte. »Ich bin bis jetzt durch ein Gespräch mit Miller, dem Mann, der den Davenheim-Fall bearbeitet, festgehalten worden.«

Ich spitzte die Ohren. Die Zeitungen berichteten seit drei Tagen über das merkwürdige Verschwinden von Mr Davenheim, dem Seniorpartner von *Davenheim & Salmon,* den sehr bekannten Bankiers und Finanziers. Am vergangenen Samstag hatte er sein Haus verlassen und war seither nicht mehr gesehen worden. Ich hoffte, aus Japp einige interessante Details herauszulocken.

»Man sollte doch annehmen«, bemerkte ich, »dass es heutzutage beinahe unmöglich ist, einfach zu *verschwinden.*«

Poirot schob seinen Teller mit Brot und Butter ein wenig

zurück und fragte: »Drücken Sie sich doch genauer aus, mein Freund. Was meinen Sie mit *verschwinden*?«

»Wie viele Arten von *Verschwinden* gibt es denn bei Ihnen?«, lachte ich. Japp lachte auch. Poirot sah uns beide ärgerlich an.

»Verschwinden wird in drei Kategorien eingeteilt: Erstens – und das ist das normalste –, das freiwillige Verschwinden. Zweitens, der viel missbrauchte *Verlust des Erinnerungsvermögens* – zwar selten vorkommend, aber gelegentlich doch echt. Drittens Mord, verbunden mit einem mehr oder weniger erfolgreichen Verschwindenlassen der Leiche. Wollen Sie vielleicht behaupten, dass diese drei Kategorien nicht auf den Fall Davenheim angewandt werden können?«

»Ich halte es nicht für sehr wahrscheinlich. Sie könnten zwar Ihr Gedächtnis verlieren, aber irgendjemand würde Sie bestimmt erkennen – und in diesem Falle dürfen Sie nicht vergessen, dass Davenheim ein sehr bekannter Mann ist. Dann – ›Leichen‹ kann man nicht in Luft auflösen. Früher oder später tauchen sie wieder auf, an einsamen Plätzen versteckt oder in Koffern. Mord kommt immer ans Tageslicht. Genauso, wie ein Defraudant fast immer gefasst wird. Will er ins Ausland flüchten, wird es für ihn besonders schwer, denn alle englischen Häfen und Eisenbahnstationen werden überwacht. Sein Steckbrief erscheint in der Zeitung. Unterzutauchen ist für ihn beinahe unmöglich.«

»Mon ami«, sagte Poirot, »Sie begehen einen Fehler. Es könnte ja sein, dass ein Mann, der sich entschlossen hat, zu verschwinden – entweder allein oder mit irgendjemand –, ausnahmsweise ein intelligenter Mann mit Methode ist. Er könnte sich einen sehr sorgfältigen Plan ausgearbeitet haben, und ich sehe nicht ein, warum er nicht mit Erfolg die Polizei hinters Licht führen sollte.«

»Aber nicht *Sie«*, sagte Japp gutmütig und zwinkerte mir zu. »Sie, Monsieur Poirot, könnte er doch nicht in die Irre führen?«

Poirot versuchte vergebens, bescheiden auszusehen.

»Warum nicht? Obwohl Sie recht haben, denn ich gehe solchen Problemen exakt wissenschaftlich zu Leibe, mit mathematischer Präzision, die traurigerweise in der neuen Generation der Detektive immer seltener wird!«

Japp grinste noch mehr.

»Ich weiß nicht«, sagte er. »Miller, der Beamte, der den Fall bearbeitet, ist ein sehr fähiger Bursche. Sie können sicher sein, dass er weder einen Fußabdruck noch Zigarettenasche oder einen Brotkrümel übersieht. Seinen Augen entgeht einfach nichts.«

»Mon ami«, sagte Poirot, »wie den Augen der Londoner Spatzen. Aber trotzdem würde ich so einen kleinen Vogel doch nicht bitten, das Verschwinden Mr Davenheims aufzuklären.«

»Hören Sie, Monsieur, Sie wollen doch den Wert solcher Details nicht abstreiten?«

»Durchaus nicht. Diese Kleinigkeiten sind alle sehr nützlich. Die Gefahr ist nur, dass man ihnen zu viel Gewicht beimisst. Die meisten Details sind unwichtig, das eine oder das andere ist aber absolut lebenswichtig. Auf das Gehirn, die kleinen grauen Zellen« – er klopfte sich an die Stirn – »muss man sich verlassen. Die Sinne lassen sich täuschen.«

»Sie wollen doch nicht damit sagen, Monsieur Poirot, dass Sie sich zutrauen würden, einen Fall zu lösen, ohne sich aus Ihrem Stuhl zu erheben, oder doch?«

»Genau das wollte ich sagen – vorausgesetzt allerdings, dass ich im Besitz der einschlägigen Tatsachen bin. Ich betrachte mich als beratender Spezialist!«

Japp schlug sich aufs Knie. »Ich fress einen Besen, wenn ich Sie nicht beim Wort nehme. Ich wette fünf Pfund, dass Sie innerhalb einer Woche Mr Davenheim weder tot noch lebendig ausfindig machen können.«

Poirot überlegte. »*Eh bien, mon ami,* ich nehme die Wette an. Sport ist eine große Passion von euch Engländern. Jetzt, mein lieber Japp, zu den Tatsachen.«

»Letzten Samstag nahm Mr Davenheim wie gewöhnlich den Zwölf-Uhr-vierzig-Zug von der Victoria Sation nach Chinnside. Dort liegt sein Landsitz *Die Zedern.* Nach dem Lunch ging er in den Park und gab seinem Gärtner noch verschiedene Anweisungen. Wie jedermann bestätigt, war er völlig normal. Nach dem Tee warf er kurz einen Blick in das Boudoir seiner Frau und sagte ihr, er ginge ins Dorf und wolle einige Briefe zur Post bringen. Er fügte noch hinzu, er erwarte Geschäftsbesuch, einen Mr Lowen. Käme der Herr, bevor er zurück sei, solle man ihn in sein Arbeitszimmer führen. Mr Davenheim verließ dann das Haus durch den Haupteingang, schlenderte gemütlich die Auffahrt hinunter, aus dem Tor hinaus und – wurde nicht mehr gesehen. Und seither ist er verschwunden.«

»Hübsch – sehr hübsch –, ein reizendes kleines Problem!«, murmelte Poirot. »Fahren Sie fort, mein guter Freund.«

»Ungefähr eine Viertelstunde später läutete ein großer, dunkelhaariger Mann und erklärte, dass er eine Verabredung mit Mr Davenheim habe. Sein Name war Lowen, und er wurde, wie Mr Davenheim gebeten hatte, in dessen Arbeitszimmer geführt. Es verging fast eine Stunde, und der Bankier kam nicht zurück. Schließlich läutete Mr Lowen und sagte, dass er nicht länger warten könne, da er den Zug nach London erreichen müsse. Mrs Davenheim entschuldigte die Abwesenheit ihres Gatten, die auch ihr unerklärlich schien, weil sie wusste, dass er den Besucher erwartet hatte. Mr Lowen wiederholte sein Bedauern und ging fort.

Wie gesagt, Mr Davenheim kehrte nicht zurück. Am Sonntagmorgen wurde die Polizei benachrichtigt, die sich aber kein rechtes Bild von der Sache machen konnte. Mr Davenheim schien sich buchstäblich aufgelöst zu haben. Man hatte ihn weder auf der Post noch im Dorf gesehen. Die Bahnbeamten erklärten mit aller Bestimmtheit, er habe keinesfalls einen Zug benutzt. Sein eigener Wagen stand in der Garage. Hätte er ein Taxi gemietet, um ihn an irgendeinem einsamen Platz abzuholen, dann hätte sich angesichts der ausgesetzten Belohnung in der Zwischenzeit bestimmt der Fahrer gemeldet. In Entfield war zwar ein kleines Rennen gewesen. Wäre er zu Fuß zum Bahnhof gegangen, hätte er möglicherweise in der Menge untertauchen können. Aber nachdem sein Bild nebst genauer Personenbeschreibung in jeder Zeitung erschienen war, hätte sich wohl irgendjemand an ihn erinnern müssen. Natürlich haben wir daraufhin aus ganz England Briefe erhalten, aber alle Hinweise waren enttäuschend.

Am Montagmorgen wurde noch eine andere sensationelle Entdeckung gemacht. Hinter einem großen Vorhang in Mr Davenheims Arbeitszimmer steht ein Safe. Dieser war aufgebrochen und ausgeraubt worden. Die Fenster des Zimmers waren von innen geschlossen, was einen normalen Einbruch ausschließt, falls nicht innerhalb des Hauses ein Komplize war, der sie nachträglich wieder schloss. Andererseits war der Haushalt begreiflicherweise durcheinandergeraten, und es ist möglich, dass der Diebstahl schon am Samstagabend begangen und erst am Montag entdeckt wurde.«

»Précisement«, sagte Poirot trocken. »Nun, haben Sie den armen Monsieur Lowen schon verhaftet?«

Japp grinste. »Noch nicht. Aber er steht unter strenger Beobachtung.«

Poirot nickte. »Haben Sie eine Ahnung, was aus dem Safe genommen worden ist?«

»Wir sind zusammen mit dem Juniorpartner der Bank und Mrs Davenheim der Sache nachgegangen. Anscheinend Namensaktien und eine sehr große Geldsumme aus einer Transaktion, die gerade durchgeführt worden war. Auch ein kleines Vermögen an Schmuck – praktisch wurden alle Juwelen von Mrs Davenheim in dem Safe aufbewahrt. Der Kauf von Schmuckstücken war in den letzten Jahren eine Passion ihres Mannes geworden. Kaum ein Monat verging, ohne dass er ihr nicht einen seltenen und kostbaren Stein geschenkt hätte.«

»Wirklich ein schöner Zug von ihm«, sagte Poirot.

»Jetzt, wie steht's mit Lowen? Weiß man, welche Art Geschäft er mit Davenheim an diesem Abend besprechen wollte?«

»Ja, anscheinend standen die zwei Männer nicht auf bestem Fuß. Lowen ist ein ganz kleiner Spekulant. Trotzdem hat er ein-

oder zweimal Davenheim an der Börse ein Geschäft abgejagt. Sonst trafen sie sich offenbar selten. Der Anlass dieser letzten Verabredung war eine Sache mit südamerikanischen Aktien.«

»Hatte Davenheim Interessen in Südamerika?«

»Ich glaube, Mrs Davenheim erwähnte unter anderem, ihr Mann habe den ganzen letzten Herbst in Buenos Aires verbracht.«

»Gab es familiäre Schwierigkeiten? Stand das Ehepaar gut miteinander?«

»Ich würde sagen, das häusliche Leben der Davenheims verlief ganz friedlich. Mrs Davenheim ist eine nette, aber nicht sehr intelligente Frau. Ganz unbedeutend, würde ich sagen.«

»Dann hat es wenig Sinn, die Lösung des Rätsels auf diesem Sektor zu suchen. Hatte er irgendwelche Feinde?«

»In Finanzkreisen hatte er viele Rivalen, und sicher gibt es eine Menge Leute, die ihm nicht gut gesonnen sind. Aber dass ein Widersacher ihn umgebracht haben sollte, ist wenig wahrscheinlich, und wenn – wo ist die Leiche?«

»Wie Hastings sagt, haben Leichen die Angewohnheit, mit unerfreulicher Hartnäckigkeit wieder ans Tageslicht zu kommen.«

»Übrigens sagte einer der Gärtner aus, er hätte eine Gestalt an der einen Seite des Hauses dem Rosengarten zugehen sehen. Mr Davenheim betrat und verließ das Haus häufig auf diesem Weg. Aber der Gärtner arbeitete ziemlich weit entfernt an einem Gurkenbeet und kann deshalb nicht mit Bestimmtheit sagen, ob es Mr Davenheim war oder nicht. Auch über den Zeitpunkt ist er sich nicht sicher. Es muss aber vor sechs Uhr gewesen sein, da die Gärtner um sechs Uhr Schluss machen.«

»Und wann verließ Mr Davenheim das Haus?«

»Ungefähr um halb sechs Uhr.«

»Was liegt hinter dem Rosengarten?«

»Ein See.«

»Mit einem Badehaus?«

»Ja, dort werden einige Boote aufbewahrt. Ich vermute, Sie denken an Selbstmord? Nun, daran hat Miller auch schon gedacht. Er wird morgen den See absuchen lassen. Sie sehen, ein kluger Mann!«

Poirot lächelte schwach und drehte sich zu mir um. »Hastings, wollen Sie mir bitte die *Daily Megaphone* hergeben. Wenn ich mich recht erinnere, ist darin eine ungewöhnlich gute Fotografie von dem verschwundenen Bankier.«

Ich stand auf und gab ihm die Zeitung. Poirot studierte die Gesichtszüge sehr aufmerksam.

»Hm!«, murmelte er. »Trägt die Haare ziemlich lang und gewellt, vollen Schnurrbart und spitzen Bart, buschige Augenbrauen. Dunkle Augen?«

»Ja.«

»Haar und Bart werden schon grau?«

Der Detektiv nickte.

»Nun, Monsieur Poirot, was sagen Sie zu dem Ganzen? Klarer Fall, was?«

»Im Gegenteil, äußerst unklar.«

Japp sah sehr vergnügt aus.

»Was mir große Hoffnungen macht«, fuhr Poirot fort.

»Wie!«

»Ich finde es ganz gut, wenn ein Fall nicht von vornherein zu eindeutig ist. Ich werde sonst zu leicht misstrauisch! Meistens steckt irgendwas dahinter.«

Japp schüttelte beinahe mitleidig den Kopf. »Nun, jeder nach seinem Geschmack. Mir ist es lieber, ich sehe die Dinge klar vor mir.«

»Ich sehe nichts«, murmelte Poirot. »Ich mache die Augen zu – ich denke.«

»Gut! Sie haben eine volle Woche Zeit, um nachzudenken.«

»Und Sie werden mich ständig auf dem Laufenden halten und mir jede Kleinigkeit mitteilen – zum Beispiel die Resultate der Maßnahmen dieses hart arbeitenden und luchsäugigen Inspektors Miller?«

»Ganz bestimmt. Ich habe es Ihnen ja versprochen.«

»Es ist einfach ein Jammer«, sagte Japp zu mir, als ich ihn zur Tür begleitete. »Manchmal ist er wie ein Kind!«

So sehr ich mich auch wehrte, ich musste ihm mit einem Lächeln zustimmen, und ich lächelte immer noch, als ich wieder ins Zimmer trat.

»*Eh bien!*«, sagte Poirot sofort. »Ihr habt euch über Papa Poirot lustig gemacht, nicht wahr?« Er drohte mir mit dem Finger. »Sie haben kein Vertrauen zu den kleinen grauen Gehirnzellen? Fangen wir doch mal an, uns dieses kleine Problem durch den Kopf gehen zu lassen – so unvollständig die Dinge auch scheinen –, aber es zeigen sich doch immerhin schon ein oder zwei interessante Ansatzpunkte.«

»Der See!«, sagte ich anzüglich.

»Noch mehr das Badehaus!«

Ich schaute Poirot von der Seite her an. Er lächelte in seiner undurchsichtigen Art. Ich fühlte, im Augenblick hatte es keinen Zweck, ihm weitere Fragen zu stellen.

Von Japp hörten wir nichts mehr bis zum nächsten Abend um neun Uhr, als er uns besuchte. Ich sah an seinem Gesichtsausdruck, dass er beinahe vor lauter Neuigkeiten platzte.

»*Eh bien,* mein Freund«, bemerkte Poirot. »Geht alles gut? Aber erzählen Sie mir nur nicht, Sie hätten Mr Davenheims Leiche in dem See gefunden, das würde ich Ihnen nicht glauben.«

»Seine Leiche haben wir nicht gefunden, wohl aber seine Kleider – genau die Kleider, die er an dem fraglichen Tag trug. Was sagen Sie dazu?«

»Fehlen im Haus irgendwelche anderen Kleider?«

»Nein, der Diener ist ganz sicher. Alle anderen Kleider sind da. Aber das ist nicht alles. Wir haben Lowen verhaftet. Eines der Hausmädchen, zu dessen Pflichten es gehört, die Fenster des Schlafzimmers zu schließen, erklärte, sie hätte Lowen durch den Rosengarten auf das Arbeitszimmer zugehen sehen, ungefähr Viertel nach sechs. Das wäre zehn Minuten bevor er das Haus verließ.«

»Was sagte er denn selbst dazu?«

»Zuerst leugnete er, das Arbeitszimmer überhaupt verlassen zu haben. Aber als das Mädchen auf seiner Aussage bestand, fiel ihm plötzlich ein, dass ihm eine ungewöhnliche Rosenart aufgefallen war und er schnell aus dem Fenster sprang, um sie sich anzusehen. Eine ziemlich schwache Geschichte! Außerdem haben wir noch einen Belastungspunkt gegen ihn gefunden. Mr Davenheim trug immer einen dicken goldenen Ring mit einem gefassten Diamanten am kleinen Finger der rechten Hand. Nun, dieser Ring wurde Samstagnacht in London von einem Mann namens Billy Kellett versetzt! Er ist der Polizei gut bekannt – hat gerade drei Monate abgesessen, weil er einem alten Herrn die Uhr gestohlen hatte. Allem Anschein nach versuchte er erfolglos, in drei verschiedenen Geschäften den Ring loszuwerden, bis es ihm endlich gelang. Über diesen Erfolg erfreut, begoss er sich ordentlich die Nase, griff einen Polizisten tätlich an und wurde natürlich festgenommen.

Ich ging mit Miller nach Bow Street ins Gefängnis. Dort ist er natürlich schlagartig nüchtern geworden! Ich gebe zu, wir haben ihm arg zugesetzt. Wir haben ihm mit der Andeutung, dass er wegen Mordes angeklagt werden würde, panische Angst eingejagt. Danach erzählte er uns folgende reichlich sonderbare Geschichte:

Am Samstag war er auf dem Rennen in Entfield – ich möchte zwar behaupten, dass Schlipsnadeln für ihn interessanter sind als der Totalisator. Jedenfalls hatte er einen schlechten Tag. Er ging zu Fuß den Weg nach Chinnside und setzte sich in einen Graben, um sich auszuruhen. Wenige Minuten später bemerkte er einen Mann, der auf diesem Weg ins Dorf ging. ›Ein dunkelhäutiger Herr mit einem großen Schnurrbart, so ein Wichtiger aus der City‹, das ist seine Beschreibung des Mannes.

Halb verborgen hinter einem Steinhaufen, konnte Kellett vom Weg aus kaum gesehen werden. Als der Mann auf gleicher Höhe mit ihm war, sah er sich verstohlen um, und nachdem weit und breit niemand zu sehen war, fasste er in seine Tasche, zog einen kleinen Gegenstand heraus und warf ihn ins Gebüsch. Dann ging er in Richtung Bahnhof weiter. Der Gegenstand war mit einem leichten ›Klick‹ auf den Boden gefallen, und Kellett, der das Ganze beobachtet hatte, fand ihn schon nach kurzem Suchen. Es war der Ring! Lowen bestreitet allerdings heftig, dass er der Mann war. Natürlich ist die Aussage eines Mannes wie Kellett nicht übermäßig glaubwürdig. Es ist ja immerhin möglich, dass er Davenheim auf der Wiese traf, ihn beraubte und ermordete.« Poirot schüttelte den Kopf.

»Sehr unwahrscheinlich, *mon ami*. Er hatte ja keine Möglichkeit, die Leiche loszuwerden. Die wäre in diesem Fall bis jetzt sicher gefunden worden. Zweitens spricht die Sorglosigkeit, mit der er den Ring versetzt hat, nicht gerade für einen Mord. Drittens ist Ihr Taschendieb wohl kein Mörder. Viertens wäre es doch zu viel Zufall, dass er eine solch genaue Beschreibung von Lowen geben kann. Der doch schon seit Samstag im Gefängnis sitzt.«

Japp nickte. »Ich will nicht abstreiten, dass Sie vielleicht recht haben, aber trotzdem werden Sie kein Gericht dazu bringen, auf die Aussagen eines Galgenvogels großen Wert zu legen. Mir erscheint es jedenfalls sehr sonderbar, dass Lowen keinen besseren Weg gefunden hat, den Ring loszuwerden.«

Poirot zuckte die Schultern. »Gut, aber wäre er in der näheren Nachbarschaft gefunden worden, hätte man annehmen können, er sei von Davenheim selbst weggeworfen worden.«

»Aber wozu den Ring überhaupt wegwerfen?«, rief ich aus.

»Dafür gibt es schon eine Erklärung«, sagte Japp. »Wissen Sie, jenseits des Sees führt ein kleines Tor zum Hügel, und nach drei Minuten kommen Sie – was glauben Sie? – in eine Leimbrennerei.«

»Großer Gott!«, rief ich aus. »Wollen Sie damit sagen, dass der Leim zwar den Körper zerstört, aber nicht das Metall des Ringes?«

»Gerade das wollte ich sagen.«

»Mir scheint«, sagte ich, »das erklärt alles. Welch fürchterliches Verbrechen!«

Wie im gegenseitigen Einverständnis drehten wir uns beide zu Poirot um. Er stand gedankenverloren mit gefurchter Stirn und schien von einer großen geistigen Anstrengung in Anspruch genommen. Sein Intellekt arbeitete intensiv. Zu welchem Ergebnis würde er kommen? Wir wurden nicht lange im Zweifel gelassen. Seine Spannung ließ nach, er drehte sich mit einem Seufzer zu Japp um und fragte:

»Wissen Sie, Inspektor, ob Mr und Mrs Davenheim ein gemeinsames Schlafzimmer haben?«

Diese Frage schien so ausgefallen, dass wir ihn einen Augenblick verdutzt anstarrten. Dann fing Japp an zu lachen. »Guter Gott, Monsieur Poirot«, sagte er. »Ich dachte, jetzt kämen Sie mit etwas Besonderem. Aber Ihre Frage – die kann ich leider nicht beantworten.«

»Aber Sie können es feststellen?«, fragte Poirot mit großer Eindringlichkeit.

»Oh, gewiss – wenn es Ihnen wirklich wichtig erscheint.«

»*Merci, mon ami.* Ich wäre Ihnen sehr dankbar, wenn Sie es nicht vergessen würden.«

Japp sah ihn noch eine Weile verwundert an, aber Poirot schien uns beide vergessen zu haben. Der Detektiv schüttelte traurig seinen Kopf und murmelte: »Armer alter Bursche! Der Krieg war doch zu viel für ihn!« Dann ging er leise aus dem Zimmer.

Da Poirot noch immer in seinen Tagtraum versunken schien, nahm ich mir ein Blatt Papier und machte mir Notizen. Die Stimme meines Freundes unterbrach meine Tätigkeit. Er schien aus seinem Traum erwacht und sah munter und wachsam aus.

»*Que faites vous là, mon ami?*«

»Ich habe einige Punkte aufgeschrieben, die mir in dieser Sache wichtig vorkommen.«

»Endlich werden Sie methodisch!«, sagte Poirot anerkennend. Ich verbarg meine Freude. »Soll ich es Ihnen vorlesen?«

»Auf jeden Fall.«

Ich räusperte mich.

»Erstens: Alle Punkte weisen darauf hin, dass Lowen den Safe aufgebrochen hat.

Zweitens: Er hegte einen Groll gegen Davenheim.

Drittens: Seine erste Aussage, dass er das Arbeitszimmer nicht verlassen habe, war eine Lüge.

Viertens: Wenn die Geschichte von Bill Kellett stimmt, ist Lowen ohne Zweifel belastet.«

Ich machte eine Pause. »Nun?«, fragte ich, denn ich dachte, dass ich meinen Finger auf alle wichtigen Punkte gelegt hatte.

Poirot sah mich bedauernd an und schüttelte seinen Kopf sehr vorsichtig. *»Mon pauvre ami!* Das kommt eben daher, dass Sie so gar kein Talent haben! Die wichtigsten Details werden Sie nie erfassen! Und mit Ihrer Logik stimmt es auch nicht.«

»Wie?«

»Lassen Sie mich eben Ihre vier Punkte durchgehen.

Erstens: Mr Lowen konnte nämlich nicht wissen, dass er durch die unerwartete Abwesenheit Mr Davenheims Gelegenheit haben würde, den Safe aufzubrechen. Er kam zu einer Geschäftsbesprechung und rechnete niemals damit, im Arbeitszimmer allein zu sein.«

»Er könnte doch vielleicht die Gelegenheit wahrgenommen haben«, sagte ich.

»Und das Werkzeug? Geschäftsleute aus der City tragen nicht aufs Geratewohl Einbrecherwerkzeuge mit sich. Man konnte den Safe doch nicht mit einem Taschenmesser aufbrechen, *bien entendu*!«

»Gut, wie steht es mit Nummer zwei?«

»Sie sagen, Lowen hegte einen Groll gegen Mr Davenheim. In Wahrheit hat Lowen jedoch Mr Davenheim ein- oder zweimal hereingelegt. Wahrscheinlich hoffte Davenheim, selbst kräftig an diesen Transaktionen zu verdienen. Aber wie dem auch sei, man hegt keinen Groll gegen jemand, den man hereingelegt hat, eher umgekehrt. Wenn jemand einen Groll gehegt hätte, wäre es doch wohl Mr Davenheim gewesen.«

»Gut. Sie können aber nicht leugnen, dass seine Aussage, er hätte das Arbeitszimmer nicht verlassen, gelogen war!«

»Nein, aber er konnte Angst gehabt haben. Erinnern Sie sich, dass gerade Kleider des vermissten Mannes im See gefunden worden waren. Natürlich wäre es, wie immer, besser gewesen, die Wahrheit zu sagen.«

»Und der vierte Punkt?«

»Den bewillige ich Ihnen. Wenn Kelletts Geschichte wahr ist, ist Lowen ohne Zweifel belastet. Das ist ja gerade der Punkt, der die Sache so sehr interessant macht.«

»Dann habe ich also doch einen wichtigen Punkt gefunden?«

»Vielleicht – dafür haben Sie die zwei wichtigsten Punkte völlig übersehen, diejenigen Punkte, die zweifellos die Schlüssel zu der ganzen Sache enthalten.«

»Und welche Punkte sind das, bitte sehr?«

»Erstens: die immer stärker werdende Leidenschaft Mr Davenheims, Juwelen zu kaufen.

Zweitens: seine Reise nach Buenos Aires im letzten Herbst.«

»Poirot, Sie scherzen!«

»Nein, ich bin völlig ernst. O heiliger Himmel, hoffentlich vergisst Japp meinen kleinen Auftrag nicht!«

Aber der Inspektor hatte ihn nicht vergessen, und Poirot erhielt am nächsten Morgen gegen elf Uhr ein Telegramm. Auf seine Bitte hin öffnete ich es und las es vor:

Mann und Frau haben seit letztem Winter getrennte Schlafzimmer.

»Aha!«, rief Poirot aus. »Und jetzt haben wir Mitte Juni. Alles ist sonnenklar!«

Ich starrte ihn an.

»Sie haben kein Geld auf der Bank von *Davenheim & Salmon?*«

»Nein«, sagte ich verwundert. »Warum?«

»Weil ich Ihnen raten würde, es sofort abzuheben, ehe es zu spät ist.«

»Warum? Was erwarten Sie?«

»Ich erwarte in wenigen Tagen einen großen Skandal – vielleicht auch schon eher. Da fällt mir ein, wir wollen die Liebenswürdigkeit unseres Freundes Japp erwidern. Wir wollen ihm auch einen Gefallen tun. Einen Bleistift, bitte schön, und ein Formular. *Voilà!*

Rate Ihnen, alles Geld, das bei der infrage kommenden Bank liegt, abzuheben.

Das wird ihn beschäftigen, den Guten! Seine Augen werden ihm auf-, ja übergehen. Er wird zwar nicht das Geringste begreifen – jedenfalls nicht vor morgen oder übermorgen!«

Ich blieb skeptisch, aber der nächste Tag zwang mich dazu, den bemerkenswerten Fähigkeiten meines Freundes Achtung zu zollen. Keine Zeitung erschien ohne eine Schlagzeile über den aufsehenerregenden Zusammenbruch der Davenheim-Bank. Das Verschwinden des berühmten Bankiers präsentierte sich auf einmal in ganz anderem Licht.

Ehe wir halbwegs zu Ende gefrühstückt hatten, flog die Tür auf, und Japp stürzte herein. In seiner linken Hand hielt er eine Zeitung, in der rechten schwang er das Telegramm von Poirot und knallte es dann auf den Tisch. »Woher wussten Sie das? Woher, zum Kuckuck, Poirot, konnten Sie das wissen?« Poirot lächelte ihn freundlich an. »Oh, *mon ami.* nach Ihrem Telegramm gab es überhaupt keinen Zweifel mehr! Von Anfang an berührte es mich sonderbar, dass der Safe aufgebrochen worden war. Juwelen, bares Geld, Staatsanleihen – alles so bequem zurechtgelegt –, für wen? Nun, der gute Monsieur Davenheim ist einer von denen, die auf Nummer sicher gehen, wie man so sagt.« Poirot lächelte gewinnend. »Es drängte sich so auf, dass es für ihn selbst so bequem zurechtgelegt worden war! Dann seine Leidenschaft für Juwelenkäufe in den letzten Jahren! Wie einfach! Die Summen, die er ergaunerte, legte er in Juwelen an, auf diese Weise konnte er ein beträchtliches Vermögen beiseiteschaffen und unter einem anderen Namen anlegen. Später, wenn Gras über die Sache gewachsen wäre, gedachte er, die Früchte seiner Gaunereien zu genießen.

Nachdem er sorgfältig alle Vorbereitungen getroffen hatte, ging er die Verabredung mit Mr Lowen ein (der unvorsichtig genug gewesen war, in der Vergangenheit die Pläne des großen Mannes ein- oder zweimal zu durchkreuzen), bohrte ein Loch in den Kassenschrank, hinterließ den Befehl, den Gast in sein Arbeitszimmer zu führen, und ging aus dem Haus! Aber wohin?«

Poirot hielt inne und streckte seine Hand nach dem zweiten gekochten Ei aus. Er runzelte die Stirn. »Es ist doch wirklich unerträglich«, murmelte er, »dass jede Henne ein Ei von verschiedener Größe legt! Wie soll denn da auf dem Frühstückstisch Symmetrie herrschen?«

»Kümmern Sie sich jetzt nicht um die Eier«, sagte Japp ungeduldig. »Von mir aus können sie viereckig sein! Sagen Sie uns lieber, wohin unser Kunde ging, als er das Haus verließ – das heißt, falls Sie es selber wissen!«

»*Eh bien,* er ging in sein Versteck! Oh, dieser Mister Davenheim, in seinen kleinen grauen Gehirnzellen muss irgendwo eine Missbildung sein, aber sonst sind sie von allerbester Qualität!«

»Kennen Sie sein Versteck?«

»Sicher! Es ist raffiniert ausgesucht.«

»Um Gottes willen, so schießen Sie doch los!«

Poirot sammelte alle Eierschalen auf seinem Teller zusammen und legte sie in den Eierbecher, dann stülpte er sein leeres Ei darauf. Nachdem er dieses kleine Spielchen beendet hatte, lächelte er wohlgefällig über sein Werk und strahlte uns beide liebenswürdig an.

»Kommt, meine Freunde, ihr seid doch intelligente Männer. Legt euch selbst die Frage vor, die ich mir vorgelegt habe. ›Wenn ich Davenheim wäre, wo würde ich mich verstecken?‹ Hastings, was sagen Sie?«

»Nun, ich neige eher dazu, nicht wegzulaufen«, sagte ich. »Ich würde in London bleiben – am Brennpunkt –, nur mit der Untergrundbahn fahren und mit Omnibussen. Ich wette zehn zu eins, ich würde nicht erkannt werden. Die große Masse gibt einem eine gewisse Sicherheit.«

Poirot drehte sich fragend zu Japp um. »Damit bin ich nicht einverstanden. Gleich weg – das ist die einzige Chance. Es war ja genügend Zeit, alles vorzubereiten. Ich hätte mir eine Yacht bereitgehalten und wäre damit nach dem ausgefallensten Winkel der Welt verduftet, ehe die ganze Sache geplatzt wäre!«

Wir beide sahen Poirot an. »Und was sagen Sie, Monsieur?«

Einen Augenblick lang schwieg er, dann ging ein sonderbares Lächeln über sein Gesicht, als er sagte: »Meine Freunde, wenn ich mich vor der Polizei verstecken müsste, wissen Sie, wo ich mich verstecken würde? In einem Gefängnis!«

»Waas?«

»Sie suchen Mr Davenheim, um ihn einsperren zu können. Deshalb denken Sie auch nicht im Traum daran, nachzudenken, ob er nicht vielleicht schon dort ist!«

»Wie meinen Sie denn das?«

»Sie haben mir gesagt, Madame Davenheim sei keine besonders intelligente Frau. Dennoch glaube ich, wenn Sie sie nach Bow Street mitnehmen und sie Billy Kellett gegenüberstellen, würde sie ihn identifizieren können. Trotz der Tatsache, dass er sich den Bart, den Schnurrbart und die buschigen Augenbrauen abrasiert und sich das Haar ganz kurz geschnitten hat. Eine Frau erkennt ihren Mann fast immer, auch wenn die ganze übrige Welt sich täuschen lässt.«

»Billy Kellett? Aber der ist der Polizei doch bekannt?«

»Sagte ich Ihnen nicht, dass Davenheim ein sehr kluger Mann ist? Er hat schon lange Zeit vorher für sein Alibi gesorgt. Er war letzten Herbst nicht in Buenos Aires – er hat die Type Billy Kellett erfunden und gespielt. ›Drei Monate absitzen‹, damit die Polizei keinen Verdacht schöpfen würde, wenn seine Zeit käme. Er spielte um ein großes Vermögen und um seine Freiheit. Das war schon einige Mühe wert! Nur …«

»Ja?«

»*Eh bien,* nachher musste er einen falschen Bart und eine Perücke tragen, er musste sich sozusagen wieder als Mr Davenheim herrichten. Mit einem falschen Bart zu schlafen ist kein Vergnügen – und führt oft zu unliebsamer Entdeckung! Deshalb konnte er es nicht riskieren, weiterhin das Schlafzimmer mit seiner Frau zu teilen. Sie selbst haben ja festgestellt, dass er die letzten sechs Monate oder, um ganz genau zu sein, seit seiner angeblichen Rückkehr aus Buenos Aires nicht mehr im selben Schlafzimmer schlief. Da erst war ich mir sicher! Alles passte zusammen.

Der Gärtner, der seinen Herrn gesehen zu haben glaubte – hatte recht gesehen. Sein Herr ging nämlich zum Bootshaus, zog dort seine ›Trampkleider‹ an, die er dort versteckt gehalten hatte, warf seine normalen Kleider in den See und setzte seinen Plan in Szene. Er versetzte in auffälliger Weise den Ring und griff dann einen Polizeibeamten tätlich an. Damit sicherte er sich ein ruhiges Plätzchen in Bow Street; er wusste, niemand würde auch nur im Traum daran denken, ihn dort zu suchen!«

»Das ist doch nicht möglich!«, murmelte Japp.

»Fragen Sie Madame!«, sagte Poirot lächelnd.

Am nächsten Tag lag ein eingeschriebener Brief neben Poirots Teller. Er machte ihn auf, und eine Fünfpfundnote flatterte heraus. Mein Freund runzelte die Stirn.

»*Ah Sacré!* Was sollen wir damit machen? Ich hab direkt Gewissensbisse. Der arme Japp! Oh, ich habe eine Idee! Wir drei, wir wollen ein nettes kleines Dinner veranstalten! Das tröstet mich. Die Sache war wirklich zu leicht, ich schäme mich. Ich, der ich wie ein Kind bin …! Aber Hastings, warum lachen Sie so? Was haben Sie denn?«

Der Tempel der Astarte

»Und jetzt zu Ihnen, Dr. Pender. Was möchten Sie uns erzählen?«

Der alte Pfarrer lächelte milde.

»Ich lebe sehr zurückgezogen, sodass ich kaum etwas Ereignisreiches zu berichten habe. Allerdings hatte ich als junger Mann ein sehr sonderbares und tragisches Erlebnis.«

»Ja?«, sagte Joyce Lemprière ermutigend.

»Ich habe es nie vergessen«, fuhr der Pfarrer fort. »Es hat seinerzeit einen tiefen Eindruck auf mich gemacht, und wenn ich innehalte, spüre ich bis heute den Schauer und Schrecken jenes Augenblicks, in dem ein Mensch scheinbar ohne Einwirkung eines Sterblichen zu Tode kam.«

»Ich bekomme ja eine richtige Gänsehaut, Pender«, beschwerte sich Sir Henry.

»So erging es mir damals auch«, gab Pender zurück. »Seither habe ich nie mehr gelacht, wenn irgendjemand über irgendeine ›Atmosphäre‹ schwadroniert. So etwas gibt es nämlich wirklich. An bestimmten Orten herrschen gute oder böse Einflüsse vor, deren Macht deutlich zu spüren ist.«

»Das Haus The Larches hat zum Beispiel eine sehr unglückselige Atmosphäre«, flocht Miss Marple ein. »Der alte Mr Smithers verlor sein ganzes Geld und musste ausziehen, dann ging es an die Carslakes, und Johnny Carslake fiel die Treppe hinunter und brach sich ein Bein, und Mrs Carslake musste ihrer Gesundheit wegen nach Südfrankreich ziehen, und jetzt haben es die

Burdens, und wie ich höre, muss der arme Mr Burden sich baldmöglichst operieren lassen.«

»In diesen Fällen ist zu viel Aberglauben am Werk«, sagte Mr Petherick. »Törichte und leichtsinnig in Umlauf gebrachte Gerüchte haben schon so manchen Besitz zerstört.«

Sir Henry lachte leise. »Ich kenne ein, zwei ›Gespenster‹, die eine durchaus handfeste Persönlichkeit hatten.«

»Wir sollten Dr. Pender erzählen lassen«, mahnte Raymond.

Joyce stand auf und schaltete die beiden Lampen aus, sodass nur noch das flackernde Kaminfeuer das Zimmer erhellte.

»Atmosphäre«, erläuterte sie. »Jetzt kann es weitergehen.«

Dr. Pender lächelte ihr zu, lehnte sich in seinem Sessel zurück, nahm seinen Kneifer ab und begann in sanftem, erinnerungsschwerem Ton.

»Ich weiß nicht, ob jemand unter Ihnen Dartmoor kennt. Das Anwesen, von dem hier die Rede sein soll, liegt am Rand von Dartmoor und ist sehr reizvoll, hatte aber mehrere Jahre keinen Käufer gefunden. Im Winter war die Umgebung vielleicht ein wenig kahl, aber der Blick war großartig, und das Grundstück verfügte zudem über einige Kuriositäten und Seltsamkeiten. Gekauft hatte es schließlich ein gewisser Haydon – Sir Richard Haydon. Ich kannte ihn vom Studium her, hatte ihn danach aus den Augen verloren, aber die Freundschaft hatte gehalten, sodass ich gern zusagte, als er mich nach Silent Grove einlud, wie sein neues Heim hieß.

Die Gesellschaft, die sich dort versammelt hatte, war nicht sehr groß. Da waren zunächst Richard Haydon und sein Vetter Elliot Haydon, ferner eine Lady Mannering mit einer blassen, recht unscheinbaren Tochter namens Violet. Dann waren da noch ein Captain Rogers und seine Frau, wetterharte Leute, die nur für die Pferde und die Jagd lebten, sowie der junge Dr. Symonds – und Miss Diana Ashley. Diese junge Dame war mir insofern ein Begriff, als ihr Foto häufig in den Klatschblättern auftauchte und sie als eine der herausragendsten Schönheiten der Saison galt.

Tatsächlich war sie eine äußerst auffallende Erscheinung, groß und dunkel mit einem makellosen Perlmuttteint. Die schräg geschnittenen, meist halb geschlossenen Augen verliehen ihr etwas reizvoll Orientalisches. Sie besaß auch eine wunderbare Sprechstimme, tief wie eine Glocke.

Ich merkte sofort, dass sich mein Freund Richard Haydon sehr zu ihr hingezogen fühlte, und ahnte, dass die ganze Party vor allem als Rahmen für sie gedacht war. Wie sie das selbst empfand, hätte ich nicht sagen können, sie war recht unberechenbar in der Verteilung ihrer Gunst. An dem einen Tag sprach sie nur mit Richard, ohne von uns anderen Notiz zu nehmen, an einem anderen zog sie seinen Vetter Elliot vor, während Richard Luft für sie war, oder beglückte den stillen, zurückhaltenden Dr. Symonds mit ihrem berückenden Lächeln.

Am Morgen nach meiner Ankunft führte uns unser Gastgeber auf dem Anwesen herum. Das Haus selbst war unscheinbar, ein gutes, solides Gebäude aus Devonshire-Granit, bestens dazu geeignet, Zeit und Witterung standzuhalten, unromantisch, aber sehr bequem. Aus den Fenstern sah man auf die weitläufige Hügellandschaft der Moore, gekrönt von verwitterten Felsformationen, sogenannten Tors.

An dem Abhang mit dem uns zunächst stehenden Tor gab es zahlreiche Steinkreise, Überreste aus der späten Steinzeit. Auf einer anderen Anhöhe befand sich ein kürzlich ausgehobenes Hügelgrab, in dem man einige bronzene Werkzeuge gefunden hatte. Haydon interessierte sich für Altertumsforschung und ließ sich voller Schwung und Begeisterung über das Thema aus. Dieser Ort, erklärte er, sei besonders reich an Zeugnissen der Vergangenheit.

Man hatte neolithische Hüttenbewohner, Druiden, Römer, ja sogar Spuren der frühen Phönizier nachweisen können.

›Aber am interessantesten ist diese Stelle‹, erklärte er. ›Ihr wisst, wie sie heißt – Silent Grove. Man begreift sofort, woher der Name stammt.‹

Er deutete mit der Hand in die Ferne. Die Gegend war hier

recht kahl und bestand hauptsächlich aus Felsen, Heide und Farngestrüpp, aber etwa hundert Meter vom Haus entfernt befand sich eine dichte Baumgruppe.

›Ein Relikt aus frühester Zeit‹, sagte Haydon. ›Die Bäume sind abgestorben, und man hat neue gepflanzt, aber sonst hat man alles so belassen, wie es früher war – vielleicht schon zur Zeit der phönizischen Siedler. Kommt und schaut es euch an.‹

Wir folgten ihm. Beim Betreten des Wäldchens überkam mich eine seltsame Beklommenheit. Das lag wohl an der Stille. In diesen Bäumen schienen keine Vögel zu nisten, alles atmete Trostlosigkeit und Schrecken. Haydon sah mich an und lächelte ein wenig seltsam.

›Was empfindest du an diesem Ort, Pender? Feindseligkeit? Unbehagen?‹

›Er gefällt mir nicht‹, sagte ich leise.

›Damit hast du ganz recht. Dies war die Hochburg eines der alten Feinde deines Glaubens – der Hain der Astarte.‹

›Astarte?‹

›Astarte oder Ischtar oder Aschtoret oder wie du sie auch nennen magst. Ich bevorzuge den phönizischen Namen Astarte. Bisher ist hierzulande nur ein Hain der Astarte bekannt, im Norden, am Hadrianswall. Ich kann es zwar nicht beweisen, aber ich glaube, dass wir auch hier einen echten und authentischen Hain der Astarte vor uns haben. In diesem dicht von Bäumen gesäumten Kreis wurden heilige Riten durchgeführt.‹

›Heilige Riten‹, wiederholte Diana Ashley mit einem träumerischen Blick. ›Wie mögen die wohl ausgesehen haben?‹

›Nach allem, was man weiß, waren sie nicht sehr gesittet‹, erklärte Captain Rogers mit einem lauten, anzüglichen Lachen. ›Dürften scharfe Sachen gewesen sein.‹

Haydon beachtete ihn nicht.

›Eigentlich müsste im Zentrum des Hains ein Tempel stehen‹, sagte er. ›Mit Tempeln kann ich nicht dienen, aber dafür habe ich mir eine andere kleine Extravaganz geleistet.‹

Wir hatten eine kleine Lichtung betreten, auf der eine Art Sommerhaus aus Stein stand. Diana Ashley sah Haydon fragend an.

›Ich nenne es das Götzenhaus, den Tempel der Astarte.‹

Er ging voran. Im Innern lag auf einer groben Ebenholzsäule eine seltsame kleine Figur – das Abbild einer Frau mit sichelförmigen Hörnern, die auf einem Löwen saß.

›Die Astarte der Phönizier‹, sagte Haydon, ›Göttin des Mondes.‹

›Göttin des Mondes?‹, wiederholte Diana. ›Dann lasst uns heute Abend eine wilde Orgie feiern. Kostümiert. Wir werden im Mondlicht herkommen und die Riten der Astarte feiern.‹

Ich machte eine unwillkürliche Bewegung, und Elliot Haydon, Richards Vetter, wandte sich rasch zu mir um.

›Ihnen gefällt das alles nicht, stimmt‹s, Padre?‹

›Nein‹, bestätigte ich ernst. ›Ganz und gar nicht.‹

Er warf mir einen schrägen Blick zu. ›Aber es ist doch nur Spaß. Dick kann unmöglich wissen, ob hier ein heiliger Hain war. Es ist nur eine Marotte von ihm. Und selbst wenn …‹

›Selbst wenn …?‹

Er lachte verlegen auf. ›Als Pfarrer glauben Sie doch sowieso nicht an so was, stimmt‹s?‹

›Ich denke, als Pfarrer dürfte ich es mir nicht leisten, daran zu glauben.‹

›Aber das ist doch alles vorbei und vergessen.‹

›Ich weiß nicht recht‹, sagte ich nachdenklich. ›Ich weiß nur so viel, dass ich normalerweise nicht empfindlich auf so etwas wie Atmosphäre reagiere, aber dass ich, seit ich diesen Hain betreten habe, das seltsame Gefühl habe, von Unheil und Bedrohung umgeben zu sein.‹

Er blickte unruhig über die Schulter.

›Ja, es ist irgendwie – sonderbar‹, bestätigte er. ›Ich weiß, was Sie meinen, aber wahrscheinlich ist es wohl doch nur unsere Einbildung. Was meinen Sie, Symonds?‹

Der Arzt überlegte kurz, dann sagte er ruhig:

›Mir gefällt es hier nicht, ich könnte aber nicht sagen, warum.‹

In diesem Augenblick kam Violet Mannering zu mir herüber.

›Ich finde es grässlich hier. Absolut gruselig. Gehen wir.‹

Wir setzten uns in Bewegung, und die anderen folgten uns – bis auf Diana Ashley. Ich warf noch einen Blick über die Schulter und sah sie am Eingang zum Götzenhaus stehen und ernsthaft die Figur im Innern betrachten.

Es war ein ungewöhnlich warmer, angenehmer Tag, und Diana Ashleys Vorschlag, ein Kostümfest zu veranstalten, fand großen Anklang. Wie bei solchen Anlässen üblich wurde viel gelacht und geflüstert und hektisch mit Nadel und Faden gearbeitet, und als wir zum Dinner erschienen, gab es die gewohnten Heiterkeitsausbrüche. Dass sich Rogers und seine Frau als steinzeitliche Hüttenbewohner kostümiert hatten, erklärte das Verschwinden sämtlicher Kaminvorleger. Richard Haydon bezeichnete sich als phönizischer Matrose, und sein Vetter war ein Räuberhauptmann, Dr. Symonds ein Küchenchef, Lady Mannering eine Krankenschwester und ihre Tochter eine tscherkessische Sklavin. Ich selbst war als Mönch verkleidet und schwitzte in meinem Kostüm. Diana Ashley enttäuschte uns alle ein wenig, als sie herunterkam, denn sie hatte sich in einen formlosen schwarzen Domino gehüllt.

›Ich bin das Unbekannte‹, erklärte sie leichthin. ›Und jetzt lasst uns erst mal essen.‹

Nach dem Dinner gingen wir nach draußen. Es war eine wunderschöne milde Nacht, der Mond ging gerade auf.

Wir schlenderten herum und plauderten, und die Zeit verging schnell. Erst eine Stunde später merkten wir, dass Diana Ashley nicht mehr bei uns war.

›Sie ist doch wohl noch nicht zu Bett gegangen?‹, meinte Richard Haydon.

Violet Mannering schüttelte den Kopf.

›Nein, ich habe sie vor einer Viertelstunde in diese Richtung gehen sehen.‹ Sie deutete auf den Hain, der schwarz und düster im Mondlicht stand.

›Möchte wissen, was sie jetzt wieder ausgeheckt hat‹, sagte Richard Haydon. ›Bestimmt irgendeine Teufelei. Sehen wir mal nach.‹

Wir setzten uns alle in Bewegung, denn natürlich wollten auch wir gern wissen, was Miss Ashley ausgeheckt hatte. Ich allerdings hatte Hemmungen, diesen dunkel drohenden Baumkreis zu betreten. Etwas, was stärker war als ich, schien mich zurückzuhalten. Mehr denn je war ich überzeugt davon, dass an diesem Ort das Böse wohnte. Ich denke mir, dass einige der anderen ähnlich empfanden, es aber nicht zugeben wollten. Die Bäume standen so dicht, dass das Mondlicht nicht hindurchdrang. Um uns herum war leises Gewisper und Geseufze, eine eher unheimliche Stimmung, und in stillschweigender Übereinkunft hielten wir uns dicht beieinander.

Unvermittelt standen wir dann auf der Lichtung in der Mitte des Hains. Dort blieben wir wie angewurzelt stehen, denn auf der Schwelle des Götzenhauses stand eine in transparente Gaze gewickelte schimmernde Gestalt, aus deren üppigem dunklem Haar zwei halbmondförmige Hörner ragten.

›Mein Gott‹, stieß Richard Haydon hervor, und Schweißtropfen standen ihm auf der Stirn.

Violet Mannering aber hatte genauer hingesehen.

›Das ist ja Diana! Was hat sie mit sich angestellt? Sie ist ja nicht wiederzuerkennen!‹

Die Gestalt auf der Schwelle hob die Hände, trat einen Schritt vor und sang mit hoher wohlklingender Stimme:

›Ich bin die Priesterin der Astarte. Hütet euch, mir zu nahe zu kommen, denn ich halte den Tod in Händen.‹

›Lass das, Kind‹, protestierte Lady Mannering. ›Du machst uns ja Angst.‹

Haydon tat einen Satz auf die schimmernde Gestalt zu.

›Du bist wundervoll, Diana‹, stieß er hervor.

Meine Augen hatten sich jetzt an das spärliche Licht gewöhnt, und ich sah, wie Violet gesagt hatte, dass Diana tatsächlich völlig verändert war. Das Gesicht wirkte orientalischer, die verengten Augen hatten etwas Grausames, um ihre Lippen lag ein Lächeln, das ich bei ihr noch nie gesehen hatte.

Haydon ging über den Rasen weiter auf sie zu, aber sie streckte eine Hand nach ihm aus.

›Halt!‹, stieß sie hervor. ›Noch ein Schritt, und ich zerschmettere dich mit dem Fluch der Astarte.‹

Richard Haydon lachte und beschleunigte den Schritt, und dann geschah etwas Sonderbares. Er zögerte einen Augenblick, dann schien er zu stolpern, fiel der Länge lang hin und stand nicht wieder auf.

Plötzlich fing Diana hysterisch zu lachen an. Es war ein schauriges Geräusch, unter dem die Stille des Hains zerbrach.

Mit einem Fluch lief Elliot auf die beiden zu.

›Das ist ja nicht auszuhalten! Steh auf, Dick, steh auf, los doch.‹

Doch Richard Haydon rührte sich nicht. Elliot Haydon kniete sich neben ihn, drehte ihn behutsam um und sah ihm forschend ins Gesicht.

Dann stand er rasch auf und blieb ein wenig schwankend stehen.

›Doctor, kommen Sie schnell! Ich – ich glaube, er ist tot.‹

Symonds lief los, Elliot kam langsam zu uns zurück und musterte dabei mit einem eigenartigen Blick seine Hände.

In diesem Augenblick schrie Diana laut auf.

›Ich habe ihn getötet‹, jammerte sie. ›O Gott, das wollte ich nicht.‹

Sie brach zusammen und blieb ohnmächtig auf dem Rasen liegen.

Auch Mrs Rogers fing zu jammern an.

›Kommt weg von diesem schrecklichen Ort! Wer weiß, was uns hier sonst noch zustößt.‹

Elliot packte mich bei der Schulter.

›Das ist doch unmöglich‹, sagte er leise. ›Niemand kann auf diese Weise zu Tode kommen. Das ist … das ist gegen die Natur.‹

Ich versuchte ihn zu beruhigen.

›Bestimmt gibt es da eine Erklärung. Wahrscheinlich hatte Ihr Vetter eine Herzschwäche, von der niemand wusste. Der Schock, die Aufregung …‹

›Sie haben es nicht begriffen‹, unterbrach er mich und streckte mir seine Hände entgegen, auf denen rote Flecken zu sehen waren.

›Dick ist nicht an einem Schock gestorben, er ist erstochen worden, mitten ins Herz, und es ist keine Waffe da.‹

Ich sah ihn ungläubig an. Jetzt war Symonds mit seiner Untersuchung fertig und trat zu uns. Er war blass und zitterte am ganzen Leib.

›Sind wir alle wahnsinnig?‹, fragte er. ›Was hat dieser Ort an sich, dass hier solche Dinge geschehen?‹

›Dann stimmt es also?‹, fragte ich.

Er nickte.

›Die Wunde sieht aus, als stammte sie von einem langen, schmalen Dolch, aber ein Dolch ist nicht zu sehen.‹

Wir sahen einander an.

›Aber er muss da sein‹, rief Elliot Haydon erregt. ›Er muss herausgefallen sein, vermutlich liegt er irgendwo herum.‹

Vergebens suchten wir die Umgebung ab. Plötzlich sagte Violet Mannering:

›Diana hatte irgendetwas in der Hand. Eine Art Dolch. Ich hab ihn glitzern sehen, als sie ihm gedroht hat.‹

Elliot Haydon schüttelte den Kopf.

›Er ist nicht einmal einen Meter an sie herangekommen‹, wandte er ein.

Lady Mannering hatte sich über die am Boden Liegende gebeugt.

›Jetzt hat sie nichts mehr in der Hand‹, verkündete sie, ›und ich kann auch auf dem Boden nichts liegen sehen. Bist du sicher, dass du es gesehen hast, Violet?‹

Dr. Symonds trat zu Diana.

›Wir müssen sie ins Haus bringen‹, sagte er. ›Würden Sie mir bitte helfen, Rogers?‹

Mit vereinten Kräften trugen wir die Bewusstlose ins Haus, dann kehrten wir zurück und holten Sir Richards Leiche.«

Dr. Pender unterbrach sich.

»Heutzutage sind wir dank der großen Verbreitung von Kriminalliteratur besser informiert«, sagte er entschuldigend. »Jedes Kind weiß, dass man eine Leiche dort liegen lassen muss, wo sie gefunden wurde. Damals besaßen wir dieses Wissen noch nicht. Wir trugen den toten Richard Haydon also in sein Schlafzimmer und schickten den Butler mit dem Fahrrad zur etwa zwölf Meilen entfernten Polizeistation.

Dann nahm mich Elliot Haydon beiseite.

›Ich will noch einmal in den Hain‹, sagte er. ›Die Waffe muss gefunden werden.‹

›Wenn es eine Waffe gab‹, sagte ich skeptisch.

Er packte mich am Arm und schüttelte mich heftig

›Sie haben diesen Aberglauben im Kopf. Sie glauben, dass Richards Tod übernatürliche Ursachen hatte. Gerade deshalb will ich noch einmal in den Hain und der Sache auf den Grund gehen.‹

Alles in mir sträubte sich dagegen, ihn gehen zu lassen. Ich versuchte, es ihm auszureden, aber es half nichts. Schon der Gedanke an diesen düsteren Baumkreis war mir zuwider, und mich beschlich eine Ahnung weiteren Unglücks. Elliot aber blieb stur. Ich denke mir, dass er selbst Angst hatte, es aber nicht zugeben wollte. Fest entschlossen, das Geheimnis zu lüften, machte er sich auf den Weg.

Es wurde eine schlimme Nacht. Wir konnten alle nicht schlafen und versuchten es auch gar nicht erst. Die Polizisten machten kein Hehl aus ihrer Skepsis. Sie hätten gern Miss Ashley ins

Kreuzverhör genommen, was aber Dr. Symonds' verhinderte. Miss Ashley war aus ihrer Ohnmacht oder Trance erwacht, er hatte ihr ein starkes Schlafmittel gegeben und verboten, sie vor dem nächsten Morgen zu stören.

Erst gegen sieben Uhr früh kam uns durch eine Frage von Symonds Elliot Haydon wieder in den Sinn. Ich erzählte von seinem Vorhaben, und Symonds' ernstes Gesicht wurde noch eine Spur ernster. ›Sehr bedauerlich‹, befand er. ›Das ist … tollkühn.‹

›Sie glauben doch nicht, dass ihm etwas geschehen ist?‹

›Ich will es nicht hoffen. Aber wir beide sollten doch besser nach ihm sehen.‹

Ich wusste, dass er recht hatte, aber ich musste meinen ganzen Mut zusammennehmen, um mich dieser Aufgabe zu stellen. Gemeinsam betraten wir erneut den unseligen Hain. Wir riefen zweimal nach ihm und bekamen keine Antwort. Wenig später standen wir auf der Lichtung, die im frühen Morgenlicht geisterhaft fahl wirkte. Symonds packte mich am Arm, und mir entfuhr ein leiser Schrei. In der vergangenen Nacht bei Mondschein hatte die Leiche eines Mannes mit dem Gesicht nach unten im Gras gelegen. Jetzt, im frühen Morgenlicht, bot sich uns der gleiche Anblick. Elliot Haydon lag an genau derselben Stelle, an der sein Vetter gelegen hatte.

›Mein Gott‹, stieß Symonds hervor. ›Es hat auch ihn erwischt.‹

Zusammen liefen wir zu Elliot hinüber. Er war ohne Bewusstsein, atmete aber schwach, und diesmal war klar, was die Tragödie verursacht hatte: In der Wunde steckte eine lange, schmale Bronzewaffe.

›Er hat die Schulter getroffen und nicht das Herz. Das war Glück‹, bemerkte der Arzt. ›Ich weiß wirklich nicht, was ich denken soll. Zumindest ist er nicht tot und wird uns sagen können, was passiert ist.‹

Aber eben das konnte Elliot Haydon nicht. Sein Bericht war äußerst vage. Er hatte vergeblich nach der Waffe gefahndet, die Suche schließlich aufgegeben und vor dem Götzenhaus Stellung bezogen. Dabei spürte er immer deutlicher, dass ihn jemand aus dem Baumgürtel heraus beobachtete. Er versuchte das Gefühl abzuschütteln, berichtete von einem sonderbar kalten Wind, der nicht von den Bäumen her, sondern aus dem Götzenhaus zu kommen schien. Er sah hinein, erblickte die kleine Figur der Gottheit und meinte einer optischen Täuschung zu erliegen, denn die Figur schien immer größer zu werden. Dann spürte er plötzlich einen Schlag gegen die Schläfe, taumelte nach hinten und spürte im Fallen einen stechenden Schmerz in der linken Schulter.

Wie sich herausstellte, war der Dolch der nämliche, den man in dem Hügelgrab gefunden und den Richard Haydon erworben hatte. Wo er ihn aufbewahrt hatte, im Haus oder im Götzenhaus, schien niemand zu wissen.

Die Polizei gelangte zu der Ansicht – und ist davon bis heute nicht abzubringen –, dass Miss Ashley ihn absichtlich erstochen hatte, aber angesichts der übereinstimmenden Aussagen aller, dass er nie näher als einen Meter an sie herangekommen war, hatte eine Anklage gegen sie nicht die mindeste Aussicht auf Erfolg. So ist und bleibt der Fall ein Rätsel.«

Einen Augenblick blieb alles still.

»Was soll man da sagen?«, meinte Joyce Lemprière dann. »Das ist alles so schrecklich – und so gruselig. Haben Sie selbst eine Erklärung, Dr. Pender?«

Der alte Herr nickte. »Ja – wenn man es eine Erklärung nennen will. Dennoch bleiben dabei bestimmte Faktoren unberücksichtigt.«

»Ich war hin und wieder bei Séancen«, sagte Joyce, »und Sie können sagen, was Sie wollen – dabei passieren schon seltsame Dinge. Es könnte so was wie Hypnose gewesen sein. Diana hatte sich in eine Priesterin der Astarte verwandelt und hat ihn dabei irgendwie erdolcht. Vielleicht hat sie den Dolch geschleudert, den Miss Mannering in ihrer Hand gesehen hat.«

»Es könnte natürlich auch ein Speer gewesen sein«, schlug Raymond West vor. »Der Mond gibt kein sehr helles Licht. Sie hätte einen Speer in der Hand halten und ihn aus einiger Entfernung treffen können, und dazu kam dann so was wie Massenhypnose. Sie waren alle bereit zu glauben, dass übernatürliche Kräfte ihn zu Boden gestreckt hatten, und haben deshalb auch genau das gesehen.«

»Ich habe in Varietés schon die erstaunlichsten Kunststücke mit Waffen und Messern bewundert«, sagte Sir Henry. »Es ist denkbar, dass ein Mann sich zwischen den Bäumen versteckt, von dort aus ein Messer oder einen Dolch geschleudert und sein Opfer präzise getroffen hat, vorausgesetzt, es war ein Profi. Klingt ziemlich weit hergeholt, zugegeben, aber es scheint mir die einzig wirklich haltbare Theorie zu sein. Bedenken Sie, dass Elliot das deutliche Gefühl hatte, aus dem Hain heraus beobachtet zu werden. Dass Miss Mannering behauptete, Miss Ashley habe einen Dolch in der Hand gehabt, die anderen das aber nicht gesehen haben, überrascht mich nicht. Wenn Sie so viel Erfahrung hätten wie ich, würden Sie wissen, dass die Aussagen von fünf verschiedenen Zeugen desselben Ereignisses meilenweit voneinander abweichen können.«

Mr Petherick hüstelte.

»Mir scheint, dass wir bei all diesen Theorien eine wesentliche Tatsache unbeachtet lassen«, sagte er. »Wo ist die Waffe abgeblieben? Einen Speer konnte Miss Ashley schwerlich verschwinden lassen, während sie ganz ohne Deckung dastand, und hätte ein verborgener Mörder einen Dolch geworfen, hätte der noch in der Wunde gesteckt, als man das Opfer umdrehte. Wir sollten uns von allen weit hergeholten Theorien verabschieden und uns auf nüchterne Tatsachen beschränken.«

»Und wohin führen die uns?«

»Eins scheint ganz klar zu sein. Niemand war in der Nähe des Mannes, als er niedergestreckt wurde, deshalb ist der Einzige, der ihn erdolcht haben könnte, er selbst. Im Klartext: Selbstmord.«

»Aber warum um alles in der Welt sollte er Selbstmord begehen?«, fragte Raymond West ungläubig.

Der Anwalt hüstelte wieder.

»Das ist wieder eine theoretische Frage, und mir geht es derzeit nicht um Theorien. Wenn ich übernatürliche Einwirkungen ausschließe, an die ich nicht zu glauben bereit bin, kann es sich nur so abgespielt haben: Er hat sich selbst erdolcht, und im Fallen zog sein ausgestreckter Arm den Dolch aus der Wunde und schleuderte ihn weit zwischen die Bäume. Das klingt zwar ziemlich unwahrscheinlich, ist aber durchaus im Bereich des Möglichen.«

»Ein wirklich rätselhafter Fall«, bemerkte Miss Marple. »Aber es gibt eben wirklich die wunderlichsten Dinge auf der Welt. Im letzten Jahr, auf Lady Sharpleys Gartenparty, stolperte ein Mann, der dabei war, das Uhrengolf aufzustellen, über eine der Zahlen, blieb bewusstlos liegen und kam erst fünf Minuten später wieder zu sich.«

»Mag sein, liebe Tante«, sagte Raymond milde, »aber er ist nicht erdolcht worden, oder?«

»Natürlich nicht, mein Lieber, das sagte ich ja gerade. Natürlich kann der arme Sir Richard nur auf eine Art erstochen worden sein. Ich wüsste zu gern, was ihn ins Stolpern gebracht hat. Möglicherweise war es eine Baumwurzel. Er hat zu Diana hingesehen, und bei Mondlicht kommt man leicht ins Straucheln.«

Der Pfarrer maß sie mit einem eigenartigen Blick.

»Sir Richard könne nur auf eine Art erstochen worden sein, sagen Sie?«

»Es ist sehr traurig, und ich denke nicht gern darüber nach. Er war Rechtshänder, nicht wahr? Um sich in die linke Schulter zu stechen, muss er das wohl gewesen sein. Der arme Jack Baynes hat mir immer so leidgetan, der hat sich im Krieg, nach schweren Gefechten bei Arras, selbst in den Fuß geschossen. Er hat es mir erzählt, als ich ihn im Krankenhaus besucht habe, und hat sich sehr geschämt. Ich glaube nicht, dass dem armen Elliot Haydon sein schändliches Verbrechen viel genützt hat.«

»Du glaubst, dass es Elliot Haydon war?«, stieß Raymond hervor.

Miss Marples Augen weiteten sich erstaunt.

»Wer sonst – wenn man sich, wie Mr Petherick so klug ausgeführt hat, an die Tatsachen hält und Atmosphäre und unerfreuliche Erscheinungen wie heidnische Gottheiten beiseitelässt. Er war als Erster bei Sir Richard und hat ihn umgedreht, und dazu musste er den anderen natürlich den Rücken zuwenden. Als Räuberhauptmann verkleidet, hatte er bestimmt irgendeine Waffe im Gürtel. Ich erinnere mich, dass ich als junges Mädchen mal mit einem Mann getanzt habe, der als Räuberhauptmann ging. Er trug fünf verschiedene Messer und Dolche bei sich, und Sie glauben gar nicht, wie unbequem das für seine Tanzpartnerinnen war.«

Aller Augen richteten sich auf Dr. Pender.

»Ich erfuhr die Wahrheit fünf Jahre nach der Tragödie«, erklärte er. »Durch einen Brief von Elliot Haydon. Er habe von Anfang an vermutet, schrieb er, dass ich ihn verdächtigte. Er sei einer plötzlichen Versuchung erlegen. Auch er liebte Diana Ashley, war aber nur ein armer Anwalt, der sich mehr schlecht als recht durchs Leben schlug. Wäre Richard erst aus dem Weg und hätte er dessen Titel und Besitz geerbt, sah er eine glänzende Zukunft vor sich. Der Dolch war ihm aus dem Gürtel gefallen, als er sich neben seinen Vetter kniete, und fast ohne nachzudenken, stieß er zu und steckte dann die Waffe wieder in den Gürtel. Die spätere Stichwunde brachte er sich selbst bei, um den Verdacht von sich abzulenken. Er schickte mir diesen Brief am Vorabend seiner Abreise zu einer Expedition zum Südpol für den Fall, wie er schrieb, dass er nicht zurückkommen sollte. Ich glaube, er wollte nicht zurückkommen, und ich weiß, dass ihm sein Verbrechen, wie Miss Marple sehr richtig bemerkte, nichts genützt hat. ›Fünf Jahre‹, schrieb er, ›habe ich in der Hölle gelebt. Nun hoffe ich, meine Tat durch einen ehrenvollen Tod büßen zu können.‹«

Einen Augenblick blieb es ganz still.

»Und er ist tatsächlich ehrenvoll gestorben«, sagte Sir Henry dann. »Sie haben die Namen in Ihrer Geschichte geändert,

Dr. Pender, aber ich meine den Mann zu erkennen, von dem die Rede war.«

»Dennoch glaube ich nicht, dass diese Erklärung den Tatsachen ganz gerecht wird«, sagte der alte Pfarrer. »Ich bin nach wie vor der Meinung, dass in jenem Hain ein böser Geist herrschte, der Elliot Haydons Handeln bestimmte. Bis heute kann ich nicht ohne Grauen an das Götzenhaus der Astarte denken.«

Der Smaragd des Radschas

Mit ernsthafter Willensanstrengung konzentrierte sich James Bond abermals auf das kleine gelbe Buch in seiner Hand. Es trug auf der Vorderseite den schlichten, aber gefälligen Titel: *Möchten Sie dreihundert Pfund mehr im Jahr verdienen?* und kostete einen Shilling. James hatte sich gerade durch die ersten zwei Seiten hindurch gelesen, auf denen er lakonisch aufgefordert wurde, seinem Chef ins Gesicht zu blicken, ein dynamisches Auftreten zu entwickeln und einen Eindruck von Tüchtigkeit auszustrahlen. Nun war er bei den subtileren Ratschlägen angelangt. »In manchen Situationen ist Offenheit angebracht, in anderen dagegen mehr Wert auf Diskretion zu legen«, belehrte ihn das kleine gelbe Buch. »Ein tüchtiger Mann sagt nicht immer alles, was er weiß.« James klappte das Büchlein zu, hob den Kopf und starrte gedankenverloren auf die blaue Weite des Meeres hinaus. Es quälte ihn plötzlich der schreckliche Verdacht, dass er kein tüchtiger Mann war. Ein tüchtiger Mann wäre in seiner derzeitigen Situation Herr der Lage und nicht ihr Opfer. Zum sechzigsten Mal an diesem Vormittag zählte sich James im Geist alles Ungemach auf, das ihm widerfahren war.

Dies war sein Urlaub. Sein Urlaub! Haha! Höhnisches Auflachen. Wer hatte ihn überredet, in einen mondänen Badeort wie Kimpton-on-Sea zu fahren? Grace. Wer hatte ihn gedrängt, mehr auszugeben, als er sich leisten konnte? Grace. Und er hatte auch noch freudig ihrem Plan zugestimmt. Sie hatte ihn hierhergelockt, und was war nun das Resultat? Während er in einer obskuren Frühstückspension hauste, fast eineinhalb Meilen vom Strand entfernt, hatte Grace, die in einer ähnlichen Pension hätte absteigen sollen (nicht in derselben: In James' Kreisen sah man auf Schicklichkeit), ihn schnöde im Stich gelassen und sich in nichts Geringerem als dem Hotel »Esplanade«, direkt am Meer, einquartiert.

Anscheinend hatte sie Freunde dort. Freunde! Wieder lachte James sarkastisch auf. In Gedanken durchlief er noch einmal die letzten drei Jahre seines gemächlichen Werbens um Grace. Wie überaus geschmeichelt sie anfangs gewesen war, als sein Augenmerk ausgerechnet auf sie fiel. Aber damals hatte sie bei Bartels, Fachgeschäft für Damenbekleidung in der High Street, auch noch nicht die oberste Sprosse der Erfolgsleiter erklommen. In jenem Anfangsstadium war es James gewesen, der das große Wort führte. Jetzt verhielt es sich leider gerade umgekehrt. Grace verdiente jetzt, wie man zu sagen pflegte, eine »schöne Stange Geld«, und das hatte sie hochnäsig gemacht. Jawohl, richtig hochnäsig. Bruchstücke eines Verses aus einem Gedichtband kamen James in den Sinn. Sie lauteten etwa: »Danke fastend dem Herrn für eines wackren Mannes Liebe.« Doch bei Grace war von einem derartigen Verhalten wahrlich nichts zu bemerken. Wohlgenährt vom Frühstück im »Esplanade« trampelte sie achtlos auf des wackren Mannes Liebe herum. Ja, nicht nur das, gleichzeitig ließ sie sich die Aufmerksamkeiten eines grässlichen Schwachkopfs namens Claud Sopworth gefallen, eines Menschen, der, wie James fest überzeugt war, nicht die geringsten charakterlichen Werte besaß.

James bohrte einen Absatz in die Erde und starrte mit finster gerunzelter Stirn zum Horizont. Kimpton-on-Sea. Was hatte ihn bloß bewogen, an einen solchen Ort zu kommen? Kimpton war in erster Linie Treffpunkt der Reichen und Mondänen, es besaß zwei große Hotels Und unendlich lange Reihen von eleganten Sommerhäusern, die berühmten Schauspielerinnen, vermögenden Bankiers und solchen Mitgliedern der englischen Aristokratie gehörten, die reiche Frauen geheiratet hatten. Die Miete für den kleinsten möblierten Bungalow betrug fünfundzwanzig Guineas die Woche. Was die großen kosten mochten, das wagte er sich gar nicht vorzustellen. Eine dieser palastartigen Villen lag direkt hinter James' Sitzplatz. Sie gehörte dem berühmten Lord Edward Campion und beherbergte zurzeit eine ganze Schar vornehmer Gäste, darunter den Radscha von Maraputna, dessen Reichtum sprichwörtlich war. James hatte an diesem Morgen im lokalen Wochenanzeiger einen ausführlichen Bericht über ihn gelesen: über seine riesigen Besitzungen in Indien, seine Paläste, seine wundervolle Juwelensammlung, wobei besonders ein berühmter Smaragd erwähnt wurde, der, wie die Zeitung begeistert versicherte, die Größe eines Taubeneis besaß. Da James in der Stadt aufgewachsen war, hatte er nur eine etwas verschwommene Vorstellung von der Größe eine Taubeneis, aber der Bericht hatte einen vorteilhaften Eindruck bei ihm hinterlassen.

»Wenn ich einen solchen Smaragd hätte«, sagte James und starrte abermals stirnrunzelnd zum Horizont, »dann würde ich's Grace aber zeigen!«

Seinen Empfindungen auf diese wenn auch unbestimmte Weise Ausdruck verliehen zu haben, erleichterte James' Gemüt. In diesem Augenblick riefen lachende Stimmen hinter ihm seinen Namen. Er drehte sich jäh um und erblickte Grace. Bei ihr waren Clara Sopworth, Alice Sopworth, Dorothy Sopworth und – Claud Sopworth! Die Mädchen gingen untergehakt und kicherten.

»Na, man kennt dich ja überhaupt nicht mehr«, rief Grace kokett.

»Ja«, sagte James.

Bestimmt hätte er eine treffendere Antwort finden können, dachte er sofort. Mit dem simplen Wörtchen »Ja« konnte man nicht den Eindruck einer dynamischen Persönlichkeit erwecken. Mit tiefem Abscheu blickte er auf Claud Sopworth. Dieser war beinahe so schön herausgeputzt wie der jugendliche Held in einer Operette. James wünschte sehnsüchtig den Moment herbei, in dem ein menschenfreundlicher Hund seine nassen, sandigen Pfoten auf Clauds makellos weiße Flanellhosen legen würde. Er selbst trug ein Paar praktische dunkelgraue Flanellhosen, die schon bessere Tage gesehen hatten.

»Ist die Luft nicht herrlich?« Clara schnupperte genießerisch. »Macht richtig Laune, wie?«

Sie kicherte.

»Reiner Ozon«, rief Alice Sopworth. »Das schlägt jedes Stärkungsmittel.« Und sie kicherte ebenfalls.

Am liebsten würde ich allen dreien die dummen Köpfe zusammenstoßen, dachte James. Was haben die bloß ständig zu lachen? Sie sagten doch wahrhaftig nichts Komisches.

Der makellose Claud murmelte lässig: »Sollen wir schwimmen gehen oder ist das zu mühsam?« Der Vorschlag wurde mit schrillem Beifall aufgenommen. James schloss sich der Gruppe an. Es gelang ihm sogar mit einiger List, Grace ein paar Schritte von den anderen abzusondern.

»Ich seh dich kaum noch«, begann er vorwurfsvoll.

»Na, jetzt sind wir ja alle beisammen«, entgegnete Grace. »Und du kannst ja mit uns im Hotel zu Mittag essen. Allerdings ...«

Sie warf einen zweifelnden Blick auf James' Hosen.

»Was ist los?«, fragte James wütend. »Wohl nicht schick genug für dich, wie?«

»Mein Lieber, ich finde wirklich, du könntest dich etwas sorgfältiger kleiden. Hier sind alle so wahnsinnig elegant. Sieh dir nur Claud Sopworth an!«

»Das habe ich schon«, erwiderte James grimmig. »Und ich habe noch nie einen Mann gesehen, der so dämlich aussieht wie er.«

Grace richtete sich zu voller Größe auf.

»Du brauchst gar nicht meine Freunde schlechtzumachen,

James, das schickt sich nicht. Er ist genauso angezogen wie alle anderen vornehmen Herrn im Hotel.«

»Pah!«, stieß James hervor. »Weißt du, was ich neulich in den ›Notizen aus der Gesellschaft‹ gelesen habe? Dass der Herzog von – also ich komme jetzt nicht auf den Namen, irgendein Herzog jedenfalls, dass der also der am schlechtesten angezogene Mann von ganz England ist, jawohl!«

»Meinetwegen«, gab Grace zurück, »aber der ist eben ein Herzog.«

»Na und?«, fragte James erbost. »Wer sagt, dass ich nicht auch eines Tages ein Herzog sein werde? Na, vielleicht nicht direkt ein Herzog, aber ein Pair.«

Er klopfte auf das gelbe Buch in seiner Tasche und zählte ihr eine lange Reihe von Pairs von England auf, die noch viel bescheideneren Verhältnissen entstammten als James. Grace kicherte bloß.

»Sei nicht so albern, James«, sagte sie. »Man stelle sich vor, du als ein Earl von Kimpton-on-Sea!«

James betrachtete sie mit einem Blick, in dem sich Wut und Verzweiflung mischten. Die Luft von Kimpton-on-Sea war Grace tatsächlich zu Kopf gestiegen.

Kimpton besaß einen langen, geraden Sandstrand. Darauf erstreckte sich über eineinhalb Meilen eine ununterbrochene Front von Badehäusern und Kabinen. Die Gruppe hatte inzwischen vor einer Reihe von sechs Badekabinen haltgemacht, die sämtlich die imposante Aufschrift trugen: »Nur für Gäste des Hotels Esplanade.«

»Da sind wir«, verkündete Grace heiter. »Aber ich fürchte, du wirst nicht mit uns hereinkommen können, James, du musst zu den öffentlichen Badezeiten dort drüben gehen, wir treffen uns dann im Wasser. Bis gleich.«

»Bis gleich!«, entgegnete James und strebte in die angegebene Richtung.

Zwölf schäbige Zeltkabinen blickten dort feierlich aufs Meer, bewacht von einem betagten Matrosen mit einer blauen Papierrolle in der Hand. Nach Entgegennahme eines Geldstücks riss dieser ein blaues Billett von seiner Rolle, warf James ein Handtuch zu und wies mit dem Daumen über die Schulter.

»Sie müssen warten, bis Sie dran sind«, brummte er.

Erst jetzt kam James zu Bewusstsein, dass er nicht konkurrenzlos im Rennen lag. Außer ihm waren noch andere auf die gute Idee gekommen, ein Bad im Meer zu nehmen. Nicht nur waren sämtliche Kabinen besetzt, es hatte sich vor einer jeden obendrein eine stattliche Gruppe von Menschen versammelt, die einander mit finster entschlossenen Blicken maßen. James gesellte sich zu der kleinsten Gruppe und wartete. Plötzlich teilte ein Windstoß die Zeltflügel, und ein schönes, spärlich bekleidetes junges Mädchen wurde sichtbar, das sich so gemächlich die Bademütze über die Haare zog, als gedenke es, sich den ganzen Vormittag damit Zeit zu lassen.

»Da komme ich niemals dran«, sagte James zu sich selbst und trat schleunigst zu einer anderen Gruppe. Nachdem er fünf Minuten gewartet hatte, wurde es in dem zweiten Zelt lebendig. Die Zeltwand tat sich ächzend auf, und es quollen nacheinander vier Kinder nebst Vater und Mutter hervor. Angesichts der Miniaturausgabe des Zelts fühlte sich James ein bisschen an gewisse Jahrmarkttricks erinnert. Sofort schossen zwei Frauen vor und ergriffen je einen Zipfel Zeltleinwand. »Ich bin dran«, stieß die eine Frau atemlos hervor.

»Nein, ich«, erwiderte die andere erbost.

»Ich muss Ihnen mitteilen, dass ich gute zehn Minuten vor Ihnen hier war«, erklärte die erste Frau.

»Ich stehe bereits seit über einer Viertelstunde hier«, gab die andere trotzig zurück.

»Na, na.« Der alte Matrose trat bedächtig näher.

Die beiden jungen Frauen redeten in schrillen Tönen auf ihn ein. Als sie fertig waren, deutete er mit dem Daumen auf die Zweite und erklärte knapp: »Sie sind dran.« Damit machte er kehrt, ohne sich um die Proteste hinter ihm zu kümmern. Er hatte keine Ahnung, wer von den beiden Konkurrentinnen zuerst an der Reihe war, und es kümmerte ihn auch nicht, doch seine Entscheidung war, wie es bei Zeitungspreisausschreiben hieß, unanfechtbar. James ergriff ihn verzweifelt am Arm.

»Sie – hören Sie mal!«

»Was ist, Mister?«

»Wie lange wird es noch dauern, bis ich ein Zelt kriege?« Der alte Seebär warf einen gleichgültigen Blick auf die wartende Menge.

»Eine Stunde vielleicht, vielleicht auch eineinhalb, ich weiß nicht genau.«

In diesem Augenblick sah James in einiger Entfernung Grace und die Sopworth-Mädchen leichtfüßig über den Sand zum Wasser eilen.

»Verdammt!«, sagte James zu sich. »Oh, verdammt!«

Er zupfte den Altmatrosen noch einmal am Rockärmel.

»Kann ich nicht sonst irgendwo eine Kabine kriegen? Was ist denn mit den Badehütten dort oben? Die scheinen alle leer.«

»Die Hütten dort sind privat«, entgegnete der Altmatrose würdevoll.

Nachdem er diese Zurechtweisung ausgesprochen hatte, schritt er von dannen. Mit dem bitteren Gefühl, einem üblen Trick aufgesessen zu sein, kehrte James den wartenden Menschenschlangen den Rücken und stapfte wütend den Strand entlang. Jetzt hatte er es satt! Bis obenhin satt! Zornig blickte er im Vorbeigehen auf die schmucken Badekabinen. In diesem Moment verwandelte er sich von einem unabhängigen Liberalen in einen knallroten Sozialisten. Warum eigentlich sollten die Reichen eigene Badekabinen haben und zu jeder beliebigen Zeit zum Schwimmen gehen können, ohne sich in einer Schlange drängeln zu müssen?

»Dieses Gesellschaftssystem in unserem Land«, murmelte James, »ist total verkehrt.«

Vom Wasser her schallte kokettes Geschrei. Die Stimme von Grace! Und ihr Quietschen übertönend hörte James das dümmliche »Ha, ha!« von Claud Sopworth. »Verdammt!«, entfuhr es James abermals, und er knirschte dabei mit den Zähnen, etwas, das er noch nie zuvor selbst probiert hatte, sondern bis lang nur aus Romanen kannte.

Wütend seinen Spazierstock schwingend blieb er stehen und kehrte dem Meer den Rücken zu. Stattdessen starrte er mit hasserfülltem Blick auf die privaten Badehäuschen, die, wie es in Kimpton-on-Sea Brauch war, mit blumigen Namen wie »Adlerhorst«, »Buena Vista« und »Mon Désir« beschriftet waren. »Adlerhorst« fand James schlicht albern, und bei »Buena Vista« versagten seine Sprachkenntnisse. Französisch verstand er jedoch gut genug, um die Bedeutung des dritten Namens ermessen zu können.

»Mon Désir«, brummte er. »Das kann man wohl sagen!«

Und in diesem Moment entdeckte er, dass, während die Türen der übrigen Badehütten fest verschlossen waren, die von »Mon Désir« einen Spalt offen stand. James blickte nachdenklich nach beiden Seiten den Strand entlang. Dieser war hier hauptsächlich von Müttern bevölkert, die alle Hände voll zu tun hatten, ihre zahlreichen Sprösslinge zu beaufsichtigen. Es war erst zehn Uhr, zu dieser frühen Vormittagsstunde begab man sich bei der Aristokratie von Kimpton-on-Sea wohl noch nicht zum Baden.

»Wahrscheinlich liegen die alle noch im Bett und lassen sich von ihren betressten Lakaien auf einem Silbertablett Austern servieren. Pah, die kommen bestimmt nicht vor zwölf herunter!«, dachte James.

Er blickte abermals zum Meer. Wie auf ein Signal schallte prompt das schrille Quieken von Grace durch die Luft, untermalt vom lauten »Ha, ha« von Claud Sopworth.

»Ich tu's«, stieß James zwischen zusammengebissenen Zähnen hervor.

Er drückte die Tür von »Mon Désir« auf und ging hinein. Zuerst erschrak er, als er die Kleidungsstücke an der Wand sah, aber er beruhigte sich schnell wieder.

Die Hütte war durch eine Zwischenwand in zwei Hälften geteilt. Auf der rechten Seite hingen an einem Holzpflock ein gelber Damenpullover, ein zerknautschter Strohhut und ein Paar Strandschuhe. Auf der linken Seite verrieten eine alte graue Flanellhose, ein dicker Pullover und ein Südwester, dass hier auf säuberliche Trennung der Geschlechter geachtet wurde. James verfügte sich hastig in die Herrenabteilung und zog sich, so schnell er konnte, um. Drei Minuten später pflügte er bereits prustend und schnaufend durch die Wellen, wobei er wichtigtuerisch kurze Spurts einlegte – Kopf unter Wasser, Arme im Schmetterlingsstil die Wogen peitschend – und generell bemüht war, mit seinen Schwimmkünsten zu glänzen.

»Oh, da bist du ja!«, rief Grace. »Ich hab gedacht, du kommst bestimmt noch lange nicht, bei den vielen Leuten, die dort Schlange stehen.«

»Tatsächlich?«, erwiderte James.

Liebevoll dachte er an das kleine gelbe Buch: »Der tüchtige Mann weiß, wann er zu schweigen hat.« Für den Augenblick fühlte er sich wieder ganz obenauf. Er brachte es sogar fertig, Claud Sopworth, der Grace gerade das Kraulschwimmen beizubringen suchte, freundlich aber bestimmt zu sagen: »Aber nein, alter Freund, das ist ganz verkehrt. Ich werde es ihr zeigen.« Und sein Ton war von einer solchen Selbstsicherheit, dass Claud sich verlegen zurückzog. Leider jedoch war sein Triumph nur von kurzer Dauer. Die Temperatur der englischen Gewässer verlockte Badende nicht dazu, sich für längere Zeit in ihnen aufzuhalten. Grace und die Sopworth-Mädchen hatten bereits blaue Lippen und klapperten hörbar mit den Zähnen. Wenig später rannten sie den Strand hinauf, und James kehrte mutterseelenallein zu »Mon Désir« zurück. Während er sich kräftig abrubbelte und in sein Hemd schlüpfte, war er sehr mit sich zufrieden. Er hatte zweifelsohne ein dynamisches Auftreten gezeigt, fand er.

Und dann erstarrte er plötzlich vor Schreck. Von draußen erklangen weibliche Stimmen, und zwar ganz andere als die von Grace und ihren Freundinnen. Einen Augenblick später erkannte er die Wahrheit: Die rechtmäßigen Eigentümer von »Mon Désir« waren im Anmarsch. Wäre James vollständig angezogen gewesen, so hätte er sich möglicherweise ein Herz gefasst, die Ankömmlinge abgewartet und sich herauszureden versucht. So wie die Dinge lagen, geriet er in Panik. Die Fenster von »Mon Désir« waren sittsam durch dunkelgrüne Vorhänge verhängt. Mit einem Satz stürzte James zur Tür und klammerte sich verzweifelt am Knauf fest. Vergeblich versuchte jemand von draußen, daran zu drehen.

»Jetzt ist doch zugesperrt«, sagte eine Mädchenstimme. »Ich dachte, Pug hätte gesagt, es wäre offen.«

»Nein, Woggle hat das gesagt.«

»Woggle ist wirklich ein Idiot«, schimpfte das andere Mädchen. »So was Blödsinniges, jetzt müssen wir extra noch mal zurück, um den Schlüssel zu holen.«

James hörte, wie ihre Schritte sich entfernten. Er holte lange und tief Luft. Dann fuhr er in hektischer Eile in seine Kleider. Zwei Minuten später bereits schlenderte er mit fast schon aufreizend unschuldiger Miene den Strand entlang. Nach etwa einer Viertelstunde gesellten sich auch Grace und die Sopworth-Mädchen zu ihm. Den Rest des Vormittags verbrachte man vergnüglich mit harmlosen Neckereien, Steinewerfen und Sandburgenbauen. Schließlich blickte Claud auf die Uhr.

»Zeit zum Mittagessen«, verkündete er. »Wir machen uns besser langsam auf den Heimweg.«

»Ich habe schrecklichen Hunger«, rief Alice Sopworth. Die anderen Mädchen beteuerten ebenfalls, schrecklichen Hunger zu haben.

»Kommst du mit, James?«, fragte Grace.

James war zweifellos übertrieben empfindlich. Er fühlte sich genötigt, an ihrem Tonfall Anstoß zu nehmen. »Nicht, wenn meine Kleidung dir nicht gut genug ist«, brauste er auf. »Da du es damit so genau zu nehmen scheinst, sollte ich wohl besser nicht mitkommen.«

Das war das Stichwort für Grace, das Gegenteil zu beteuern, doch die Seeluft hatte offenbar einen ungünstigen Einfluss auf sie. Sie antwortete bloß: »Na gut, wie du willst. Dann bis heute Nachmittag.«

James verschlug es die Sprache. Stumm starrte er den Davongehenden nach.

»So was!«, stieß er schließlich hervor. »Das ist doch wirklich …«

Er schlenderte in bedrückter Stimmung zum Ort zurück. In Kimpton-on-Sea gab es zwei Imbissstuben, beide stickig, laut und überfüllt. Es war wieder das Gleiche wie bei den Badekabinen: James musste warten, bis er an der Reihe war. Er musste sogar noch länger warten, denn als endlich ein Platz frei wurde, schnappte eine skrupellose Matrone, die gerade erst gekommen war, ihm diesen vor der Nase weg. Endlich konnte er an einem freien Tisch Platz nehmen. Dicht neben seinem linken Ohr gaben drei junge Damen mit schlecht geschnittenen Bubiköpfen ein kunterbuntes Potpourri aus italienischen Opern zum Besten. Glücklicherweise war James unmusikalisch. Die Hände tief in den Hosentaschen vergraben, studierte er ohne nennenswertes Interesse die Speisekarte.

Egal, was ich bestelle, es ist bestimmt schon von der Karte gestrichen, dachte er. Ich bin schon ein Pechvogel.

Plötzlich stieß seine rechte Hand im untersten Zipfel seiner Hosentasche auf einen fremdartigen Gegenstand. Er fühlte sich an wie ein Kieselstein, ein großer runder Kieselstein. Wozu habe ich mir bloß einen Kieselstein in die Tasche gesteckt, dachte James. Seine Finger schlossen sich um den Stein. Eine Kellnerin schlängelte sich an seinem Tisch vorbei.

»Gebackene Scholle mit Bratkartoffeln, bitte«, sagte James.

»Gebackene Scholle gibt es nicht mehr«, murmelte die Kellnerin, die Augen träumerisch zur Decke gerichtet. »Dann nehme ich das Rindfleisch in Curry«, sagte James.

»Rindfleisch in Curry gibt es nicht mehr.«

»Gibt es vielleicht irgendetwas auf dieser dämlichen Speisekarte, das nicht aus ist?«, schnaubte James.

Die Kellnerin verzog gequält das Gesicht und deutete mit einem blässlich grauen Zeigefinger auf das Hammelfleisch mit Bohnen. James schickte sich ins Unvermeidliche und bestellte Hammelfleisch mit Bohnen. Noch immer innerlich bebend vor Zorn über den miserablen Service in gewissen Lokalen zog er die Hand mit dem Stein aus der Tasche. Er öffnete die Faust und warf einen zerstreuten Blick auf den Gegenstand darin. Dann fuhr ihm ein Schock durch die Glieder, der ihn alles andere vergessen ließ, und er starrte mit weit aufgerissenen Augen. Das Ding, das er in der Hand hielt, war kein Kieselstein, es war ohne allen Zweifel ein Smaragd, ein riesiger grüner Smaragd. James betrachtete ihn voll Entsetzen. Nein, das konnte kein Smaragd sein, bestimmt war es bloß gefärbtes Glas. Es konnte unmöglich einen Smaragd in dieser Größe geben, es sei denn – vor James' Augen tanzten plötzlich Druckbuchstaben: »Der Radscha von Maraputna – berühmter Smaragd – von der Größe eines Taubeneis.« War es – war es etwa dieser Smaragd, den er hier vor Augen hatte? Die Kellnerin kam mit seinem Hammelfleisch, und James schloss krampfhaft die Finger. Heiße und kalte Schauer liefen ihm abwechselnd über den Rücken. Er hatte das Gefühl, in ein fürchterliches Dilemma geraten zu sein. Wenn dies jener Smaragd war – aber war er es denn auch? Konnte er es überhaupt sein? Angstvoll spähte er in die halb geöffnete Faust. James war kein Fachmann für Juwelen, aber der tiefe, leuchtende Glanz des Steins überzeugte ihn endgültig von dessen Echtheit. Er stützte sich auf beide Ellenbogen und starrte blind auf den Hammelfleisch-Bohneneintopf, der in der Schüssel vor ihm langsam erkaltete. Er musste unbedingt nachdenken. Wenn dies der Smaragd des Radschas war, was sollte er damit tun? Das Wort »Polizei« kam ihm in den Sinn. Wenn man etwas Wertvolles fand, brachte man die Fundsache zur Polizei. Nach diesem Grundsatz war James erzogen worden.

Ja, aber wie um alles in der Welt war der Smaragd in seine Hosentasche gelangt? Das war zweifellos die erste Frage, die die Polizei ihm stellen würde? Hilflos blickte er an seinen Hosenbeinen hinunter, als plötzlich eine böse Ahnung in ihm aufstieg. Er sah genauer hin. Ein Paar alter grauer Flanellhosen gleicht so ziemlich jedem beliebigen anderen Paar alter grauer Flanellhosen, dennoch hatte James instinktiv das Gefühl, dass dies hier nicht seine eigene Hose war. Von seiner Entdeckung wie vor den Kopf geschlagen, sank er auf seinem Stuhl zurück. Er sah nun genau, was geschehen war: In seiner Hast, aus der Badekabine zu kommen, hatte er die falsche Hose erwischt. Er erinnerte sich, dass er seine eigene Hose an einen Haken neben die andere alte Flanellhose gehängt hatte, die schon dort gewesen war. Jawohl, bis hierhin war die Sache klar, er hatte die Hosen vertauscht. Aber dennoch, was zum Kuckuck hatte ein Smaragd im Wert von Tausenden von Pfund an einem solchen Platz zu suchen? Je mehr er darüber nachdachte, desto merkwürdiger erschien ihm die ganze Sache. Er könnte der Polizei natürlich erklären …

Es war peinlich, daran bestand kein Zweifel, es war entschieden peinlich. Er würde den Umstand erwähnen müssen, dass er bewusst in die Badehütte anderer Leute eingedrungen war. Sicherlich, das war kein ernsthaftes Vergehen, aber es gab ihm eine schlechte Ausgangsposition.

»Kann ich Ihnen sonst noch etwas bringen, Sir?«

Das war wieder die Kellnerin. Sie starrte anzüglich auf den unberührten Hammeleintopf. Hastig löffelte James etwas davon auf seinen Teller und verlangte die Rechnung. Als er sie erhalten hatte, zahlte er und ging. Während er noch unentschlossen auf der Straße stand, fiel sein Blick auf einen Zeitungsaushang. Der Nachbarort Harchester verfügte über eine Abendzeitung, und es war eine Anschlagtafel dieses Blattes, die James ins Auge stach.

Sie warb mit einer knappen Sensationsmeldung: *Maharadscha-Smaragd gestohlen.*

»Mein Gott«, stöhnte James und lehnte sich gegen einen Laternenpfahl. Dann riss er sich zusammen, fischte eine Münze aus der Jackentasche und kaufte sich ein Exemplar der Zeitung. Er brauchte nicht lange zu suchen. Riesige Schlagzeilen schmückten die Titelseite. *Sensationeller Einbruch bei Lord Edward Campion. Berühmter historischer Smaragd gestohlen. Radscha von Maraputna beklagt schrecklichen Verlust.*

Der Bericht selbst enthielt nur wenige simple Tatsachen. Lord Edward Campion hatte am Vorabend einige Freunde zu Gast geladen. Als er einer der anwesenden Damen den Stein zeigen wollte, hatte er entdeckt, dass dieser verschwunden war. Man hatte die Polizei eingeschaltet. Bisher war noch kein Hinweis zur Aufklärung des Verbrechens gefunden worden.

James ließ die Zeitung zu Boden fallen. Ihm war noch immer nicht klar, wie der Smaragd in die Tasche einer alten Flanellhose in einer Badehütte gelangt war, aber es kam ihm mit jeder Minute deutlicher zu Bewusstsein, dass der Polizei seine eigene Geschichte bestimmt verdächtig vorkommen würde. Was, um Himmels willen, sollte er tun? Hier stand er, mitten auf der Hauptstraße von Kimpton-on-Sea, Diebesgut von unermesslichem Wert lose in der Tasche, während die Polizei des ganzen Bezirks emsig damit beschäftigt war, nach ebendiesem Diebesgut zu fahnden. Es gab nur zwei Möglichkeiten: Nummer eins, sofort zur Polizei zu gehen und die Wahrheit zu erzählen – aber es muss leider gesagt werden, dass James vor diesem Weg ängstlich zurückscheute. Und Möglichkeit Nummer zwei: den Smaragd auf irgendeine Weise wieder loszuwerden. Einen Augenblick lang erwog James, den Stein säuberlich zu verpacken und per Post an den Radscha zurückzuschicken. Dann schüttelte er den Kopf; dafür hatte er zu viele Kriminalromane gelesen. Er wusste, dass jeder bessere Detektiv, mit Vergrößerungsglas und allen möglichen sonstigen Hilfsmitteln ausgestattet, das Päckchen untersuchen und binnen einer halben Stunde Beruf, Alter, Aussehen und persönliche Merkmale des Absenders herausbekommen würde. Danach wäre es dann bloß noch eine Frage von Stunden, bis man ihn fände. Und da geschah es, dass sich James plötzlich ein Plan von verblüffender Einfachheit aufdrängte. Es war Mittagszeit und der Strand sicherlich verhältnismäßig leer. Er würde zu »Mon Désir« gehen, die Hose dorthin zurückhängen, wo er sie gefunden hatte, und sich dafür wieder seine eigene anziehen. Mit schnellen Schritten machte er sich auf den Weg zum Strand.

Dabei plagten ihn trotz allem leise Gewissensbisse. Eigentlich *müsste* der Radscha den Smaragd wiederbekommen. Er überlegte, ob er nicht vielleicht selbst ein wenig Detektiv spielen sollte – allerdings erst, nachdem er wieder im Besitz seiner eigenen Hose war und die fremde an ihren Platz zurückgehängt hatte. In Verfolgung dieser Absicht lenkte er seine Schritte auf den alten Seemann zu, in dem er zu Recht eine unerschöpfliche Informationsquelle über Kimpton vermutete.

»Entschuldigen Sie«, sagte James höflich, »aber ich glaube, ein Freund von mir hat eine Badekabine an diesem Strand, ein gewisser Mr Charles Lampton. Soviel ich weiß, heißt sie ›Mon Désir‹.«

Der alte Matrose saß breit und behäbig auf einem Stuhl, eine Pfeife im Mund, und schaute sinnend aufs Meer hinaus. Er rückte die Pfeife ein wenig zur Seite und antwortete, ohne den Blick vom Horizont zu wenden: »›Mon Désir‹ gehört Seiner Lordschaft, Lord Edward Campion, das weiß jedes Kind. Von einem Mr Charles Lampton hab ich nie gehört, der muss neu hier sein.«

»Danke«, sagte James und entfernte sich.

Die Auskunft stürzte ihn in Verwirrung. Der Radscha würde doch nicht etwa selbst den Smaragd in die Tasche gesteckt und dort vergessen haben? James schüttelte den Kopf, diese Theorie befriedigte ihn nicht. Dann aber musste offensichtlich einer der Hausgäste der Dieb sein. Die Situation erinnerte James an bestimmte Lieblingsromane von ihm.

Sein eigener Plan allerdings blieb davon unberührt. Es schien alles ganz einfach. Der Strand war, wie er gehofft hatte, praktisch menschenleer. Und noch ein weiterer glücklicher Umstand, die Tür von »Mon Désir« stand immer noch offen. In Sekundenschnelle war James in der Hütte verschwunden. Er nahm gerade seine eigene Hose vom Haken, als eine Stimme hinter ihm ihn jäh herumfahren ließ.

»Hab ich Sie also erwischt!«, sagte die Stimme.

James starrte mit offenem Mund. In der Tür von »Mon Désir« stand ein Fremder, ein gut angezogener Mann von etwa vierzig Jahren mit scharfen, raubvogelähnlichen Gesichtszügen.

»Hab ich Sie also erwischt!«, wiederholte der Fremde.

»Wer – wer sind Sie?«, stotterte James.

»Inspektor Merrilees von Scotland Yard«, entgegnete der andere knapp. »Und ich möchte Sie bitten, den Smaragd herauszugeben.«

»Den – den Smaragd?« James versuchte Zeit zu gewinnen.

»Das sagte ich.«

Merrilees sprach in kühlem, geschäftsmäßigem Ton. James gab sich einen Ruck.

»Ich weiß nicht, wovon Sie reden«, erklärte er mit gespielter Würde.

»O doch, mein Lieber, ich glaube, das wissen Sie sehr wohl.«

»Das Ganze ist ein Missverständnis«, stieß James hervor. »Ich kann Ihnen genau erklären ...« Er stockte. Das Gesicht des anderen hatte einen gelangweilten Ausdruck angenommen.

»Das behaupten sie immer«, murmelte der Mann von Scotland Yard. »Sie haben ihn wohl beim Spazierengehen am Strand gefunden. Das wollten Sie doch erklären, wie?«

Seine Erklärung kam dem in der Tat sehr nahe, das musste James zugeben, dennoch versuchte er ein Ausweichmanöver.

»Woher weiß ich, dass Sie auch wirklich sind, wofür Sie sich ausgeben?«, sagte er schwach.

Merrilees klappte kurz seinen Rockaufschlag zurück und ließ ein Abzeichen sehen. James starrte ihn entgeistert an.

»Da sehen Sie, worauf Sie sich eingelassen haben!«, sagte der andere fast freundlich. »Sie sind noch ein Anfänger in diesem Geschäft, das sehe ich. Ihr erstes Ding, was?«

James nickte stumm.

»Das dachte ich mir. So, mein Lieber, werden Sie mir nun diesen Smaragd aushändigen, oder muss ich Sie durchsuchen?«

James fand seine Sprache wieder. »Ich – ich habe ihn nicht bei mir.« Dabei dachte er angestrengt nach.

»In Ihrem Hotel gelassen?«, erkundigte sich Merrilees, James nickte.

»Na schön«, sagte der Inspektor, »dann gehen wir zusammen dorthin.«

Er fasste James am Arm.

»Ich möchte nicht riskieren, dass Sie mir davonlaufen«, sagte er sanft. »Wir gehen jetzt zu Ihrem Hotel, und Sie händigen mir den Stein aus.«

»Wenn ich es tue, werden Sie mich dann laufen lassen?«, fragte James zitternd.

Merrilees schien in Verlegenheit zu geraten.

»Wir wissen, auf welche Weise der Stein entwendet wurde«, sagte er, »und dass eine Dame dabei eine Rolle spielt, und natürlich ist insofern – kurz und gut, der Radscha möchte, dass die Sache vertuscht wird. Sie wissen doch, wie diese orientalischen Potentaten sind.«

James, der mit Ausnahme eines berühmten Falles absolut nichts von orientalischen Potentaten wusste, nickte verständnisvoll.

»Es wäre natürlich ganz und gar wider die Regel«, fuhr der Inspektor fort, »aber vielleicht kämen Sie ungeschoren davon.«

James nickte wieder. Sie hatten inzwischen die Strandpromenade hinter sich gelassen und bogen in den Ort ein. James gab die Richtung an, doch der andere lockerte keinen Augenblick seinen festen Griff um James' Arm. Plötzlich verlangsamte James seinen Schritt und unterdrückte einen Ausruf. Merrilees blickte ruckartig auf, dann lachte er. Sie gingen gerade an der Polizeistation vorbei, und er bemerkte den verängstigten Seitenblick von James.

»Ich gebe Ihnen ja zuvor noch eine Chance«, sagte er gut gelaunt.

Von diesem Augenblick an überstürzten sich die Ereignisse. James' Mund entrang sich ein lauter Schrei, und er packte seinen Begleiter am Arm: »Hilfe! Ein Dieb! Hilfe! Ein Dieb!«

In weniger als einer Minute hatte sich eine Menschenmenge um sie versammelt. Merrilees versuchte sich aus James' Umklammerung zu befreien.

»Ich erstatte Anzeige«, schrie James. »Ich erstatte Anzeige. Dieser Mann hat mich bestohlen.«

»Was reden Sie da für einen Unsinn?«, entgegnete der andere laut.

Ein Polizist nahm die Sache in die Hand. Mr Merrilees und James wurden in die Polizeistation gebracht, wo James seine Anschuldigung wiederholte.

»Dieser Mann hat mir soeben die Brieftasche gestohlen«, rief er aufgeregt. »Er hat sie in seine rechte Tasche gesteckt.«

»Der Mann ist übergeschnappt«, brummte der andere. »Schauen Sie doch selber nach, Inspektor, dann werden Sie ja sehen, ob er die Wahrheit sagt.«

Auf ein Zeichen des Inspektors versenkte der Polizist respektvoll die Hand in Merrilees Tasche. Er zog einen Gegenstand hervor und hielt ihn mit einem Ausruf der Überraschung dem anderen entgegen.

»Mein Gott!«, stieß der Inspektor fassungslos hervor. »Das muss der Smaragd des Radschas sein.«

Merrilees machte ein noch ungläubigeres Gesicht als alle anderen. »Das ist grotesk«, stotterte er. »Grotesk. Der Mann muss mir das Ding selbst in die Tasche gesteckt haben, als wir nebeneinander hergingen, um mich in falschen Verdacht zu bringen.«

Das energische Auftreten von Merrilees ließ den Inspektor unsicher werden. Sein Misstrauen richtete sich plötzlich gegen James. Er flüsterte dem Polizisten etwas ins Ohr, und dieser verließ eilig den Raum.

»Bitte, meine Herren«, sagte er dann. »Machen Sie Ihre Aussage, einer nach dem anderen.«

»Gern«, erwiderte James. »Also, ich ging gerade am Strand spazieren, da begegnete ich diesem Herrn, der behauptete, mich zu kennen. Ich konnte mich nicht erinnern, ihm je begegnet zu sein, war aber zu höflich, ihm das zu sagen. Wir gingen zusammen weiter, ich war aber von Anfang an misstrauisch. Und gerade als wir an der Polizeistation vorbeikamen, spürte ich seine Hand in meiner Tasche. Ich hielt ihn fest und schrie um Hilfe.«

Der Inspektor heftete seinen Blick auf Merrilees.

»Und jetzt Sie, Sir.«

Merrilees schien etwas verlegen.

»Die Geschichte stimmt fast«, sagte er langsam, »aber nicht ganz. Nicht ich habe seine Bekanntschaft gesucht, sondern er die meine. Zweifellos wollte er den Smaragd loswerden und steckte ihn mir, während wir uns unterhielten, in die Tasche.«

Der Inspektor hörte auf zu schreiben.

»Aha!«, bemerkte er unparteiisch. »Nun, es wird gleich ein Herr hierherkommen, der uns gewiss helfen kann, diese Sache aufzuklären.«

Merrilees runzelte die Stirn. »Es ist mir wirklich unmöglich, noch länger zu warten«, murmelte er, indem er seine Taschenuhr hervorzog. »Ich habe eine Verabredung. Inspektor, Sie werden sich doch nicht lächerlich machen und etwa glauben, ich würde einen Smaragd stehlen und dann mit diesem in der Tasche seelenruhig durch die Gegend spazieren.«

»Es klingt unwahrscheinlich, Sir, da stimme ich Ihnen zu«, erwiderte der Inspektor. »Aber Sie werden sich leider noch fünf bis zehn Minuten gedulden müssen, bis wir den Fall geklärt haben.

Ah, da kommt Seine Lordschaft ja schon.« Ein hochgewachsener Mann von etwa vierzig Jahren trat ins Zimmer. Er trug ein Paar zerknautschte Hosen und einen alten Pullover.

»Nun, lieber Inspektor, was höre ich da?«, rief er. »Sie haben den Smaragd wiederbeschafft, sagen Sie? Das ist ja fabelhaft, wirklich ausgezeichnete Arbeit. Wer sind diese Leute hier?«

Seine Augen wanderten über James hin und blieben an Merrilees haften. Dieser schien in sich zusammenzuschrumpfen.

»Jones!«, rief Lord Edward Campion aus.

»Sie erkennen diesen Mann, Lord Edward?«, fragte der Inspektor scharf.

»Allerdings«, entgegnete Lord Edward trocken. »Er ist mein Kammerdiener, kam vor etwa einem Monat zu mir. Dieser Mann, den Sie mir von London geschickt haben, hatte ihn von Anfang an im Verdacht, aber man fand den Smaragd nicht unter seinen Sachen.«

»Er hatte ihn in seiner Rocktasche«, erklärte der Inspektor. »Der Herr hier hat uns auf ihn aufmerksam gemacht.« Er deutete auf James.

Einen Augenblick später wurde James von allen Seiten beglückwünscht, und man schüttelte ihm die Hand.

»Mein Bester«, rief Lord Edward Campion, »Sie haben ihn also von Anfang an im Verdacht gehabt, sagen Sie?«

»Ja«, antwortete James. »Ich musste diese Geschichte mit dem Taschendiebstahl inszenieren, um ihn in die Polizeistation zu locken.«

»Na, das ist ja fabelhaft«, rief Lord Edward. »Wirklich fabelhaft. Sie müssen unbedingt mitkommen und mit uns zu Mittag essen, falls Sie nicht schon gegessen haben. Es ist zwar etwas spät, ich weiß, schon fast zwei Uhr.«

»Nein«, entgegnete James, »ich habe noch nicht gegessen, aber ...«

»Keine Widerrede«, unterbrach ihn Lord Edward. »Wissen Sie, der Radscha wird sich unbedingt bei Ihnen bedanken wollen, dass Sie ihm seinen Smaragd wiederbeschafft haben. Allerdings habe ich immer noch nicht ganz begriffen, wie das vor sich gegangen ist.«

Sie waren unterdessen aus der Polizeistation auf die Straße getreten.

»Wissen Sie«, sagte James, »eigentlich würde ich Ihnen gern die wahre Geschichte erzählen.«

Er tat es. Seine Lordschaft war über die Maßen erheitert. »Die beste Geschichte, die ich je in meinem Leben gehört habe«, erklärte er. »Jetzt verstehe ich alles. Jones muss, sobald er das Ding geklaut hatte, zur Badehütte hinunter gelaufen sein, denn ihm war klar, dass die Polizei das Haus gründlich durchsuchen würde. In dieser alten Hose, die ich manchmal anziehe, wenn ich zum Fischen hinausfahre, würde bestimmt kein Mensch nachschauen, und er konnte sich den Stein später in aller Ruhe wiederholen. Muss ein arger Schock für ihn gewesen sein, als er heute hinkam, und das Ding war verschwunden. Sobald Sie auf der Bildfläche erschienen, war ihm natürlich sofort klar, dass Sie derjenige gewesen waren, der den Stein weggenommen hatte. Ich verstehe allerdings immer noch nicht, wie es Ihnen gelungen ist, seine Maskerade als Kriminalinspektor zu durchschauen!«

Ein tüchtiger Mann weiß, wann er die Wahrheit sagen und wann er besser schweigen soll, dachte James.

Er lächelte bescheiden, während er mit den Fingerspitzen sanft über die Unterseite seines Rockaufschlags strich und nach dem kleinen silbernen Abzeichen des Fahrradklubs von Merton Park tastete. Es war ein wenig bekannter kleiner Klub. Wirklich ein erstaunlicher Zufall, dass dieser Jones ausgerechnet ebenfalls dort Mitglied war, aber so etwas kam vor!

»Hallo, James!« Er drehte sich um. Grace und die Sopworth-Mädchen riefen ihn von der anderen Straßenseite. Er wandte sich zu Lord Edward.

»Würden Sie mich bitte einen Moment entschuldigen?« Er überquerte die Straße und trat zu den Mädchen.

»Wir wollen ins Kino«, sagte Grace. »Ich dachte, du würdest vielleicht gern mitkommen.«

»Tut mir leid«, antwortete James. »Ich bin gerade mit Lord Edward Campion auf dem Weg zu ihm nach Hause, zum Mittagessen. Ja, der salopp gekleidete Herr dort drüben. Er möchte mich mit dem Radscha von Maraputna bekannt machen.«

Er lüftete höflich den Hut und gesellte sich wieder zu Lord Edward.

Das Orakel von Delphi

Mrs Willard J. Peters hatte kein besonderes Interesse an Griechenland. Und zu Delphi hatte sie, in ihrem tiefsten Inneren, einfach keine Meinung.

Mrs Peters' geistiges Zuhause waren Paris, London, die Riviera. Sie war eine Frau, die das Leben in Hotels mochte, aber ihre Vorstellung von einem Hotelzimmer waren ein flauschiger Teppich, elektrisches Licht in unterschiedlichsten Anordnungen, einschließlich einer getönten Nachttischlampe, jede Menge heißen und kalten Wassers und einem Telefon neben ihrem Kopf, mit dessen Hilfe sie Tee, Essen, Mineralwasser und Cocktails bestellen sowie mit ihren Freunden telefonieren konnte.

Im Hotel in Delphi gab es nichts davon. Sie hatte aus ihrem Fenster einen wunderschönen Ausblick, das Bett war sauber und auch das weiß getünchte Zimmer. Sie hatte einen Stuhl, einen Waschtisch und ein Schubladenschränkchen. Ein Bad konnte sie nur nach Absprache nehmen, und dann fiel es auch meist recht enttäuschend aus, was das heiße Wasser anging.

Es wäre vermutlich nett, sagen zu können, man sei in Delphi gewesen, und Mrs Peters hatte sich sehr bemüht, Interesse am antiken Griechenland zu entwickeln, aber es fiel ihr schwer. Ihre Statuen schienen so unvollendet; es mangelte definitiv an Köpfen und Armen und Beinen. Insgeheim bevorzugte sie den wunderschönen Marmorengel mit seinen Flügeln, der auf dem Grab des kürzlich verstorbenen Mr Willard Peters zu finden war.

Aber all dies behielt sie sorgfältig für sich, denn sie fürchtete, ihr Sohn Willard könnte sie dafür verachten. Sie war Willard zuliebe hierhergefahren, in dieses kalte und unbequeme Zimmer, das nicht nur ein mürrisches Zimmermädchen aufwies, sondern auch noch die Aussicht auf einen angewiderten Chauffeur beinhaltete.

Denn Willard (der bis vor kurzem noch Junior hieß – ein Titel, den er hasste) war Mrs Peters' achtzehnjähriger Sohn, und sie vergötterte ihn über alle Maßen. Es war Willard, der diese seltsame Faszination für längst vergangene Kunst entwickelt hatte. Es war Willard, dürr, bleich, ein bebrillter Dyspeptiker, der seine liebevolle Mutter zu dieser Griechenlandreise gedrängt hatte.

Sie hatten Olympia besucht, das Mrs Peters für ein bedauernswertes Chaos hielt. Den Parthenon hatte sie gemocht, aber Athen schätzte sie als hoffnungslose Stadt ein. Und der Besuch in Korinth und Mykene war sowohl für sie als auch den Chauffeur eine grausame Tortur gewesen.

Delphi, dachte Mrs Peters unglücklich, brachte das Fass endgültig zum Überlaufen. Hier konnte man wirklich nichts tun, außer stundenlang an der Straße entlangzulaufen und sich Ruinen anzusehen. Willard verbrachte Stunden auf den Knien, um die griechischen Inschriften zu entziffern. Dann rief er: »Mutter, hör dir das mal an! Ist das nicht wundervoll?« Und dann las er etwas vor, das in Mrs Peters' Augen der Inbegriff von Langweiligkeit war.

An diesem Morgen war Willard früh aufgebrochen, um einige byzantinische Mosaiken zu besuchen. Mrs Peters, die das instinktive Gefühl beschlichen hatte, dass byzantinische Mosaiken sie kaltlassen würden, hatte sich davor gedrückt.

»Ich verstehe, Mutter«, hatte Willard gesagt. »Du möchtest allein sein, um im Theater oder oben im Stadion zu sitzen. Du möchtest dir alles in Ruhe ansehen und es auf dich wirken lassen.«

»Du hast ja so recht, mein Liebling«, sagte Mrs Peters.

»Ich wusste, dass dich dieser Ort begeistern würde«, sagte Willard jubelnd und machte sich auf den Weg.

Dann erhob sich Mrs Peters mit einem Seufzer und ging zum Frühstück.

Als sie den Speisesaal betrat, war er bis auf vier weitere Personen leer. Eine Mutter und Tochter, die in Mrs Peters' Augen einen sehr ungewöhnlichen Kleidungsstil pflegten (das Peplon erkannte sie leider nicht als solches) und sich über die Kunst der Selbstdarstellung im Tanz unterhielten; ein plumper Gentleman mittleren Alters, der ihr einen Koffer gerettet hatte, als sie aus dem Zug ausgestiegen war – sein Name war Thompson; und ein Neuankömmling, ein Gentleman mittleren Alters mit einer Glatze, der am Abend zuvor eingetroffen war.

Diese Person war der letzte Besucher des Frühstücksraums, und Mrs Peters begann bald ein Gespräch mit ihm. Sie war eine freundliche Frau und unterhielt sich gerne mit jemandem. Mr Thompson hatte sie in aller Deutlichkeit zurückgewiesen (britische Reserviertheit nannte Mrs Peters das), und die Mutter und Tochter waren sehr überheblich und betont intellektuell gewesen. Doch zumindest hatte sich das Mädchen recht gut mit Willard verstanden.

Mrs Peters empfand den Neuling als sehr angenehme Person. Er war anspruchsvoll, ohne überheblich zu wirken. Er erzählte ihr mehrere interessante, sympathisch wirkende Details über die Griechen, was bei ihr zu der Erkenntnis führte, dass sie vielleicht doch echte Menschen und nicht eine lästige Episode in einem Geschichtsbuch waren.

Mrs Peters erzählte ihrem neuen Freund alles über Willard, was für ein schlauer Bursche er war und dass man durchaus behaupten könnte, Kultur wäre sein zweiter Vorname. Da war etwas Wohlwollendes und Freundliches an diesem Mann, das es einem leicht machte, mit ihm zu reden.

Was er machte und wie er hieß, fand Mrs Peters nicht heraus. Abgesehen von der Tatsache, dass er viel gereist war und sich im

Moment eine Ruhepause von seinem Beruf gönnte (was für ein Beruf?), bekam sie nicht viel aus ihm heraus.

Alles in allem verging der Tag deutlich schneller, als sie befürchtet hatte. Mutter und Tochter sowie Mr Thompson blieben weiterhin ungesellig. Letzteren trafen sie, als er aus dem Museum kam und sofort in die entgegengesetzte Richtung ging.

Mrs Peters' neuer Freund schaute ihm mit einem Stirnrunzeln hinterher. »Ich möchte doch gerne mal wissen, wer dieser Kerl ist!«, sagte er.

Mrs Peters nannte ihm seinen Namen, aber mehr konnte sie auch nicht sagen.

»Thompson – Thompson. Nein, ich glaube nicht, dass ich ihn schon mal getroffen habe, und trotzdem kommt er mir irgendwie bekannt vor. Aber ich kann ihn einfach nicht einordnen.«

Am Nachmittag gönnte sich Mrs Peters ein ruhiges Nickerchen an einem schattigen Plätzchen. Das Buch, das sie zum Lesen mitgenommen hatte, war nicht das exzellente Werk über griechische Kunst, das ihr Sohn ihr empfohlen hatte, sondern ganz im Gegenteil: Sein Titel lautete *Das Geheimnis der Flussbarkasse*. Es enthielt vier Morde, drei Entführungen und eine große und abwechslungsreiche Anzahl gefährlicher Verbrecher. Mrs Peters fühlte sich durch die Lektüre sowohl belebt als auch beruhigt.

Es war vier Uhr, als sie ins Hotel zurückkehrte. Willard, da war sie sich sicher, würde um die Zeit bereits zurück sein. Sie war gedanklich so weit von jeder bösen Vorahnung entfernt, dass sie fast vergaß, den Zettel zu lesen, der laut den Worten des Besitzers von einem merkwürdigen Kerl nachmittags abgegeben worden war.

Es war ein sehr dreckiger Zettel. Sie faltete ihn rasch auseinander. Als sie die ersten Zeilen las, erbleichte sie und musste sich an der Wand abstützen. Die Handschrift war fremdländisch, die Sprache aber Englisch.

Lady (so fing sie an),
diese Nachricht beweist, dass Ihr Sohn an Ort großer Sicherheit gefangen gehalten wird. Ehrenwerter junger Gentleman wird nicht geschadet, wenn Sie Befehle ausführen. Wir verlangen Lösegeld zehntausend englische Pfund Sterling. Wenn Sie reden mit Hotelbesitzer oder Polizei oder anderen Leuten Ihr Sohn ist tot. Denken Sie nach. Morgen gibt es Anleitung wie Geld zu bezahlen ist. Wenn Befehle nicht befolgt dann wir werden Ohren des ehrenwerten jungen Gentleman abschneiden. Wenn nächster Tag Befehle nicht befolgt er tot. Dies kein leere Drohung. Mag Kyria noch mal nachdenken – wichtig – schweigen Sie.
Demetrius der Finstere

Es wäre nutzlos, den emotionalen Zustand der armen Frau zu beschreiben. Wenn die Forderung auch lächerlich und kindisch formuliert war, verursachte sie doch eine grausame Atmosphäre der Gefahr. Willard, ihr Junge, ihr Liebling, ihr zarter, ernster Willard.

Sie würde sofort zur Polizei gehen. Sie würde die Nachbarn alarmieren. Aber vielleicht, wenn sie das tat – Sie erzitterte.

Dann riss sie sich zusammen und machte sich auf die Suche nach dem Hotelbesitzer – der einzigen Person im Hotel, die Englisch sprach.

»Es wird spät«, sagte sie. »Mein Sohn ist noch nicht zurückgekehrt.«

Der freundliche, kleine Mann strahlte sie an. »Das stimmt. Monsieur hat die Esel zurückgeschickt. Er wollte zu Fuß nach Hause kommen. Er sollte mittlerweile hier sein, hat aber wohl auf dem Weg getrödelt.« Er lächelte sie fröhlich an.

»Sagen Sie mir«, fragte Mrs Peters plötzlich, »gibt es hier in der Gegend irgendwelche Leute mit einem schlechten Ruf?«

Schlechter Ruf war eine Umschreibung, die er mit seinen geringfügigen Englischkenntnissen nicht übersetzen konnte. Mrs

Peters formulierte ihre Frage deutlicher. Sie erhielt die Antwort, dass rund um Delphi nur sehr gute, sehr ruhige Leute wohnten – die alle Ausländer gerne mochten.

Die Worte wollten nur so aus ihr heraussprudeln, aber sie hielt sie zurück. Die finstere Drohung hinderte sie daran. Es könnte auch einfach nur ein Bluff sein. Aber wenn nicht? Einer Freundin in Amerika war auch ein Kind entführt worden, und als sie die Polizei informierte, brachte man das Kind um. Solche Sachen passierten.

Sie war kurz davor, in Panik auszubrechen. Was sollte sie bloß tun? Zehntausend Pfund – wie viel war das? Irgendwas zwischen vierzig- und fünfzigtausend Dollar! Was war dieser Betrag schon im Vergleich zu Willards Sicherheit? Aber woher konnte sie sich eine solche Summe besorgen? Es war ja so schon schwierig genug, Bargeld abzuheben. Ihr Kreditbrief belief sich nur auf ein paar Hundert Pfund, und mehr hatte sie nicht dabei.

Würden die Gangster das verstehen? Würden sie vernünftig sein? Würden sie warten?

Als das Zimmermädchen bei ihr auftauchte, warf sie es wütend wieder hinaus. Die Glocke erklang zum Abendessen, und die arme Frau wurde in den Speisesaal getrieben. Sie aß, ohne nachzudenken. Sie sah niemanden. Der Raum hätte genauso gut auch leer sein können, was sie anging.

Als das Obst aufgetischt wurde, erhielt sie einen Zettel. Sie zuckte zusammen, aber die Handschrift war eine ganz andere als die, die sie zu sehen fürchtete – eine saubere, gut leserliche, englische Handschrift. Sie öffnete ihn ohne großes Interesse, aber den Inhalt fand sie faszinierend.

In Delphi kann man sich nicht mehr an das Orakel wenden (so lautete der Text), aber Sie können sich an Mr Parker Pyne wenden.

Darunter war ein Zeitungsausschnitt mit einer Anzeige beigelegt, und unten auf der Seite war ein Passfoto angebracht. Es war das Foto ihres glatzköpfigen Freundes von diesem Morgen.

Mrs Peters las den gedruckten Zeitungsausschnitt zweimal.

Sind Sie glücklich? Wenn nicht, dann wenden Sie sich an Mr Parker Pyne.

Glücklich? Glücklich? War jemand jemals so unglücklich gewesen? Das war wie eine Antwort auf ihr Gebet.

Sie kritzelte schnell auf ein loses Blatt Papier, das sie zufälligerweise in ihrer Tasche mit sich trug:

Bitte helfen Sie mir. Würden Sie mich in zehn Minuten vor dem Hotel treffen?

Sie steckte den Brief in einen Umschlag und wies den Kellner an, ihn dem Gentleman am Fenstertisch zu bringen. Zehn Minuten später ging Mrs Peters in einem Pelzmantel hinaus, denn die Nachtluft war kühl. Sie ging langsam die Straße hinunter zu den Ruinen. Mr Parker Pyne wartete bereits auf sie.

»Nur die Gnade des Himmels konnte dafür sorgen, dass Sie hier sind«, sagte Mrs Peters atemlos. »Aber wie haben Sie erraten, in welch schrecklichen Schwierigkeiten ich mich befinde? Das will ich wissen.«

»Dank des menschlichen Gesichtsausdrucks, meine Verehrteste«, sagte Mr Parker Pyne sanft. »Ich wusste sofort, dass *irgendetwas* geschehen war, aber worum es sich handelt, darauf bin ich schon gespannt.«

Sie schüttete ihm ihr Herz aus. Dann reichte sie ihm den Brief, den er im Schein seiner Taschenlampe las.

»Hm«, sagte er. »Ein bemerkenswertes Dokument. Ein wirklich bemerkenswertes Dokument. Da sind gewisse Punkte –«

Doch Mrs Peters war nicht in der Stimmung, eine Diskussion

über kleinere Details des Briefs zu führen. Was sollte sie wegen Willard unternehmen? Ihrem süßen, zerbrechlichen Willard.

Mr Parker Pyne beruhigte sie. Er zeichnete ein schillerndes Porträt des griechischen Banditenlebens. Sie würden ganz besonders vorsichtig mit ihrer Geisel umgehen, denn er wäre im besten Fall eine Goldmine für sie. Nach und nach vermochte er, sie zu beruhigen.

»Aber was soll ich *tun*?«, heulte Mrs Peters.

»Warten Sie bis morgen«, sagte Mr Parker Pyne. »Es sei denn, Sie möchten sofort zur Polizei gehen.«

Mit einem Schrei des Entsetzens unterbrach ihn Mrs Peters. Ihr liebster Willard würde sofort umgebracht!

»Glauben Sie wirklich, ich werde meinen Willard wohlbehalten wiedersehen?«

»Daran gibt es keinen Zweifel«, sagte Mr Parker Pyne beruhigend. »Die einzige Frage ist, ob Sie ihn wiederbekommen, ohne zehntausend Pfund zahlen zu müssen.«

»Alles, was ich will, ist mein Junge.«

»Gut, gut«, sagte Mr Parker Pyne beruhigend. »Übrigens, wer hat eigentlich den Brief überbracht?«

»Ein Mann, den der Hausherr nicht kannte. Ein Fremder.«

»Ah! Da gibt es eine Menge Möglichkeiten. Dem Mann, der morgen den Brief bringt, könnte man folgen. Was werden Sie den Leuten vom Hotel bezüglich der Abwesenheit Ihres Sohnes sagen?«

»Darüber habe ich mir noch keine Gedanken gemacht.«

»Das ist eine gute Frage«, meinte Mr Parker Pyne. »Ich denke, Sie sollten ganz selbstverständlich Sorge und Angst wegen seiner Abwesenheit zum Ausdruck bringen. Man könnte einen Suchtrupp losschicken.«

»Glauben Sie nicht, dass diese Unholde –« Ihr blieb der Atem weg.

»Nein, nein. Solange das Wort Entführung oder ein Hinweis auf das Lösegeld nicht fällt, können sie nicht unangenehm werden. Immerhin wird man ja nicht davon ausgehen, dass Sie das Verschwinden Ihres Sohnes einfach so hinnehmen.«

»Darf ich das alles Ihnen überlassen?«

»Das ist mein Metier«, sagte Mr Parker Pyne.

Sie machten sich auf den Rückweg zum Hotel, prallten aber fast mit einer korpulenten Gestalt zusammen.

»Wer war das?«, fragte Mr Parker Pyne scharf.

»Ich glaube, das war Mr Thompson.«

»Oh!«, sagte Mr Parker Pyne nachdenklich.

»Thompson war das? Thompson – hm.«

Mrs Peters spürte, als sie zu Bett ging, dass Mr Parker Pynes Vorschlag mit dem Brief eine gute Idee war. Wer immer ihn auch brachte, *musste* mit den Banditen in Kontakt stehen. Sie fühlte sich getröstet und schlief schneller ein, als sie es jemals für möglich gehalten hätte.

Als sie sich am nächsten Morgen anzog, bemerkte sie plötzlich, dass etwas am Fenster auf dem Boden lag. Sie hob es auf – und das Herz rutschte ihr in die Hose. Derselbe dreckige, billige Umschlag; dieselben verhassten Buchstaben. Sie riss ihn auf.

Guten Morgen, Lady.
Haben Sie überlegt? Ihrem Sohn geht gut und nicht verletzt – bis jetzt. Aber heute müssen wir Geld kriegen. Es ist nicht einfach vielleicht für sie Summe zu bekommen aber man uns hat gesagt sie Diamantenhalskette haben. Sehr schöne Steine. Wir nehmen das auch anstelle. Das müssen Sie tun. Sie oder anderer muss diese Halskette nehmen und zu Stadion bringen. Von dort hoch gehen bis Baum neben großen Stein. Augen werden sehen nur eine Person kommt. Dann ihr Sohn wird ausgetauscht gegen Halskette. Zeit morgen sechs Uhr kurz nach Sonnenaufgang. Wenn Sie Polizei rufen hinterher wir erschießen Sohn auf dem Weg zu Polizei.

Dies ist letztes Wort, Lady. Wenn morgen früh keine Halskette, dann schicken Ohren Sohn. Nächster Tag tot.
Mit Grüßen, Lady,
Demetrius

Mrs Peters machte sich schnurstracks auf die Suche nach Mr Parker Pyne. Er las den Brief sehr aufmerksam.

»Stimmt das«, fragte er, »mit dem Diamanthalsband?«

»Absolut. Mein Ehemann hat einhunderttausend Dollar dafür bezahlt.«

»Unsere bestens informierten Diebe«, murmelte Mr Parker Pyne.

»Was sagen Sie da?«

»Ich habe nur gewisse Aspekte der Angelegenheit überdacht.«

»Glauben Sie mir, Mr Pyne, für gewisse Aspekte haben wir keine Zeit. Ich muss meinen Jungen zurückholen.«

»Aber Sie sind doch eine recht temperamentvolle Frau, Mrs Peters. Mögen Sie es, schikaniert und um hunderttausend Dollar betrogen zu werden? Freuen Sie sich darauf, Ihre Halskette widerstandslos einer Gruppe Schläger zu übergeben?«

»Also, wenn Sie das so sagen!« Die temperamentvolle Frau in Mrs Peters kämpfte mit der Mutter. »Wie ich mit ihnen abrechnen würde – diesen feigen, brutalen Kerlen? In dem Augenblick, in dem ich meinen Jungen wiederhabe, Mr Pyne, werde ich die Polizisten der gesamten Umgebung auf sie hetzen, und wenn es sein muss, besorge ich für mich und Willard einen gepanzerten Wagen, der uns zum Bahnhof bringt.« Mrs Peters war hochrot angelaufen und äußerst rachsüchtig.

»Tja«, sagte Mr Parker Pyne. »Wissen Sie, meine Verehrteste, ich fürchte, die werden auf diesen Schritt vorbereitet sein. Die wissen, dass in dem Augenblick, in dem Willard wieder in Ihren Händen ist, Sie nichts und niemand davon abhalten wird, die ganze Umgebung in Alarmbereitschaft zu versetzen. Man sollte also annehmen, die seien auf diesen Schritt vorbereitet.«

»Nun, was schlagen Sie vor?«

Mr Parker Pyne lächelte. »Ich möchte gerne einen kleinen Plan ausprobieren.« Er schaute sich im Speisesaal um. Er war leer, und die Türen zu beiden Seiten waren geschlossen. »Mrs Peters, ich kenne einen Mann in Athen – einen Juwelier. Er ist spezialisiert auf gute künstliche Diamanten – erstklassiges Zeug.« Seine Stimme war jetzt nur noch ein Flüstern. »Ich werde ihn anrufen. Er kann noch heute Nachmittag hier sein und eine ordentliche Auswahl an Steinen mitbringen.«

»Was haben Sie vor?«

»Er wird die echten Diamanten aus den Fassungen nehmen und sie durch Imitationen ersetzen.«

»Also, wenn das mal nicht die tollste Idee ist, die ich jemals gehört habe!« Mrs Peters sah ihn voller Bewunderung an.

»Pscht! Nicht so laut! Können Sie mir einen Gefallen tun?«

»Sicher.«

»Sorgen Sie dafür, dass niemand in der Nähe des Telefons steht.«

Mrs Peters nickte.

Das Telefon befand sich im Büro des Hotelchefs. Er räumte es zuvorkommend, nachdem er Mr Parker Pyne geholfen hatte, die richtige Nummer herauszufinden. Als er sein Büro verließ, blieb Mrs Peters vor der Tür stehen.

»Ich warte auf Mr Parker Pyne«, sagte sie. »Wir wollen spazieren gehen.«

»Oh, ja, Madame.«

Mr Thompson befand sich auch auf dem Flur. Er kam auf sie zu und verwickelte den Hotelchef in ein Gespräch.

Gab es in Delphi Villen zu mieten? Nein? Aber oberhalb des Hotels war doch eine?

»Die gehört einem griechischen Gentleman, Monsieur. Er vermietet sie nicht.«

»Und es gibt keine anderen Villen?«

»Es gibt eine, die einer amerikanischen Lady gehört. Sie liegt auf der anderen Dorfseite. Im Moment ist sie verschlossen. Und es gibt noch eine, die einem englischen Gentleman gehört, einem Künstler – sie befindet sich am Klippenrand mit Blick auf Itea.«

Mrs Peters redete einfach dazwischen. Mutter Natur hatte ihr eine recht kräftige Stimme geschenkt, und sie sprach jetzt absichtlich lauter. »Also wirklich«, sagte sie, »ich fände es toll, hier eine Villa zu haben! So unberührt und natürlich. Ich liebe diese Gegend einfach. Sie nicht auch, Mr Thompson? Aber das müssen Sie, wenn Sie hier eine Villa kaufen wollen. Ist es Ihr erster Besuch? Das ist ja kaum zu glauben.«

Sie sprach entschlossen weiter, bis Mr Parker Pyne aus dem Büro kam. Er warf ihr ein kaum merkliches zustimmendes Lächeln zu.

Mr Thompson ging langsam die Treppe hinab auf die Straße, wo er sich der überheblichen Mutter und Tochter anschloss, die offensichtlich den Wind auf ihren bloßen Armen als kalt empfanden.

Alles verlief nach Plan. Der Juwelier kam in einem Wagen mit mehreren Touristen kurz vor dem Abendessen an. Mrs Peters brachte ihre Halskette in sein Zimmer. Er grunzte zustimmend. Dann sprach er sie auf Französisch an.

»*Madame peut être tranquille. Je réussirai.*« Er zog mehrere Werkzeuge aus seiner kleinen Tasche und machte sich an die Arbeit.

Um elf Uhr klopfte Mr Parker Pyne an Mrs Peters' Tür. »Hier sind sie!«

Er reichte ihr eine kleine Gämsledertasche. Sie sah hinein.

»Meine Diamanten!«

»Pscht! Hier ist die Halskette mit den Imitationen. Nicht schlecht, was denken Sie?«

»Einfach wunderbar.«

»Aristopoulos ist ein pfiffiges Kerlchen.«

»Glauben Sie denn nicht, dass sie Verdacht schöpfen könnten?«

»Wie sollten sie? Sie wissen, dass Sie die Halskette mit sich führen. Sie übergeben sie. Wie sollten sie uns dieses Tricks verdächtigen?«

»Nun, ich finde es einfach wunderbar«, wiederholte Mrs Peters und gab ihm die Halskette zurück. »Würden Sie sie bitte überbringen? Oder verlange ich zu viel von Ihnen?«

»Selbstverständlich überbringe ich sie. Geben Sie mir einfach nur den Brief, damit ich weiß, wo ich hinmuss. Danke. Nun, gute Nacht und *bon courage*. Sie werden Ihren Jungen zum Frühstück wieder bei sich haben.«

»Oh, wenn es nur wahr wäre!«

»Nun, machen Sie sich keine Sorgen. Überlassen Sie alles mir.«

Mrs Peters hatte keine ruhige Nacht. Wenn sie schlief, litt sie unter furchtbaren Albträumen. Träume, in denen bewaffnete Banditen in gepanzerten Wagen eine Salve auf Willard abfeuerten, der in seinem Schlafanzug den Berg hinunterlief.

Als sie aufwachte, war sie dankbar dafür. Endlich waren die ersten Sonnenstrahlen zu sehen. Mrs Peters stand auf und zog sich an. Sie setzte sich hin – und wartete.

Um sieben Uhr klopfte es an ihre Tür. Ihre Kehle war so trocken, dass sie kaum sprechen konnte.

»Kommen Sie herein«, sagte sie.

Die Tür öffnete sich, und Mr Thompson trat herein. Sie starrte ihn an. Die Worte blieben ihr im Halse stecken. Sie hatte die furchtbare Vorahnung einer Katastrophe. Und dennoch klang seine Stimme völlig natürlich und sachlich. Es war eine klare, freundliche Stimme.

»Guten Morgen, Mrs Peters«, sagte er.

»Wie können Sie es wagen, Sir! Wie können Sie –«

»Sie müssen meinen recht ungebührlichen Auftritt zu dieser frühen Stunde entschuldigen«, sagte Mr Thompson. »Ich bin aus geschäftlichen Gründen hier.«

Mrs Peters beugte sich mit vorwurfsvollem Blick nach vorne. »Also haben Sie meinen Jungen entführt! Es gab überhaupt keine Banditen!«

»Es waren ganz sicher keine Banditen. Nicht überzeugend gemacht, dieser Teil, dachte ich. Es fehlte die Hand des Künstlers, gelinde gesagt.«

Mrs Peters hatte nur einen Gedanken. »Wo ist mein Junge?«, verlangte sie zu wissen, und ihr Blick glich dem einer wütenden Tigerin.

»Um genau zu sein«, sagte Mr Thompson, »sitzt er hier vor der Tür.«

»Willard!«

Sie riss die Tür auf und drückte Willard an ihre Brust. Er war blass, mit der Brille auf der Nase und offensichtlich einer Rasur bedürftig. Mr Thompson betrachtete die Szene mit wohlwollendem Blick.

»Dennoch«, sagte Mrs Peters, die sich plötzlich zusammenriss und sich an ihn wandte, »werde ich Ihnen das Gesetz auf den Hals hetzen. O ja, das werde ich.«

»Du liegst völlig falsch, Mutter«, sagte Willard. »Dieser Gentleman hat mich gerettet.«

»Wo warst du?«

»In einem Haus oben bei den Klippen. Gerade mal eine Meile weit weg.«

»Und erlauben Sie mir bitte, Mrs Peters«, sagte Mr Thompson, »Ihnen Ihren Besitz zurückzugeben.«

Er reichte ihr ein kleines Päckchen aus lose ineinandergewickelten Taschentüchern. Das Papier fiel herunter, und das Diamanthalsband kam zum Vorschein.

»Sie brauchen den anderen kleinen Beutel mit den Steinen nicht wie Ihren Augapfel zu hüten, Mrs Peters«, sagte Mr Thompson lächelnd. »Die echten Steine sind immer noch in der Kette. Der Gämslederbeutel enthält einige beachtliche Imitationen. Wie Ihr Freund schon sagte, Aristopoulos ist ein echtes Genie.«

»Ich verstehe kein einziges Wort«, sagte Mrs Peters schwach.

»Sie müssen diesen Fall aus meiner Perspektive betrachten«, sagte Mr Thompson. »Meine Aufmerksamkeit wurde durch die

Verwendung eines bestimmten Namens geweckt. Ich habe mir erlaubt, Ihnen und Ihrem fetten Freund nach draußen zu folgen und bei diesem – ich gebe es ehrlich zu – unheimlich interessanten Gespräch dabei zu sein. Ich empfand es als so anregend, dass ich den Hotelchef ins Vertrauen zog. Er schrieb sich die Nummer auf, die Ihr glaubwürdiger Freund anrief, und er sorgte auch dafür, dass ein Kellner Ihr Gespräch im Speisesaal heute Morgen mithörte.«

»Der gesamte Plan war bestens durchdacht. Sie wurden zum Opfer einiger sehr schlauer Juwelendiebe. Sie wissen alles über Ihr Diamanthalsband; sie folgen Ihnen hierher; sie entführen Ihren Sohn und schreiben diesen reichlich komisch wirkenden ›Banditenbrief‹, und sie sorgen dafür, dass Sie dem Hauptverantwortlichen des Plans Ihr Vertrauen schenken.

Danach ist alles einfach. Der freundliche Gentleman übergibt Ihnen einen Beutel mit Imitationen – und verschwindet mit seinem Komplizen. Wenn Ihr Sohn heute Morgen nicht aufgetaucht wäre, wären Sie panisch geworden. Die Abwesenheit Ihres Freundes hätte Sie glauben lassen, dass auch er entführt worden wäre. So wie ich es verstanden habe, hatten sie jemanden, der morgen die Villa aufsuchen sollte. Er hätte dort Ihren Sohn entdeckt, und zu dem Zeitpunkt, an dem Sie und er wieder zusammengekommen wären, hätten Sie vielleicht eine Vorstellung davon bekommen, was eigentlich geschehen ist. Doch bis dahin hätten die Verbrecher einen hervorragenden Vorsprung.«

»Und nun?«

»Oh, sie sitzen sicher hinter Schloss und Riegel. Dafür habe ich gesorgt.«

»Dieser Schuft«, sagte Mrs Peters zornig und erinnerte sich, wie sie sich ihm anvertraut hatte. »Dieser schmierige, verlogene Schuft.«

»Gar kein netter Kerl«, pflichtete Mr Thompson ihr bei.

»Allerdings verstehe ich nicht, wie Sie darauf gekommen sind«, sagte Willard bewundernd. »Ganz schön schlau von Ihnen.«

Er schüttelte ablehnend den Kopf. »Nein, nein«, sagte er. »Wenn man inkognito reist und dann seinen eigenen Namen hört – «

Mrs Peters starrte ihn an. »Wer sind Sie?«, fragte sie plötzlich.

»Ich bin Mr Parker Pyne«, erklärte der Gentleman.

Der geheimnisvolle Unbekannte

I

So ein verflixt langweiliger Tag«, sagte Tommy mit herzhaftem Gähnen.

»Kurz vor Teezeit«, bemerkte Tuppence und gähnte ebenfalls.

Die Geschäfte liefen mäßig in der Internationalen Detektivagentur. Der mit Spannung erwartete Brief des Schinkenhändlers war nicht eingetroffen, und echte Fälle waren nicht in Sicht.

Albert, der Bürojunge, kam mit einem versiegelten Paket herein und stellte es auf dem Tisch ab.

»Das Geheimnis des versiegelten Paketes«, flüsterte Tommy. »Enthielt es die weltberühmten Perlen der russischen Großherzogin? Oder war es vielmehr eine Höllenmaschine, dazu bestimmt, Blunts Brillante Detektive in die Luft zu jagen?«

»Tatsächlich«, sagte Tuppence, während sie das Paket aufriss, »ist es mein Hochzeitsgeschenk an Francis Haviland. Hübsch, nicht wahr?«

Tommy entnahm ihrer ausgestreckten Hand ein schlankes silbernes Zigarettenetui, las die Gravur in ihrer eigenen Handschrift: *Für Francis von Tuppence*, klappte es auf und wieder zu und nickte beifällig.

»Du verstehst etwas vom Geldausgeben, Tuppence«, stellte er fest. »Ich nehme gern genauso eines, nur in Gold, zu meinem Geburtstag kommenden Monat. Man stelle sich vor, so etwas an Francis Haviland zu verschwenden, der von jeher und für immer einer der größten Esel ist, die je auf Gottes Erde wandelten!«

»Du vergisst, dass ich ihn im Krieg gefahren habe, als er noch General war. Ah! Die guten alten Zeiten!«

»Das waren sie«, bestätigte Tommy. »Wunderschöne Frauen traten an mein Bett, um mir die Hand zu halten – damals im Lazarett. Trotzdem schicke ich ihnen nicht allen Hochzeitsgeschenke. Ich glaube nicht, dass die Braut sich sehr über deine Gabe freuen wird, Tuppence.«

»Schön schmal und schlank, genau richtig für die Jackentasche, findest du nicht?«, sagte Tuppence, ohne auf seine Bemerkungen einzugehen.

Tommy schob es in die eigene Jackentasche.

»Genau richtig«, sagte er anerkennend. »Hallo, da kommt Albert mit der Nachmittagspost. Höchstwahrscheinlich wird uns die Duchess von Perthshire engagieren, damit wir ihren kostbaren Pekinesen wiederfinden.«

Gemeinsam gingen sie die Post durch. Plötzlich stieß Tommy einen langen Pfiff aus und hielt einen der Briefe in die Höhe.

»Ein blauer Umschlag mit russischer Briefmarke. Weißt du noch, was der Chef gesagt hat? Genau nach solchen Briefen sollen wir Ausschau halten.«

»Wie aufregend«, sagte Tuppence. »Endlich passiert etwas. Mach ihn auf und sieh nach, ob auch der Inhalt nach Plan ist. Ein Schinkenhändler, war es nicht so? Warte kurz. Wir brauchen noch Milch zum Tee. Heute Morgen wurde keine gebracht. Ich schicke Albert, welche zu holen.«

Als Albert auf seinen Botengang geschickt war und sie aus dem Vorzimmer zurückkehrte, stand Tommy mit dem blauen Briefbogen in der Hand da.

»Genau, wie wir vermutet haben, Tuppence«, verkündete er. »Fast Wort für Wort, was der Chef gesagt hat.«

Tuppence nahm ihm den Brief aus der Hand und las.

Er war in sauberem gestelztem Englisch verfasst und stammte angeblich von einem Gregor Feodorsky, der verzweifelt auf Nachricht von seiner Frau hoffte. Die Internationale Detektivagentur möge keine Kosten scheuen und ihr Äußerstes geben, um sie aufzuspüren. Aufgrund einer Krise auf dem Schweinefleischmarkt sei Feodorsky selbst derzeit außerstande, Russland zu verlassen.

»Ich frage mich, was das wirklich bedeutet«, sagte Tuppence nachdenklich, während sie das Blatt auf dem Tisch glatt strich.

»Eine verschlüsselte Nachricht, würde ich sagen«, antwortete Tommy. »Aber das ist nicht unsere Angelegenheit. Unsere Angelegenheit ist es, den Brief so schnell wie möglich dem Chef zu überbringen. Wir wollen nur kurz überprüfen, ob es der richtige ist, indem wir die Briefmarke anfeuchten, und schauen, ob da drunter die Zahl 16 steht.«

»Einverstanden«, sagte Tuppence. »Aber ich glaube doch …«

Sie stockte mitten im Satz, und von ihrer unerwarteten Pause überrascht, schaute Tommy auf und sah die kräftige Gestalt eines Mannes im Türrahmen stehen.

Der Eindringling war eine eindrucksvolle Erscheinung mit stämmigem Körperbau, sehr rundem Kopf und kräftigem Kiefer. Er mochte um die fünfundvierzig Jahre alt sein.

»Ich muss mich entschuldigen«, sagte der Fremde und trat mit dem Hut in der Hand ein. »Ich fand Ihr Vorzimmer leer und diese Tür offen vor, da habe ich es gewagt einzutreten. Dies ist doch Blunts Internationale Detektivagentur, nicht wahr?«

»Aber gewiss.«

»Dann sind Sie vielleicht Mr Blunt? Mr Theodore Blunt?«

»Ich bin Mr Blunt. Sie wollten mich zurate ziehen? Dies ist meine Sekretärin Miss Robinson.«

Tuppence neigte anmutig den Kopf, wobei sie den Fremden unter den gesenkten Augenwimpern nicht aus den Augen ließ. Sie fragte sich, wie lange er schon im Türrahmen gestanden, was er gehört und gesehen hatte. Auch entging es ihrer Aufmerksamkeit nicht, dass sein Blick, selbst während er mit Tommy sprach, immer wieder zu dem blauen Blatt Papier in ihrer Hand zurückkehrte.

Tommys Stimme, scharf und mit warnendem Unterton, holte sie zu den Anforderungen des Augenblicks zurück.

»Mitschreiben bitte, Miss Robinson. Nun, Sir, wollen Sie so freundlich sein, mir die Angelegenheit zu schildern, in der Sie um meinen Rat ersuchen?«

Tuppence griff nach Papier und Bleistift.

Der kräftige Mann sprach mit eher schroffer Stimme.

»Mein Name ist Bower. Dr Charles Bower. Ich lebe in Hampstead, wo ich eine Praxis betreibe. Ich bin zu Ihnen gekommen, Mr Blunt, weil sich in letzter Zeit einige äußerst seltsame Vorkommnisse zugetragen haben.«

»Ja, Dr Bower?«

»Im Laufe der vergangenen Woche wurde ich zweimal telefonisch zu einem Notfall gerufen und musste beide Male feststellen, dass diese Notrufe fingiert waren. Beim ersten Mal glaubte ich noch, jemand hätte sich einen Scherz mit mir erlaubt, doch als ich beim zweiten Mal in die Praxis zurückkehrte, fiel mir auf, dass einige meiner privaten Unterlagen bewegt und in Unordnung gebracht worden waren, und glaube jetzt, dass das Gleiche schon beim ersten Mal geschehen ist. Ich stellte eine gründliche Untersuchung an und kam zu dem Schluss, dass mein ganzer Schreibtisch sorgfältig durchsucht und die Papiere eilig wieder zurückgelegt worden waren.«

Dr Bower legte eine Pause ein und sah Tommy an.

»Nun, Mr Blunt?«

»Nun, Dr Bower«, entgegnete der junge Mann lächelnd.

»Was halten Sie davon?«

»Nun, als Erstes würde ich gern die Fakten kennen. Was verwahren Sie in Ihrem Schreibtisch?«

»Meine privaten Unterlagen.«

»Ganz recht. Was für private Unterlagen sind das? Welchen

Wert haben sie für den gemeinen Dieb – oder für irgendeine bestimmte Person?«

»Für den gemeinen Dieb dürften sie, soweit ich sehen kann, nicht den geringsten Wert besitzen, aber meine Aufzeichnungen über gewisse unbekannte Alkaloide könnten für jemanden, der über einige Fachkenntnis auf diesem Gebiet verfügt, von Interesse sein. Ich forsche seit Jahren in diesem Bereich. Es handelt sich bei diesen Alkaloiden um tödliche und virulente Gifte, die darüber hinaus kaum nachweisbar sind. Sie lösen keine bekannten Reaktionen aus.«

»Ihr Geheimnis wäre also bares Geld wert, richtig?«

»Für skrupellose Menschen, ja.«

»Und Sie verdächtigen ... wen?«

Der Doktor hob die massigen Schultern.

»Soweit ich das beurteilen kann, wurde nicht gewaltsam eingebrochen. Das scheint auf ein Mitglied meines Haushalts hinzudeuten, doch kann ich nicht glauben ...« Er hielt unvermittelt inne und fuhr dann mit überaus ernster Stimme fort.

»Mr Blunt, ich muss mich ganz in Ihre Hände geben. Ich wage es nicht, in dieser Angelegenheit die Polizei einzuschalten. Bei meinen drei Dienstboten bin ich mir zu fast einhundert Prozent sicher. Sie dienen mir schon lange und treu. Dennoch, man weiß es nie. Dann leben noch meine beiden Neffen bei mir, Bertram und Henry. Henry ist ein guter Junge – ein sehr guter Junge –, er hat mir nie irgendeinen Kummer bereitet; ein großartiger, fleißiger junger Mann. Bertram, es schmerzt mich zu sagen, ist von ganz anderem Charakter: wild, verschwenderisch und hartnäckig untätig.«

»Verstehe«, sagte Tommy nachdenklich. »Sie verdächtigen Ihren Neffen Bertram, in die Angelegenheit verwickelt zu sein. Nun, ich bin nicht Ihrer Meinung. Ich verdächtige den guten Jungen – Henry.«

»Aber warum?«

»Überlieferung. Präzedenz.« Tommy wedelte mit der Hand durch die Luft. »Meiner Erfahrung nach sind die verdächtigen

Subjekte immer unschuldig – und umgekehrt, mein werter Herr. Ja, ich verdächtige Henry, ganz entschieden.«

»Entschuldigen Sie, Mr Blunt«, unterbrach ihn Tuppence in respektvollem Ton. »Habe ich Dr Bower richtig verstanden, dass diese Aufzeichnungen über, äh, unbekannte Alkaloide zusammen mit den anderen Dokumenten im Schreibtisch verwahrt werden?«

»Sie befinden sich im Schreibtisch, junge Dame, jedoch in einem Geheimfach, das nur mir selbst bekannt ist. Somit haben sie sich der Suche bislang widersetzt.«

»Und was genau erwarten Sie von mir, Dr Bower?«, fragte Tommy. »Gehen Sie davon aus, dass Ihr Schreibtisch noch einmal durchsucht werden wird?«

»Das tue ich, Mr Blunt. Ich habe allen Grund zu der Annahme. Heute Nachmittag erhielt ich ein Telegramm von einem Patienten, den ich vor einigen Wochen nach Bournemouth geschickt hatte. In dem Telegramm heißt es, er befinde sich in kritischem Zustand und bitte mich, sofort zu ihm zu kommen. Aufgrund der soeben geschilderten Ereignisse misstrauisch geworden, habe ich selbst ein Telegramm an den in Rede stehenden Patienten aufgegeben und in Erfahrung gebracht, dass er bei guter Gesundheit ist und mich nicht zu sich gerufen hat. Da kam mir der Gedanke, wenn ich nun vorgebe, auf die List hereinzufallen und mich auf den Weg nach Bournemouth zu machen, ergäben sich gute Chancen, die Übeltäter beim Werk zu ertappen. Sie – oder er – werden zweifelsohne abwarten, bis das ganze Haus schlafen gegangen ist, bevor sie zur Tat schreiten. Ich schlage vor, dass wir uns heute Abend um elf Uhr vor meinem Haus treffen und gemeinsam in der Angelegenheit ermitteln.«

»In der Hoffnung, die Bösewichte auf frischer Tat zu ertappen.« Gedankenverloren trommelte Tommy mit dem Brieföffner auf der Tischplatte herum. »Ihr Plan scheint mir ein exzellenter, Dr Bower. Ich sehe da keine Schwierigkeiten. Und Ihre Anschrift lautet …«

»The Larches, Hangman's Lane – ein recht abgeschiedener Winkel, muss ich gestehen. Dafür genießen wir großartige Blicke über die Heide.«

»Zweifelsohne«, sagte Tommy.

Der Besucher erhob sich.

»Dann erwarte ich Sie heute Abend, Mr Blunt. Vor The Larches um ... sagen wir fünf Minuten vor elf, um ganz sicher zu gehen?«

»Gewiss. Fünf Minuten vor elf. Auf Wiedersehen, Dr Bower.«

Tommy erhob sich, betätigte die Glocke auf seinem Schreibtisch, und Albert erschien, um den Klienten hinauszuführen. Der Doktor hinkte deutlich, dennoch war seine beeindruckende Körperkraft nicht zu verkennen.

»Dem möchte man nicht im Dunkeln begegnen«, murmelte Tommy vor sich hin. »Nun, Tuppence, altes Mädchen, was hältst du davon?«

»Das kann ich dir mit einem Wort sagen«, erwiderte Tuppence. »Klumpfuß!«

»Was?«

»Ich sagte Klumpfuß! Mein Studium der Klassiker war nicht umsonst. Tommy, das ist eine Falle. Unbekannte Alkaloide, dass ich nicht lache – eine schwächere Geschichte habe ich noch nie gehört.«

»Selbst ich fand sie nicht sehr überzeugend«, bestätigte ihr Ehegatte.

»Hast du gesehen, wie er den Brief angestarrt hat? Tommy, er gehört zu der Bande. Sie sind dahintergekommen, dass du nicht der wahre Mr Blunt bist, und jetzt wollen sie Blut sehen.«

»In dem Fall«, sagte Tommy, öffnete den Bücherschrank und betrachtete die Bücherreihen mit liebevollem Blick, »ist unsere Rolle nicht schwer zu wählen. Wir sind die Brüder Okewood! Und ich bin Desmond«, fügte er nachdrücklich hinzu.

Tuppence zuckte mit den Schultern.

»Meinetwegen. Ganz wie du willst. Ich bin gern Francis.

Francis war der bei weitem Intelligentere von den beiden. Desmond gerät ständig in Schwierigkeiten, und Francis taucht in allerletzter Minute auf, als Gärtner oder so, um ihn zu retten.«

»Ah!«, sagte Tommy. »Aber ich werde ein großartiger Desmond sein! Sobald ich bei The Larches ankomme …«

Tuppence fiel ihm umstandslos ins Wort.

»Du wirst nicht nach Hampstead fahren heute Nacht.«

»Warum nicht?«

»Sehenden Auges in die Falle tappen?«

»Richtig, meine Liebe, ich tappe *sehenden* Auges in die Falle. Das ist ein großer Vorteil. Unser Freund Dr Bower wird eine kleine Überraschung erleben.«

»Das gefällt mir nicht«, sagte Tuppence. »Du weißt, was passiert, wenn Desmond die Anweisungen des Chefs missachtet und auf eigene Faust handelt. Unsere Anweisungen sind unmissverständlich. Die Briefe unverzüglich weiterleiten und sofort von allen Vorkommnissen berichten.«

»Das hast du falsch verstanden«, sagte Tommy. »Wir sollten unverzüglich berichten, wenn jemand hereinkommt und die Zahl 16 erwähnt. Das ist nicht passiert.«

»Das ist Haarspalterei«, sagte Tuppence.

»Wie dem auch sei. Ich habe Lust, ein Solo zu spielen. Meine liebe Tuppence, mach dir keine Sorgen um mich. Ich werde bis zu den Zähnen bewaffnet sein. Der Knackpunkt der ganzen Geschichte ist, dass ich gewarnt bin und sie das nicht wissen. Der Chef wird mir für die gute nächtliche Arbeit auf die Schulter klopfen.«

»Trotzdem«, sagte Tuppence. »Mir gefällt das nicht. Dieser Mann ist stark wie ein Gorilla.«

»Ah!«, sagte Tommy, »Aber denk an meine silberne Automatik.«

Die Tür zum Vorzimmer ging auf, und Albert erschien. Er schloss die Tür hinter sich und kam mit einem Umschlag in der Hand auf sie zu.

»Da ist ein Gentleman, der Sie sehen möchte«, sagte Albert. »Als ich ihm den üblichen Vers von dem Telefonat mit Scotland Yard erzählen wollte, behauptete er, genau Bescheid zu wissen. Er sagt, er sei selbst von Scotland Yard! Dann hat er etwas auf eine Karte geschrieben und sie in den Umschlag gesteckt.«

Tommy nahm den Umschlag und öffnete ihn. Beim Lesen lief ihm ein Lächeln über das Gesicht.

»Albert, der Gentleman hat sich auf deine Kosten amüsiert, indem er die Wahrheit sagte«, erklärte er. »Führ ihn herein.«

Er warf Tuppence die Karte zu. Sie trug den Namen Detective Inspector Dymchurch, quer darüber in Bleistift: »Ein Freund von Marriot«.

Wenige Sekunden später betrat der Detective von Scotland Yard das Büro. Inspector Dymchurch war von ganz ähnlicher Erscheinung wie Inspector Marriot: klein, stämmig und mit wachen Augen.

»Einen wunderschönen guten Tag«, sagte der Detective fröhlich. »Marriot ist nach South Wales unterwegs, aber vor seiner Abreise bat er mich, ein Auge auf Sie beide und auf dieses Büro zu haben. Oh! Ganz unbesorgt, Sir«, fuhr er fort, als Tommy Anstalten machte, ihn zu unterbrechen, »*wir* wissen genau Bescheid. Es ist nicht unsere Abteilung, und wir mischen uns da nicht ein. Aber vor gar nicht langer Zeit ist jemand dahintergekommen, dass nicht alles so ist, wie es scheint. Sie hatten hier heute Nachmittag einen Gentleman zu Besuch. Ich weiß nicht, wie er sich nannte, und ich kenne auch seinen richtigen Namen nicht, aber ein wenig weiß ich doch über ihn. Genug, um mehr erfahren zu wollen. Gehe ich recht in der Annahme, dass er sich für heute Abend an einem bestimmten Ort mit Ihnen verabredet hat?«

»Ganz richtig.«

»Dachte ich mir. 16 Westerham Road, Finsbury Park? Ist das die Adresse?«

»Da liegen Sie daneben«, sagte Tommy mit einem Lächeln. »Gehörig daneben. The Larches, Hampstead.«

Dymchurch wirkte ehrlich überrascht. Damit hatte er offensichtlich nicht gerechnet.

»Das verstehe ich nicht«, murmelte er. »Muss ein neuer Plan sein. The Larches, Hampstead, sagten Sie?«

»Ja. Ich soll mich dort heute Abend um elf Uhr mit ihm treffen.«

»Das werden Sie nicht tun, Sir.«

»Hörst du!«, brach es aus Tuppence heraus.

Tommy lief rot an.

»Wenn Sie glauben, Inspector ...«, hob er hitzig an.

Doch der Inspector hob beschwichtigend die Hand.

»Ich sage Ihnen, was ich glaube, Mr Blunt. Wo Sie heute Abend um elf Uhr sein wollen, das ist hier in diesem Büro.«

»Was?«, rief Tuppence überrascht.

»Hier in diesem Büro. Es spielt keine Rolle, woher ich das weiß – manchmal kommt es zu Überschneidungen zwischen den Abteilungen –, aber Sie haben heute einen jener berühmten ›blauen Briefe‹ erhalten. Und auf den hat der gute Wie-auch-immer-er-heißt es abgesehen. Er lockt Sie hinaus nach Hampstead, damit Sie ihm auch ganz bestimmt nicht in die Quere kommen, und in der Nacht, wenn das Gebäude leer und verlassen ist, verschafft er sich hier Einlass, um sich in aller Ruhe umzuschauen.«

»Aber warum sollte er denken, dass der Brief hier ist? Er muss doch wissen, dass ich ihn entweder bei mir trage oder längst weitergeleitet habe.«

»Verzeihung, Sir, aber genau das weiß er nicht. Er mag über den Umstand gestolpert sein, dass Sie nicht der echte Mr Blunt sind, aber vermutlich hält er Sie für einen aufrechten Gentleman, der die Detektei übernommen hat. Unter diesen Umständen wäre der Brief ganz normales Tagesgeschäft und würde als solches abgelegt.«

»Verstehe«, sagte Tuppence.

»Und in diesem Glauben wollen wir ihn auch belassen. Wir werden ihn heute Nacht hier auf frischer Tat ertappen.«

»Das ist also der Plan, ja?«

»Ganz genau. Es ist eine einmalige Gelegenheit. Also, wie spät ist es jetzt? Sechs Uhr. Wann verlassen Sie für gewöhnlich das Büro, Sir?«

»Gegen sechs.«

»Es muss aussehen, als würden Sie wie üblich aus dem Büro gehen. Danach werden wir so bald wie möglich zurückkehren, unauffällig natürlich. Ich glaube nicht, dass sie vor elf Uhr kommen, aber möglich ist es. Wenn Sie mich jetzt entschuldigen wollen, ich werde mich draußen umschauen, ob das Gebäude observiert wird.«

Dymchurch verließ das Büro, und Tommy fing ein Streitgespräch mit Tuppence an.

Es dauerte eine Weile und war erbittert und hitzig. Am Ende gab sich Tuppence plötzlich geschlagen.

»Also gut«, sagte sie. »Ich gebe nach. Ich gehe nach Hause und werde wie ein braves kleines Mädchen dasitzen, während du Verbrecher jagst und dich mit Detectives anfreundest – aber freu dich nicht zu früh, junger Mann. Das zahle ich dir heim, dass du mir den Spaß verwehrt hast.«

In diesem Augenblick kehrte Dymchurch zurück.

»Die Luft scheint rein«, sagte er. »Aber man kann nie wissen. Am besten, Sie verlassen das Gebäude wie immer. Wenn Sie erst einmal weg sind, werden die das Haus nicht länger beobachten.«

Tommy rief Albert zu sich und gab ihm Anweisungen abzuschließen.

Dann spazierten sie zu viert zu der nahe gelegenen Garage, wo sie üblicherweise den Wagen parkten. Tuppence fuhr, Albert saß neben ihr, Tommy und der Detective auf der Rückbank.

Gar nicht weit gekommen, blieben sie im Verkehr stecken. Tuppence schaute über die Schulter nach hinten und nickte. Tommy öffnete die rechte Seitentür und stieg zusammen mit dem Detective mitten auf der Oxford Street aus dem Wagen. Ein bis zwei Minuten später fuhr Tuppence weiter.

II

»Wir gehen besser noch nicht wieder rein«, sagte Dymchurch, während er mit Tommy Richtung Haleham Street eilte. »Den Schlüssel haben Sie dabei?«

Tommy nickte.

»Wie wäre es mit einem kleinen Imbiss? Es ist noch früh am Abend, aber genau vis-à-vis gibt es ein kleines Restaurant. Wir nehmen einen Tisch am Fenster, dann können wir das Haus die ganze Zeit im Blick behalten.«

Sie nahmen eine wohltuende kleine Mahlzeit ein, genau wie der Detective vorgeschlagen hatte. Tommy durfte feststellen, dass er mit Inspector Dymchurch in überaus unterhaltsamer Gesellschaft war. Den Großteil seiner Laufbahn hatte dieser unter internationalen Spionen verbracht, und er wusste Geschichten zu erzählen, die seinen simplen Zuhörer in Erstaunen versetzten.

Sie blieben bis acht Uhr in dem kleinen Restaurant, dann schlug Dymchurch vor zu gehen.

»Es ist schon recht dunkel, Sir«, erklärte er. »Wir können uns jetzt ins Gebäude stehlen, ohne gesehen zu werden.«

Es war, wie er gesagt hatte, recht dunkel. Sie überquerten die Fahrbahn, schauten hastig die verlassene Straße hinauf und hinunter und schlüpften dann durch die Eingangstür. Sie erklommen die Treppen, und Tommy steckte den Schlüssel in das Schloss zu seinem Büro.

Just in diesem Moment hörte er, wie er glaubte, Dymchurch an seiner Seite pfeifen.

»Warum pfeifen Sie?«, fragte er in scharfem Ton.

»Ich habe nicht gepfiffen«, sagte Dymchurch verwundert. »Ich dachte, das wären Sie gewesen.«

»Nun, irgendjemand …«, begann Tommy.

Weiter kam er nicht. Starke Arme packten ihn von hinten, und bevor er aufschreien konnte, presste sich ihm eine Kompresse mit etwas Eklig-Süßem auf Mund und Nase.

Er wehrte sich tapfer, aber vergebens. Das Chloroform tat seine Wirkung. Ihm drehte sich der Kopf, der Fußboden unter ihm hob und senkte sich. Röchelnd verlor er das Bewusstsein …

Unter Schmerzen, aber im Vollbesitz seiner geistigen Kräfte kam er wieder zu sich. Die Dosis Chloroform war nur gering gewesen. Man hatte ihn lediglich lange genug außer Gefecht gesetzt, um ihm einen Knebel in den Mund zu pressen, damit er nicht schreien konnte.

Als er zu Bewusstsein kam, lehnte er halb liegend, halb sitzend in einer Ecke seines eigenen Büros an der Wand. Zwei Männer waren eifrig damit beschäftigt, den Inhalt seines Schreibtisches auf links zu drehen, die Schränke zu durchwühlen und bei der Arbeit ungehemmt zu fluchen.

»Verdammt, Boss«, sagte der größere der beiden mit rauer Stimme. »Wir haben das ganze vermaledeite Büro auf den Kopf gestellt. Er ist nicht hier.«

»Er muss hier sein«, knurrte der andere. »Er hat ihn nicht bei sich, und anderswo kann er nicht sein.«

Im Sprechen drehte der Mann sich um, und zu seinem ehrlichen Erstaunen erkannte Tommy, dass es sich um niemand Geringeren als Inspector Dymchurch selbst handelte. Der grinste, als er Tommys fassungslose Miene sah.

»Unser junger Freund ist also wieder aufgewacht«, sagte er. »Und ein wenig überrascht ist er auch – ja, ein wenig überrascht. Dabei war es so einfach. Wir hegen den Verdacht, dass in der Internationalen Detektivagentur nicht alles so ist, wie es sein soll. Ich melde mich freiwillig, um herauszufinden, ob das der Fall ist oder nicht. Wenn der neue Mr Blunt tatsächlich ein Spion ist, wird er misstrauisch sein, also schicke ich meinen guten alten Freund Carl Bauer vor. Carl soll sich verdächtig verhalten und Ihnen eine unglaubwürdige Geschichte auftischen. Dann trete ich auf den Plan. Ich brauche nur den Namen Inspector Marriot zu nennen, um Ihr Vertrauen zu gewinnen. Der Rest ist ein Kinderspiel.«

Er lachte.

Für sein Leben gern hätte Tommy das eine oder andere dazu gesagt, aber der Knebel in seinem Mund hielt ihn davon ab. Auch hätte er für sein Leben gern das eine oder andere getan – vor allem mit Händen und Füßen –, doch auch für diesen Fall hatte man vorgesorgt. Er war gefesselt.

Was ihn am meisten verblüffte, war der erstaunliche Wandel, den dieser Mann vor ihm vollzogen hatte. Als Inspector Dymchurch war er ein typischer Engländer gewesen. Nun aber konnte niemand ihn auch nur für eine einzige Sekunde für etwas anderes halten als einen gebildeten Ausländer, der perfekt und ohne den leisesten Akzent Englisch sprach.

»Coggins, mein guter Freund«, wandte sich der einstmalige Inspector an seinen grob wirkenden Kompagnon. »Nimm deinen Lebensretter und stell dich neben den Gefangenen. Ich werde ihm den Knebel abnehmen. Sie verstehen doch, mein lieber Mr Blunt, dass jeder Versuch zu schreien eine kriminelle Dummheit Ihrerseits wäre? Ich bin sicher, Sie verstehen das. Für Ihr Alter sind Sie ein recht cleveres Kerlchen.«

Geschickt entfernte er den Knebel und trat zurück.

Tommy bewegte die schmerzenden Kiefer, ließ die Zunge durch den Mund wandern, schluckte zweimal – und gab keinen Laut von sich.

»Ich gratuliere Ihnen zu Ihrer Zurückhaltung«, sagte der andere. »Sie haben Ihre Lage verstanden. Aber haben Sie gar nichts zu sagen?«

»Was ich zu sagen habe, kann warten«, sagte Tommy. »Und es wird auch nicht schlecht.«

»Gut! Was ich zu sagen habe, kann nicht warten. Ohne große Umschweife, Mr Blunt: Wo ist der Brief?«

»Mein lieber Freund. Ich weiß es nicht«, sagte Tommy gut gelaunt. »Ich habe ihn nicht. Aber das wissen Sie so gut wie ich. Wenn ich Sie wäre, würde ich weitersuchen. Es amüsiert mich, Ihnen und Freund Coggins beim Suchen zuzuschauen.«

Die Miene des anderen verdüsterte sich.

»Die Flapsigkeit macht Ihnen Spaß, Mr Blunt. Sehen Sie die Kiste dort drüben? Das ist Coggins' kleine Ausrüstung. Sie enthält Vitriol … ja, Vitriol … und Eisen, die sich im Feuer erhitzen lassen, bis sie rot glühen und Brand…«

Tommy schüttelte traurig den Kopf.

»Ein Bestimmungsfehler«, murmelte er. »Tuppence und ich haben dieses Abenteuer vollkommen falsch eingeordnet. Es ist keine Klumpfuß-Geschichte. Es ist ein Bulldog Drummond, und Sie sind der unnachahmliche Carl Peterson.«

»Was reden Sie da für einen Unsinn?«, knurrte der andere.

»Ah!«, sagte Tommy. »Wie ich sehe, sind Sie mit den Klassikern nicht vertraut. Sehr bedauerlich.«

»Sie ignoranter Idiot! Werden Sie tun, was wir wollen, oder nicht? Soll ich Coggins Befehl geben, sein Werkzeug auszupacken und anzufangen?«

»Seien Sie doch nicht so ungeduldig«, sagte Tommy. »Natürlich werde ich tun, was Sie wollen, sobald Sie mir sagen, was das ist. Sie glauben doch nicht, dass ich filetiert und auf dem Rost gegrillt werden will wie eine Seezunge? Ich kann es nicht leiden, wenn man mir Schmerzen zufügt.«

Dymchurch sah ihn voller Verachtung an.

»Gott! Engländer sind solche Feiglinge.«

»Gesunder Menschenverstand, mein lieber Freund, nichts als gesunder Menschenverstand. Lassen Sie das Vitriol Vitriol sein und kommen wir zur Sache.«

»Ich will den Brief.«

»Ich sagte doch bereits, ich habe ihn nicht.«

»Das wissen wir … Und wir wissen auch, wer ihn haben muss. Die Frau.«

»Da haben Sie sehr wahrscheinlich recht«, sagte Tommy. »Sie könnte ihn in die Handtasche gesteckt haben, als ihr Kumpan Carl uns überraschte.«

»Oh, Sie leugnen es nicht. Das ist schlau. Sehr gut, Sie werden dieser Tuppence, wie Sie sie nennen, eine Nachricht schreiben und sie bitten, den Brief unverzüglich herzubringen.«

»Das kann ich nicht …«, hob Tommy an.

Der andere fiel ihm ins Wort, bevor er den Satz zu Ende sprechen konnte.

»Aha! Das können Sie nicht? Das werden wir ja sehen. Coggins!«

»Immer langsam mit den jungen Pferden«, sagte Tommy. »Warten Sie doch das Ende des Satzes ab. Ich wollte sagen, ich kann das nicht, solange Sie mir nicht die Fesseln abnehmen. Gute Güte, ich bin doch nicht einer dieser komischen Vögel, die mit der Nase oder dem Ellbogen schreiben können.«

»Sie werden also die Nachricht schreiben?«

»Selbstverständlich. Sage ich das nicht die ganze Zeit? Mir ist viel daran gelegen, hilfsbereit und gefällig zu sein. Sie werden Tuppence ja nichts Unschönes antun, richtig? Das würden Sie nicht tun, da bin ich sicher. Sie ist so ein nettes Mädchen.«

»Wir wollen nur den Brief«, sagte Dymchurch, doch auf seinem Gesicht lag ein überaus unangenehmes Lächeln.

Auf ein Nicken seinerseits kniete sich der brutale Coggins nieder und befreite Tommys Arme. Tommy schwang sie vor und zurück.

»Viel besser«, sagte er heiter. »Ob der liebe Coggins so freundlich sein könnte, mir den Füllfederhalter zu reichen? Er müsste zusammen mit meinen anderen Habseligkeiten auf dem Schreibtisch liegen.«

Mit finsterer Miene brachte ihm der Mann den Federhalter und reichte ein Blatt Papier nach.

»Setzen Sie die Worte mit Bedacht«, sagte Dymchurch drohend. »Wir überlassen das Ihnen, aber wenn es schiefläuft, bedeutet das für Sie den Tod … einen langsamen Tod noch dazu.«

»Wenn das so ist«, antwortete Tommy, »werde ich mein Bestes geben.«

Er dachte kurz nach, dann schrieb er hastig.

»Wie wäre es damit?«, fragte er und überreichte dem anderen den fertigen Brief.

Liebe Tuppence,
könntest Du vorbeikommen und mir den blauen Brief bringen? Wir möchten ihn hier und jetzt dechiffrieren.
In Eile,
Francis

»Francis?«, fragte der falsche Inspector mit hochgezogenen Brauen. »So hat sie Sie genannt?«

»Da Sie bei meiner Taufe nicht anwesend waren«, sagte Tommy, »können Sie wohl nicht mit Sicherheit wissen, ob das mein Name ist oder nicht. Aber ich möchte doch meinen, dass das Zigarettenetui, das Sie meiner Jackentasche entnommen haben, ein recht guter Beweis ist, dass ich die Wahrheit sage.«

Der andere trat an den Schreibtisch, nahm das Etui, las mit leisem Grinsen die Inschrift »Für Francis von Tuppence«, und legte es wieder zurück.

»Ich freue mich, dass Sie ein so vernünftiges Verhalten an den Tag legen«, sagte er. »Coggins, gib Vassily den Brief. Er steht draußen Schmiere. Sag ihm, er soll ihn unverzüglich überbringen.«

Die nächsten zwanzig Minuten vergingen langsam, die zehn Minuten danach noch langsamer. Dymchurch schritt mit zusehends sich verdunkelnder Miene auf und ab. Einmal drehte er sich drohend zu Tommy.

»Wenn Sie es gewagt haben, uns aufs Kreuz zu legen …«, knurrte er.

»Wenn wir ein Kartenspiel hätten, könnten wir eine Partie Piquet spielen, um die Zeit totzuschlagen«, gähnte Tommy. »Frauen lassen einen immer warten. Ich kann nur hoffen, dass Sie nicht unfreundlich sein werden zu der kleinen Tuppence, wenn sie kommt.«

»Aber woher denn!«, sagte Dymchurch. »Wir werden dafür sorgen, dass Sie beide gemeinsam von hier gehen … gemeinsam.«

»Wirst du das, du Hund!«, murmelte Tommy für sich.

Plötzlich rührte sich etwas im Vorzimmer. Ein Mann, den Tommy bis dahin noch nicht gesehen hatte, steckte den Kopf zur Tür herein und brummte etwas auf Russisch.

»Gut«, sagte Dymchurch. »Sie kommt – allein.«

Einen kurzen Augenblick lang packte eine leise Angst Tommys Herz.

Eine Minute später hörte er Tuppence' Stimme.

»Ah, da sind Sie ja, Inspector Dymchurch. Ich habe den Brief mitgebracht. Wo ist Francis?«

Mit diesen Worten trat sie durch die Tür und wurde von hinten von Vassily gepackt, der ihr eine Hand auf den Mund presste. Dymchurch entriss ihr die Handtasche und durchwühlte sie hastig.

Dann stieß er einen Freudenschrei aus und hielt einen blauen Umschlag mit russischer Briefmarke in die Luft. Coggins gab einen heiseren Laut von sich.

Und just in dieser Sekunde des Triumphs schwang lautlos die andere Tür, die zu Tuppence' Büro führte, auf und herein kam Inspector Marriot mit zwei bewaffneten Männern und dem scharfen Befehl: »Hände hoch!«

Es gab keinen Kampf. Die anderen waren hoffnungslos überrumpelt worden. Dymchurchs Automatik lag auf dem Tisch, und seine zwei Komplizen waren nicht bewaffnet.

»Ein schöner kleiner Fang«, sagte Inspector Marriot lobend, als er das letzte Paar Handschellen zuschnappen ließ. »Und es werden hoffentlich noch einige dazukommen.«

Kreidebleich vor Zorn starrte Dymchurch Tuppence an.

»Kleine Hexe!«, knurrte er. »Das haben wir dir zu verdanken.«

Tuppence lachte.

»Es ist nicht allein mein Verdienst. Ich gebe zu, ich hätte es wissen müssen, als Sie heute Nachmittag die Zahl 16 erwähnten. Aber es war Tommys Brief, der mich aufrüttelte. Ich rief Inspector Marriot an, schickte Albert, ihm den zweiten Büroschlüssel zu bringen, und kam selbst mit dem leeren blauen Umschlag in der Handtasche hierher. Den Brief selbst habe ich meinen Anweisungen gemäß weitergeleitet, sobald wir heute Nachmittag auseinandergegangen waren.«

Ein Wort hatte die Aufmerksamkeit des anderen erregt.

»Tommy?«, fragte er.

Tommy, der soeben aus seinen Fesseln befreit worden war, gesellte sich zu ihnen.

»Gut gemacht, Bruder Francis«, sagte er zu Tuppence und nahm ihre Hände in seine. Und zu Dymchurch: »Wie ich schon sagte, mein lieber Freund, Sie sollten die Klassiker lesen.«

Der unglaubliche Diebstahl

Kapitel 1

Während der Butler reihum die Soufflés servierte, beugte sich Lord Mayfield vertraulich zu seiner Nachbarin zur Rechten, Lady Julia Carrington. Als perfekter Gastgeber bekannt, gab er sich alle Mühe, seinem Ruf gerecht zu werden. Frauen gegenüber war Lord Mayfield, wiewohl unverheiratet, stets charmant.

Lady Julia Carrington, eine große, dunkelhaarige, lebhafte Frau von vierzig, war spindeldürr und dennoch schön. Insbesondere ihre Hände und Füße sahen bezaubernd aus. Ihre abrupte, ruhelose Art glich der einer Frau, die unter ständiger Nervenanspannung stand.

Praktisch ihr gegenüber an dem runden Tisch saß ihr Mann, Luftmarschall Sir George Carrington. Seine Karriere hatte in der Navy begonnen, und er besaß noch immer die raubeinige Forschheit eines erfahrenen Seemanns. Eben lachte und flachste er mit der schönen Mrs Vanderlyn, die auf der anderen Seite des Gastgebers saß.

Mrs Vanderlyn war eine äußerst gut aussehende Blondine. In ihrer Stimme schwang der Hauch eines amerikanischen Akzents mit, gerade genug, um charmant, aber nicht übertrieben zu wirken.

Auf der anderen Seite von Sir George Carrington saß Mrs Macatta, eine Parlamentsabgeordnete. Mrs Macatta war eine Autorität auf dem Gebiet des Wohnungsbaus und der Säuglingsfürsorge. Sie bellte kurze Sätze heraus, statt sie zu sprechen, und war insgesamt eine etwas beunruhigende Erscheinung. Weshalb es vielleicht nur natürlich war, dass der Luftmarschall seine Tischnachbarin zur Rechten als eine angenehmere Gesprächspartnerin empfand.

Im Augenblick bellte Mrs Macatta, die, ganz gleich, wo sie sich befand, prinzipiell fachsimpelte, dem jungen Reggie Carrington zu ihrer Linken eine Flut von kurzen Informationen über ihre Spezialgebiete ins Ohr.

Reggie Carrington war einundzwanzig und hatte keinerlei Interesse an Wohnungsbau, Säuglingsfürsorge oder, genau genommen, überhaupt irgendwelchen politischen Themen. In Abständen sagte er »Wie schrecklich!« und »Da stimme ich Ihnen absolut zu«, war mit seinen Gedanken jedoch eindeutig ganz woanders. Zwischen dem jungen Reggie und seiner Mutter saß Mr Carlile, Lord Mayfields Privatsekretär – ein blasser junger Mann mit einem Kneifer auf der Nase und einer Miene von intelligenter Reserviertheit, der wenig sprach, aber stets bereit war, sich in die Bresche zu werfen, sobald ein Gespräch zu versiegen drohte. Als er bemerkte, dass Reggie Carrington gegen ein Gähnen ankämpfte, beugte er sich vor und stellte Mrs Macatta geschickt eine Frage zu ihrem »Fitness für Kinder«-Programm.

Im gedämpften bernsteinfarbenen Licht huschten ein Butler sowie zwei Diener um den Tisch, boten Speisen an und schenkten Wein ein. Lord Mayfield zahlte seinem Koch ein sehr hohes Gehalt und galt als Wein-Connaisseur.

Obwohl der Tisch rund war, stand außer Frage, wer der Gastgeber war. Dort, wo Lord Mayfield saß, befand sich ganz eindeutig der Kopf der Tafel. Er war ein großer Mann mit breiten Schultern, dichtem silbernem Haar, einer kräftigen geraden Nase und einem leicht vorspringenden Kinn – ein Gesicht, das sich mühelos karikieren ließe. Als Sir Charles McLaughlin hatte Lord Mayfield seine politische Karriere mit der Position des Leiters eines großen Ingenieurbüros verbunden. Die Peerswürde hatte er, der selbst ein hervorragender Ingenieur war, ein Jahr zuvor erhalten, und gleichzeitig war er zum allerersten Minister für Rüstungswesen ernannt worden, ein Ministerium, das erst kurz zuvor geschaffen worden war.

Als der Nachtisch serviert und der Portwein einmal herumgegangen war, warf Lady Julia Mrs Vanderlyn einen kurzen Blick zu und erhob sich. Die drei Frauen verließen den Raum.

Erneut machte der Portwein die Runde, und Lord Mayfield erwähnte beiläufig Fasanen. Während der nächsten gut fünf Minuten drehte sich die Unterhaltung um den Jagdsport.

Dann meinte Sir George: »Du möchtest dich bestimmt zu den anderen im Salon gesellen, Reggie, mein Junge. Lord Mayfield hat sicher nichts dagegen.«

Der junge Mann verstand den Wink auf Anhieb.

»Vielen Dank, Lord Mayfield, ich denke, ich gehe dann jetzt.«

»Wenn Sie mich entschuldigen würden, Lord Mayfield«, murmelte nun auch Mr Carlile, »gewisse Memoranden und andere Dinge wollen erledigt werden ...«

Lord Mayfield nickte. Die beiden jungen Männer verließen das Esszimmer. Die Diener hatten sich bereits vor einiger Zeit zurückgezogen. Der Minister für Rüstungswesen und das Oberhaupt der Luftstreitkräfte waren unter sich.

Nach einem Weilchen sagte Carrington: »Und, alles in Ordnung?«

»Absolut! In ganz Europa reicht nichts an diesen neuen Bomber heran.«

»Fliegt alle schwindlig, eh? Dachte ich's mir doch.«

»Lufthoheit«, erklärte Lord Mayfield kategorisch.

Sir George Carrington tat einen tiefen Seufzer.

»Wurde auch Zeit! Wissen Sie, Charles, wir haben eine heikle Phase hinter uns. Ganz Europa ist bis an die Zähne bewaffnet. Aber wir waren dafür, verdammt noch mal, nicht gerüstet! Das hätte ins Auge gehen können. Und wir sind immer noch nicht aus dem Schneider, egal, wie sehr wir die Produktion jetzt auch forcieren.«

»Trotzdem, George«, brummte Lord Mayfield, »es hat auch ein paar Vorteile, spät anzufangen. Eine Menge von dem Zeug in Europa ist schon wieder veraltet – und alle stehen bedrohlich dicht vor dem Konkurs.«

»Ich glaube nicht, dass das etwas zu bedeuten hat«, entgegnete Sir George trübsinnig. »Man hört doch ständig, dieses oder jenes Land sei zahlungsunfähig! Und dennoch machen alle einfach immer weiter. Wissen Sie, das Finanzwesen ist mir ein absolutes Mysterium.«

Lord Mayfields Augen zwinkerten belustigt. Sir George Carrington wirkte immer wie ein absolut waschechter, raubeiniger, biederer alter Seebär. Manch einer hielt es für eine ganz bewusste Pose.

Das Thema wechselnd, meinte Carrington etwas zu beiläufig: »Attraktive Frau, diese Mrs Vanderlyn, eh?«

»Sie fragen sich, was sie hier macht?«

Lord Mayfield blickte amüsiert.

Carrington wirkte leicht verwirrt.

»Ganz und gar nicht – ganz und gar nicht.«

»Oh doch, natürlich tun Sie das! Flunkern Sie doch nicht, George. Sie haben sich, leicht konsterniert, gefragt, ob ich ihr jüngstes Opfer sei!«

»Ich gebe zu«, erwiderte Carrington zögernd, »dass ich es tatsächlich ein kleines bisschen merkwürdig fand, sie hier anzutreffen – also, genau an diesem Wochenende.«

Lord Mayfield nickte.

»Wo der Kadaver ist, versammeln sich die Geier. Wir haben hier einen ganz eindeutigen Kadaver, und Mrs Vanderlyn könnte man als den Geier Nummer eins bezeichnen.«

Abrupt warf der Luftmarschall ein: »Wissen Sie irgendetwas über diese Vanderlyn?«

Lord Mayfield schnitt das Ende einer Zigarre ab, zündete sie sorgfältig an und warf den Kopf in den Nacken.

»Was weiß ich über Mrs Vanderlyn?« Er setzte seine Worte mit Bedacht. »Ich weiß, dass sie eine amerikanische Staatsbürgerin ist. Ich weiß, dass sie dreimal verheiratet war, mit einem Italiener, einem Deutschen und einem Russen, und dass sie infolgedessen in drei Ländern nützliche ›Kontakte‹, wie ich es nennen möchte, geknüpft hat. Ich weiß, dass sie sich eine sehr teure Garderobe leistet und ausgesprochen luxuriös lebt – und dass eine gewisse Unklarheit darüber besteht, woher die Einkünfte stammen, die ihr das ermöglichen.«

Mit einem Grinsen murmelte Sir George Carrington: »Verstehe, Charles, Ihre Spione waren nicht untätig.«

»Ich weiß«, fuhr Lord Mayfield fort, »dass Mrs Vanderlyn nicht nur eine verführerische Schönheit besitzt, sondern auch eine sehr gute Zuhörerin ist und ein lebhaftes Interesse an dem bekunden kann, was wir ›Fachsimpelei‹ nennen. Will sagen, ein Mann kann ihr alles über seine Arbeit erzählen und das Gefühl bekommen, dass die Dame ihn hochinteressant findet! So manche jungen Offiziere sind in ihrem Eifer, sich interessant zu machen, etwas zu weit gegangen, was ihrer Karriere selbstredend nicht förderlich war. Sie haben Mrs Vanderlyn etwas mehr erzählt, als sie eigentlich durften. Fast alle Freunde der Dame sind beim Militär, doch letzten Winter ging sie in einer gewissen Grafschaft in der Nähe einer unserer größten Rüstungsbetriebe auf die Jagd und schloss dort diverse Freundschaften, die alles andere als jagdspezifisch waren. Kurz, Mrs Vanderlyn ist eine sehr nützliche Person für …« Er beschrieb mit seiner Zigarre einen Kreis in der Luft. »Vielleicht sollten wir lieber nicht aussprechen, für wen! Sagen wir einfach, für eine europäische Macht – und eventuell auch für mehr als eine europäische Macht.«

Carrington holte tief Luft.

»Da fällt mir aber eine Zentnerlast vom Herzen, Charles.«

»Sie dachten, ich wäre auf die Sirene hereingefallen? Mein lieber George! Für einen misstrauischen alten Fuchs wie mich sind Mrs Vanderlyns Methoden nun doch eine Spur zu offensichtlich. Und außerdem ist sie, wie man so schön sagt, nicht mehr ganz so jung wie ehedem. Diese blutjungen Staffelführer würden das nicht bemerken. Aber ich bin sechsundfünfzig, alter Knabe. In nur vier Jahren werde ich wahrscheinlich ein griesgrämiger Greis sein, der ständig die Gesellschaft von unwilligen Debütantinnen frequentiert.«

»Es war dumm von mir«, entschuldigte sich Carrington, »aber ich fand es einfach ein bisschen merkwürdig …«

»Sie fanden es merkwürdig, dass sie hier ist, auf einem doch irgendwie intimen Familienfest, und zwar genau zu dem Zeitpunkt, wo Sie und ich eine inoffizielle Besprechung über eine Entdeckung abhalten würden, die wahrscheinlich das ganze Problem der Luftabwehr revolutionieren wird?«

Sir George Carrington nickte.

Lächelnd fuhr Lord Mayfield fort: »Genauso ist es. Das ist der Köder.«

»Der Köder?«

»Sehen Sie, George, um es einmal wie im Film auszudrücken, tatsächlich haben wir nichts gegen die Frau ›in der Hand‹. Das wollen wir aber! Sie ist bis dato mit viel zu vielem davongekommen. Aber sie war immer vorsichtig, verflucht vorsichtig. Wir wissen zwar, was sie verbrochen hat, aber wir haben keinerlei konkrete Beweise. Wir müssen sie mit einer großen Sache in Versuchung führen.«

»Und diese ›große Sache‹ ist der Entwurf des neuen Bombers?«

»Exakt. Die Sache muss groß genug sein, um sie dazu zu bewegen, ein Risiko einzugehen, sich zu erkennen zu geben. Und dann – haben wir sie!«

Sir George brummte. »Nun«, sagte er, »das ist ja alles schön und gut, aber was, wenn sie das Risiko nicht eingeht?«

»Das wäre bedauerlich«, erwiderte Lord Mayfield und fügte hinzu: »Ich glaube allerdings, sie wird es tun …«

Er erhob sich.

»Sollen wir uns zu den Damen im Salon gesellen? Wir dürfen Ihre Frau nicht um ihre Bridgepartie bringen.«

»Julia ist entschieden zu versessen auf ihr Bridge«, stöhnte Sir George. »Jagt ein Heidengeld zum Schornstein hinaus. Sie kann es sich nicht leisten, so hoch zu spielen, und das habe ich ihr auch gesagt. Das Problem ist, Julia ist eine echte Spielernatur.«

Während er um den Tisch herumging, um sich seinem Gastgeber anzuschließen, fügte er noch hinzu: »Nun, ich hoffe, Ihr Plan geht auf, Charles.«

Kapitel 2

Die Unterhaltung im Salon war mehr als einmal erlahmt. Wurde Mrs Vanderlyn mit ihren Geschlechtsgenossinnen allein gelassen, geriet sie gewöhnlich ins Hintertreffen. Ihre charmante, sympathische Art, die Vertreter des männlichen Geschlechts so sehr schätzten, fand bei Frauen aus irgendeinem Grund keinen Anklang. Lady Julia war eine Frau, deren Umgangsformen entweder sehr gut oder sehr schlecht waren. Im Augenblick fand sie Mrs Vanderlyn unsympathisch und Mrs Macatta langweilig und machte aus ihren Gefühlen auch keinen Hehl. Das Gespräch ebbte ab und wäre ohne Letztere vielleicht sogar völlig versiegt.

Mrs Macatta war eine Frau von großer Ernsthaftigkeit und Entschlossenheit. Jemanden wie Mrs Vanderlyn tat sie sofort als eine nutzlose Schmarotzerin ab. Lady Julias Interesse versuchte sie auf eine bevorstehende, von ihr selbst organisierte Wohltätigkeitsveranstaltung zu lenken. Lady Julia antwortete nur vage, unterdrückte mehrmals ein Gähnen und zog sich in ihre eigene Gedankenwelt zurück. Warum kamen Charles und George nicht? Wie fade Männer doch waren. Während sie sich derart in ihre privaten Überlegungen und Sorgen vertiefte, wurden ihre Kommentare sogar noch mechanischer und oberflächlicher.

Als die Männer endlich den Salon betraten, saßen die drei Frauen schweigend da.

Lord Mayfield dachte bei sich: Julia sieht heute Abend krank aus. Was für ein Nervenbündel diese Frau ist.

Laut sagte er: »Wie wär's mit einem Rubber, eh?«

Sofort hellte sich Lady Julias Gesicht auf. Bridge war ihr Lebenselixier.

In dem Moment trat Reggie Carrington in den Salon, und sogleich bildete sich eine Vierergruppe. Lady Julia, Mrs Vanderlyn, Sir George und der junge Reggie setzten sich an den Kartentisch. Lord Mayfield widmete sich der Aufgabe, Mrs Macatta zu unterhalten.

Als sie zwei Rubber gespielt hatten, warf Sir George einen betont auffälligen Blick hinüber zur Uhr auf dem Kaminsims.

»Lohnt sich kaum, noch einen anzufangen«, sagte er.

Seine Frau wirkte verärgert.

»Es ist erst Viertel vor elf. Noch einen kurzen Rubber.«

»Kurz sind die doch nie, meine Teure«, sagte Sir George gutmütig. »Und außerdem haben Charles und ich noch zu tun.«

»Wie wichtig das klingt«, murmelte Mrs Vanderlyn. »Sie Schlauköpfe da ganz oben können wohl nie mal richtig ausspannen.«

»Keine Achtundvierzigstundenwoche für uns«, erwiderte Sir George.

»Wissen Sie«, sagte Mrs Vanderlyn, »als krude Amerikanerin ist mir das richtig peinlich, aber ich finde es so spannend, Menschen zu begegnen, die die Geschicke eines ganzen Landes lenken. Wahrscheinlich kommt Ihnen das sehr primitiv vor, Sir George.«

»Meine liebe Mrs Vanderlyn, ich würde Sie nie für ›primitiv‹ oder ›krude‹ halten.«

Er sah ihr lächelnd in die Augen. Vielleicht schwang in seiner Stimme ein Hauch von Ironie mit, was ihr nicht entging. Geschmeidig wandte sie sich an Reggie und lächelte ihn an.

»Schade, dass wir unsere Partnerschaft nicht fortsetzen können. Das war eine schrecklich clevere Vier-Sans-Atout-Ansage von Ihnen.«

Reggie errötete geschmeichelt.

»War schon ein bisschen Dusel dabei, dass es geklappt hat«, murmelte er.

»Nein, nein, das war wirklich eine ziemlich clevere Schlussfolgerung von Ihnen. Sie haben aus den Geboten ganz genau gefolgert, wo die Karten sein mussten, und dementsprechend gespielt. Ich fand das brillant.«

Lady Julia erhob sich brüsk.

Diese Frau trägt es mit einem Spachtelmesser auf, dachte sie angewidert.

Mit dem Blick auf ihren Sohn wurde ihr Ausdruck sanfter. Reggie glaubte alles. Wie herzzerreißend jung und zufrieden er aussah. Wie unglaublich naiv er war. Kein Wunder, dass er immer wieder in die Patsche geriet. Er war zu vertrauensselig. In Wirklichkeit hatte er eine zu freundliche Art. George verstand ihn nicht im Mindesten. Männer waren so gefühllos in ihren Urteilen. Sie vergaßen, dass sie selbst einmal jung gewesen waren. George war viel zu streng mit Reggie.

Mrs Macatta war aufgestanden. Man wünschte sich eine gute Nacht. Die drei Frauen verließen den Salon. Lord Mayfield schenkte sich einen Drink ein, nachdem er zuerst Sir George versorgt hatte, dann blickte er auf, da Mr Carlile an der Tür erschien.

»Holen Sie die Ordner und die ganzen Papiere heraus, ja, Carlile? Einschließlich der Pläne und Abzüge. Der Luftmarschall und ich kommen in Kürze. Wir drehen nur noch draußen eine kleine Runde, eh, George? Es hat aufgehört zu regnen.«

Mr Carlile wandte sich zum Gehen, stieß dabei allerdings beinahe mit Mrs Vanderlyn zusammen und brummte eine Entschuldigung.

Sie bewegte sich auf die drei zu.

»Mein Buch«, murmelte sie, »das ich vor dem Dinner gelesen habe.«

Reggie machte einen Satz nach vorn und hielt ein Buch in die Höhe.

»Das hier? Das auf dem Sofa lag?«

»Ah ja. Vielen Dank!«

Sie lächelte freundlich, wünschte noch einmal eine gute Nacht und verließ den Salon.

Sir George hatte eine der Terrassentüren geöffnet.

»Eine herrliche Nacht«, erklärte er. »Was für eine gute Idee von Ihnen, noch eine Runde zu drehen.«

»Also, gute Nacht, Sir«, meinte Reggie. »Ich werde mich dann mal ins Bett trollen.«

»Gute Nacht, mein Junge«, gab Lord Mayfield zurück.

Reggie griff sich den Kriminalroman, den er am frühen Abend zu lesen begonnen hatte, und verließ den Raum.

Lord Mayfield und Sir George traten auf die Terrasse.

Es war eine wunderschöne, sternenklare Nacht.

Sir George holte tief Luft.

»Puh, diese Frau trägt wirklich reichlich Parfüm«, meinte er.

Lord Mayfield lachte.

»Wenigstens ist es nicht billig. Eine der teuersten Marken auf dem Markt, würde ich sagen.«

Sir George verzog das Gesicht.

»Dafür sollte man wohl dankbar sein.«

»Allerdings. Für mich gehört eine in billige Duftwolken gehüllte Frau zu den schrecklichsten Plagen der Menschheit.«

Sir George blickte zum Himmel empor.

»Erstaunlich, wie es aufgeklart hat. Noch beim Dinner hörte ich den Regen niederprasseln.«

Die beiden Männer schlenderten langsam die Terrasse hinunter, die sich entlang des gesamten Gebäudes erstreckte. Unterhalb der Terrasse fiel das Gelände sanft ab und gestattete einen prächtigen Blick über die weite, offene Landschaft von Sussex.

Sir George zündete sich eine Zigarre an.

»Was diese Metalllegierung angeht …«, hob er an.

Das Gespräch wurde technisch.

Als sie zum fünften Mal ans Ende der Terrasse kamen, meinte Lord Mayfield mit einem Seufzer: »Nun, wir sollten jetzt wohl besser die Ärmel hochkrempeln.«

»Ja, es gibt noch eine Menge zu erledigen.«

Als die beiden sich umwandten, stieß Lord Mayfield einen überraschten Ruf aus: »Hoppla! Haben Sie das gesehen?«

»Was denn?«, fragte Sir George.

»Ich dachte, ich hätte jemanden von der Tür meines Arbeitszimmers über die Terrasse huschen sehen.«

»Unsinn, alter Knabe. Ich habe nichts gesehen.«

»Nun, ich schon – dachte ich zumindest.«

»Dann haben Ihre Augen Ihnen einen Streich gespielt. Ich habe direkt die Terrasse hinuntergeblickt, und wenn da etwas gewesen wäre, dann hätte ich es gesehen. Es gibt herzlich wenig, was ich nicht sehe – auch wenn ich die Zeitung auf Armeslänge von mir weghalten muss.«

Lord Mayfield gluckste. »In dieser Hinsicht bin ich Ihnen voraus, George. Ich kann mühelos ohne Brille lesen.«

»Aber die Burschen auf der anderen Seite des Unterhauses können Sie nicht immer erkennen. Oder dient Ihr Monokel lediglich der Einschüchterung?«

Lachend traten die beiden Männer in Lord Mayfields Arbeitszimmer, dessen Tür zur Terrasse offen stand.

Mr Carlile war gerade damit beschäftigt, einige Papiere in einen Ordner neben dem Safe zu legen.

Als sie eintraten, blickte er auf.

»Na, Carlile, alles vorbereitet?«

»Jawohl, Lord Mayfield, sämtliche Unterlagen liegen auf Ihrem Schreibtisch.«

Besagter Tisch war ein wuchtiges, imposant wirkendes Möbelstück aus Mahagoni, das schräg in einer Ecke neben der Terrassentür stand. Lord Mayfield ging zu ihm hinüber und begann, die diversen dort ausgebreiteten Dokumente durchzusehen.

»Eine wunderbare Nacht«, sagte Sir George.

Mr Carlile stimmte ihm zu.

»Ja, in der Tat. Erstaunlich, wie es nach dem Regen aufgeklart hat.« Er legte den Ordner weg und fragte: »Werden Sie mich heute Abend noch brauchen, Lord Mayfield?«

»Nein, ich glaube nicht, Carlile. Das hier räume ich nachher selbst alles weg. Bei uns wird es wahrscheinlich spät. Gehen Sie ruhig schlafen.«

»Vielen Dank. Gute Nacht, Lord Mayfield. Gute Nacht, Sir George.«

»Gute Nacht, Carlile.«

Der Sekretär wollte gerade das Zimmer verlassen, da sagte Lord Mayfield scharf: »Einen Augenblick, Carlile. Das Wichtigste von allem haben Sie vergessen.«

»Wie bitte, Lord Mayfield?«

»Mann, die Pläne selbst, die Bomberpläne.«

Der Sekretär starrte ihn an.

»Sie liegen ganz oben, Sir.«

»Davon kann nicht die Rede sein.«

»Aber ich habe sie soeben dort hingelegt.«

»Menschenskind, überzeugen Sie sich doch selbst.«

Mit einem perplexen Gesichtsausdruck trat der junge Mann neben Lord Mayfield an den Schreibtisch.

Einigermaßen ungeduldig deutete der Minister auf den Stapel Papiere. Während Carlile ihn durchsah, blickte er immer perplexer drein.

»Sehen Sie, sie sind nicht da.«

»Aber, aber das ist ja unglaublich«, stammelte der Sekretär. »Vor nicht einmal drei Minuten habe ich sie hier hingelegt.«

»Sie müssen sich geirrt haben«, meinte Lord Mayfield gutmütig. »Sie liegen bestimmt noch im Safe.«

»Das kann nicht sein – ich weiß ganz genau, dass ich sie hier hingelegt habe!«

Lord Mayfield stürmte an ihm vorbei zum offenen Safe, Sir

George hinterher. Sehr schnell wurde klar, dass die Bomberpläne nicht dort waren.

Benommen und ungläubig kehrten die drei Männer an den Schreibtisch zurück und gingen erneut sämtliche Unterlagen durch.

»Mein Gott!«, sagte Lord Mayfield. »Sie sind weg!«

»Aber das ist doch unmöglich!«, rief Mr Carlile.

»Wer war in diesem Zimmer?«, fuhr ihn der Minister an.

»Niemand. Überhaupt niemand.«

»Hören Sie, Carlile, diese Pläne haben sich nicht in Luft aufgelöst. Jemand hat sie an sich genommen. War Mrs Vanderlyn hier?«

»Mrs Vanderlyn? O nein, Sir.«

»Dem würde ich beipflichten«, sagte Carrington. Er schnupperte in der Luft. »Man würde es sofort riechen! Dieses Parfüm von ihr.«

»Hier ist niemand gewesen«, beharrte Carlile. »Ich verstehe das nicht.«

»Hören Sie, Carlile«, sagte Lord Mayfield. »Reißen Sie sich zusammen. Wir müssen der Sache auf den Grund gehen. Sie sind sich absolut sicher, dass die Pläne im Safe waren?«

»Absolut.«

»Sie haben Sie mit eigenen Augen gesehen? Sie sind nicht einfach nur davon ausgegangen, dass sie sich bei den anderen Unterlagen befinden würden?«

»Nein, nein, Lord Mayfield. Ich habe sie gesehen. Ich habe sie auf dem Schreibtisch ganz oben auf den Stapel gelegt.«

»Und danach, sagen Sie, war niemand anders hier im Zimmer. Haben Sie den Raum verlassen?«

»Nein, das heißt – ja.«

»Ah!«, rief Sir George. »Jetzt kommen wir der Sache schon näher.«

Lord Mayfield begann in scharfem Ton: »Was in aller Welt …«, wurde jedoch von Carlile unterbrochen: »Normalerweise, Lord

Mayfield, hätte ich natürlich nicht im Traum daran gedacht, das Zimmer zu verlassen, solange hier wichtige Dokumente herumliegen, aber als ich den Schrei einer Frau hörte …«

»Den Schrei einer Frau?«, stieß Lord Mayfield überrascht hervor.

»Ja, Lord Mayfield. Ich kann Ihnen gar nicht sagen, wie sehr er mich erschreckt hat. Ich war gerade dabei, die Unterlagen auf den Schreibtisch zu legen, als ich ihn hörte, und dann bin ich natürlich in die Eingangshalle gerannt.«

»Wer hatte geschrien?«

»Mrs Vanderlyns französisches Mädchen. Sie stand auf halber Höhe der Treppe, sah kreidebleich und aufgelöst aus und zitterte am ganzen Körper. Sie meinte, sie habe einen Geist gesehen.«

»Einen Geist?«

»Ja, eine große, ganz in Weiß gekleidete Frau, die sich absolut geräuschlos bewegt habe und durch die Luft geschwebt sei.«

»Was für eine lächerliche Geschichte!«

»Ja, Lord Mayfield, das habe ich ihr auch gesagt. Ich darf bemerken, dass sie plötzlich ziemlich kleinlaut wirkte. Sie ging die Treppe hinauf, und ich kehrte hierher zurück.«

»Wie lange ist das her?«

»Das war ein bis zwei Minuten, bevor Sie und Sir George hereinkamen.«

»Und Sie waren wie lange aus dem Zimmer?«

Der Sekretär überlegte.

»Zwei Minuten, höchstens drei.«

»Lange genug«, stöhnte Lord Mayfield.

Plötzlich packte er seinen Freund am Arm.

»George, der Schatten, den ich gesehen habe, der von dieser Tür hier weggeschlichen ist. Das war der Täter! In dem Moment, wo Carlile das Zimmer verlassen hatte, schlüpfte er hinein, schnappte sich die Pläne und machte sich aus dem Staub.«

»Schmutzige Geschichte«, sagte Sir George.

Jetzt ergriff er seinen Freund am Arm.

»Hören Sie, Charles, das ist eine ganz vertrackte Angelegenheit! Was zum Teufel machen wir jetzt?«

Kapitel 3

Lassen Sie es doch wenigstens auf einen Versuch ankommen, Charles.«

Eine halbe Stunde war vergangen. Die beiden Männer saßen in Lord Mayfields Arbeitszimmer, und Sir George hatte sich seiner beträchtlichen Überredungskunst bedient, um seinen Freund dazu zu bewegen, einen bestimmten Schritt zu tun.

Lord Mayfield, anfangs höchst unwillig, widerstrebte die Idee zunehmend weniger.

»Setzen Sie doch bloß mal Ihren verdammten Dickschädel ab, Charles«, fuhr Sir George fort.

Zögernd erwiderte Lord Mayfield: »Warum sollen wir da einen verflixten Ausländer mit hineinziehen, über den wir nichts wissen?«

»Ich weiß aber zufällig sehr viel über ihn. Der Mann ist ein Phänomen.«

»Pff!«

»Hören Sie, Charles. Es wäre eine Chance! Diskretion ist in dieser Angelegenheit das A und O. Wenn es durchsickert …«

»Sobald es durchsickert, meinen Sie doch wohl!«

»Nicht unbedingt. Dieser Mann, Hercule Poirot …«

»Wird hierherkommen und die Pläne wie Kaninchen aus dem Hut zaubern, ja?«

»Er wird die Wahrheit herausfinden. Und das ist es doch, was wir wollen: die Wahrheit. Hören Sie, Charles, ich übernehme die volle Verantwortung.«

»Na gut, wie Sie wollen«, sagte Lord Mayfield langsam, »aber ich weiß wirklich nicht, was dieser Bursche unternehmen könnte …«

Sir George streckte die Hand nach dem Telefon aus.

»Ich rufe ihn an – jetzt sofort.«

»Er wird im Bett liegen.«

»Er kann aufstehen. Verdammt, Charles, Sie können diese Frau damit nicht ungestraft davonkommen lassen.«

»Sie meinen Mrs Vanderlyn?«

»Ja. Sie wollen doch nicht etwa bezweifeln, dass sie dahintersteckt?«

»Nein, natürlich nicht. Sie hat den Spieß ganz gehörig umgedreht. Ich gebe nicht gern zu, George, dass eine Frau zu clever für uns gewesen ist. Das geht mir gegen den Strich. Aber es stimmt. Wir werden ihr nichts beweisen können, obwohl wir beide wissen, dass sie in dieser Angelegenheit die treibende Kraft gewesen ist.«

»Frauen sind der Teufel«, sagte Carrington voller Pathos.

»Nichts, womit man sie in Zusammenhang bringen könnte, verdammt noch mal! Wie überzeugt wir auch davon sind, dass sie dieses Mädchen zu dem Trick mit dem Schrei angestiftet hat und dass der Mann, der draußen herumgelauert hat, ihr Komplize war, das Vertrackte ist: Wir können es nicht beweisen.«

»Vielleicht kann es Hercule Poirot.«

Plötzlich lachte Lord Mayfield auf.

»Mein Gott, George, ich dachte immer, Sie hätten zu viel von einem Engländer von altem Schrot und Korn, als dass Sie Ihr Vertrauen in einen Franzosen setzen würden, egal, wie clever er ist.«

»Er ist nicht einmal Franzose, sondern Belgier«, entgegnete Sir George ziemlich verschämt.

»Gut, lassen Sie Ihren Belgier also herkommen. Soll er sich an dieser Geschichte das Gehirn verrenken. Ich wette, er bringt nicht mehr zutage als wir.«

Ohne etwas zu erwidern, griff Sir George zum Hörer.

Kapitel 4

Mit einem leichten Zwinkern blickte Hercule Poirot von einem Mann zum anderen. Äußerst geschickt unterdrückte er ein Gähnen.

Es war halb drei Uhr morgens. Man hatte ihn aus dem Schlaf gerissen, in einen großen Rolls-Royce verfrachtet und in Windeseile durch die dunkle Nacht expediert. Gerade hatte er sich zu Ende angehört, was die beiden Männer ihm zu berichten hatten.

»Soweit die Fakten, Monsieur Poirot«, sagte Lord Mayfield.

Er lehnte sich in seinem Sessel zurück und klemmte sich bedächtig das Monokel ins Auge. Durch das Glas hindurch musterte ein cleveres hellblaues Auge Poirot ausgesprochen aufmerksam, ein Auge, das jedoch nicht nur clever, sondern definitiv auch skeptisch war. Poirot warf einen schnellen Blick auf Sir George Carrington.

Dieser Herr beugte sich mit einem Ausdruck fast schon kindlicher Hoffnung vor.

»Ja, die Fakten kenne ich jetzt«, sagte Poirot langsam. »Das Mädchen schreit, der Sekretär verlässt das Zimmer, der namenlose Beobachter kommt herein, die Pläne liegen dort auf dem Schreibtisch, er schnappt sie sich und geht. Die Fakten passen alle zusammen – was äußerst praktisch ist.«

Etwas an der Art, wie er den letzten Satz betonte, schien Lord Mayfield aufhorchen zu lassen. Er setzte sich aufrecht hin, das Monokel fiel herunter. Plötzlich wirkte er wieder hellwach.

»Wie bitte, Monsieur Poirot?«

»Ich sagte, Lord Mayfield, die Fakten passen alle zusammen, was äußerst praktisch ist – für den Dieb. Sind Sie sich übrigens sicher, dass Sie einen *Mann* gesehen haben?«

Lord Mayfield schüttelte den Kopf.

»Das kann ich nicht sagen. Es war lediglich ein – Schatten. Genau genommen kamen mir fast Zweifel, ob ich überhaupt jemanden gesehen hatte.«

Poirot richtete seine Blicke auf den Luftmarschall.

»Und Sie, Sir George? Können Sie sagen, ob es ein Mann oder eine Frau war?«

»Ich meinerseits habe niemanden gesehen.«

Poirot nickte nachdenklich. Plötzlich sprang er auf und ging zum Schreibtisch hinüber.

»Ich kann Ihnen versichern, dass die Pläne dort nicht liegen«, sagte Lord Mayfield. »Wir haben alle drei sämtliche Unterlagen ein halbes Dutzend Mal durchgesehen.«

»Alle drei? Sie meinen, auch Ihr Sekretär?«

»Ja, Carlile.«

Abrupt drehte sich Poirot um.

»Sagen Sie, Lord Mayfield, welches Dokument lag obenauf, als Sie zum Schreibtisch hinübergingen?«

Mayfield überlegte, die Stirn in Falten gezogen.

»Warten Sie mal – ja, es war die Rohfassung eines Memorandums über unsere Flugabwehrstellungen.«

Flink zog Poirot ein Papier hervor und brachte es ihm.

»Ist es das hier, Lord Mayfield?«

Lord Mayfield nahm es und warf einen kurzen Blick darauf.

»Ja, das ist es.«

Poirot zeigte es Carrington.

»Haben Sie dieses Papier auf dem Schreibtisch gesehen?«

Sir George nahm es in die Hand, hielt es mit ausgestrecktem Arm von sich und klemmte sich seinen Kneifer auf die Nase.

»Ja, das stimmt. Ich habe den Stapel auch durchgesehen, zusammen mit Carlile und Mayfield. Das hier lag obenauf.«

Wieder nickte Poirot nachdenklich. Er legte das Papier auf den Tisch zurück. Lord Mayfield beobachtete ihn leicht verwirrt.

»Wenn es noch weitere Fragen gibt …«, begann er.

»Aber ja doch, sicher gibt es noch eine Frage. Carlile. Carlile ist die Frage!«

Lord Mayfields Gesicht rötete sich ein wenig.

»Carlile, Monsieur Poirot, ist wirklich über jeden Verdacht

erhaben! Er ist seit neun Jahren mein Privatsekretär. Er hat Zugang zu all meinen persönlichen Papieren, und ich darf Sie darauf hinweisen, dass er sehr leicht eine Abschrift der Pläne und Pausen der Entwürfe hätte anfertigen können, ohne dass es irgendjemand bemerkt hätte.«

»Ich verstehe, worauf Sie hinauswollen«, gab Poirot zurück. »Wenn er darin verwickelt wäre, hätte er es nicht nötig gehabt, einen plumpen Diebstahl zu inszenieren.«

»Jedenfalls«, erklärte Lord Mayfield, »bin ich mir, was Carlile angeht, sicher. Ich verbürge mich für ihn.«

»Carlile«, warf Carrington schroff ein, »ist in Ordnung.«

Poirot breitete würdevoll die Hände aus.

»Und diese Mrs Vanderlyn, die ist nicht in Ordnung?«

»Exakt. Das ist 'ne falsche Schlange«, versetzte Sir George.

Lord Mayfield schlug einen gemäßigteren Ton an: »Ich glaube, Monsieur Poirot, dass über Mrs Vanderlyns, äh, Aktivitäten kein Zweifel besteht. Das Außenministerium kann Ihnen diesbezüglich präzisere Informationen liefern.«

»Und das Mädchen steckt Ihrer Meinung nach mit ihrer Herrin unter einer Decke?«

»Ohne den geringsten Zweifel«, erklärte Sir George.

»Das scheint mir eine plausible Annahme zu sein«, formulierte Lord Mayfield vorsichtiger.

Es entstand eine Pause. Poirot seufzte und rückte auf einem Tisch zu seiner Rechten gedankenverloren ein, zwei Dinge zurecht. Dann sagte er: »Ich vermute, diese Dokumente stellen einen Geldwert dar? Das heißt, die gestohlenen Pläne wären definitiv eine große Summe wert?«

»Wenn sie gewissen Kreisen angeboten würden, ja.«

»Wie zum Beispiel?«

Sir George nannte zwei europäische Mächte.

Poirot nickte.

»Und das wäre allseits bekannt, schätze ich mal.«

»Mrs Vanderlyn würde es ganz sicher wissen.«

»Ich sagte ›allseits‹.«

»Ich denke schon.«

»Jeder mit einem Mindestmaß an Intelligenz wäre sich des Geldwertes der Pläne bewusst?«

»Ja, aber Monsieur Poirot …« Lord Mayfield war die Sache offenbar einigermaßen unbehaglich.

Poirot hob die Hand.

»Ich ermittele gerade, wie man so schön sagt, ›in alle Richtungen‹.«

Plötzlich erhob er sich wieder, trat leichtfüßig durch die Terrassentür und untersuchte mit einer Taschenlampe den Rasen am Rand der Terrasse.

Die beiden Männer beobachteten ihn.

Als er wieder hereinkam, setzte er sich und fragte: »Sagen Sie, Lord Mayfield, diesen Übeltäter, diesen Herumschleicher im Schatten, den lassen Sie nicht verfolgen?«

Lord Mayfield zuckte mit den Achseln.

»Vom Fuß des Gartens aus käme er leicht auf eine Hauptstraße. Wenn er dort einen Wagen stehen hätte, wäre er schon bald außer Reichweite …«

»Aber es gibt doch noch die Polizei, die Straßenwacht des Automobilklubs …«

Sir George unterbrach ihn.

»Sie vergessen da etwas, Monsieur Poirot. Wir dürfen keinesfalls riskieren, öffentliche Aufmerksamkeit zu erregen! Sollte herauskommen, dass diese Pläne gestohlen wurden, würde sich das äußerst ungünstig auf die Partei auswirken.«

»Ah ja«, sagte Poirot. »Man darf *la politique* nicht vergessen. Es muss strengste Diskretion gewahrt werden. Stattdessen lassen Sie mich holen. Nun ja, vielleicht ist das einfacher.«

»Sie machen sich Hoffnungen auf Erfolg, Monsieur Poirot?« Lord Mayfield klang eine Spur ungläubig.

Der kleine Mann zuckte die Schultern.

»Warum nicht? Man muss nur logisch denken, reflektieren.«

Er hielt einen Augenblick inne, dann sagte er: »Ich würde jetzt gern mit Mr Carlile sprechen.«

»Sicher.« Lord Mayfield erhob sich. »Ich bat ihn, aufzubleiben. Er wird irgendwo in der Nähe sein.«

Er verließ das Zimmer.

Poirot sah Sir George an.

»Eh bien«, sagte er. »Was ist jetzt mit diesem Mann auf der Terrasse?«

»Mein lieber Monsieur Poirot. Fragen Sie nicht mich! Ich habe ihn nicht gesehen und kann ihn daher auch nicht beschreiben.«

Poirot beugte sich vor.

»Das sagten Sie bereits. Aber es liegt doch wohl ein bisschen anders, nicht wahr?«

»Was meinen Sie damit?«, fragte Sir George schroff.

»Wie soll ich es sagen? Ihr Zweifel, er geht etwas tiefer.«

Sir George holte Luft, hielt dann jedoch inne.

»Nur zu«, sagte Poirot ermunternd. »Erzählen Sie es mir. Sie stehen beide am Ende der Terrasse. Lord Mayfield sieht einen Schatten durch die Tür und über den Rasen huschen. Warum sehen Sie diesen Schatten nicht?«

Carrington starrte ihn an.

»Sie haben ins Schwarze getroffen, Monsieur Poirot. Darüber mache ich mir schon die ganze Zeit Gedanken. Sehen Sie, ich könnte schwören, dass niemand durch diese Tür gekommen ist. Ich dachte, Mayfield hätte es sich eingebildet – ein Ast, der sich bewegt hat, irgendetwas in der Art. Und als wir dann hier hereinkamen und den Diebstahl entdeckten, da schien es, als müsste Mayfield richtig- und ich falschgelegen haben. Und trotzdem ...«

Poirot lächelte.

»Und trotzdem glauben Sie im Grunde Ihres Herzens das, was Sie gesehen oder eben nicht gesehen haben – eine Art Negativbeweis.«

»So ist es, Monsieur Poirot.«

Wieder lächelte Poirot.

»Wie weise.«

»Auf dem Rasen waren keine Fußabdrücke?«, fragte Sir George scharf.

Poirot nickte.

»Exakt. Lord Mayfield bildet sich ein, einen Schatten zu sehen. Dann geschieht der Diebstahl, und er ist sich sicher – hundertprozentig sicher! Es ist keine Einbildung mehr, es ist eine Tatsache. Er hat den Mann gesehen. Doch das stimmt nicht. Ich, ich interessiere mich nicht so sehr für Fußabdrücke und so etwas, aber, wozu auch immer es gut sein mag, jetzt haben wir diesen Negativbeweis: Auf dem Rasen waren keine Fußabdrücke! Es hatte am Abend heftig geregnet. Wenn jemand von der Terrasse auf den Rasen gegangen wäre, hätte man seine Fußabdrücke gesehen.«

»Aber dann«, sagte Sir George und starrte Poirot an, »aber dann …«

»Es bringt uns wieder zu diesem Haus zurück. Zu den Menschen in diesem Haus.«

Poirot unterbrach sich, da die Tür aufging und Lord Mayfield mit Mr Carlile ins Zimmer trat.

Obwohl er noch immer sehr blass und beunruhigt aussah, hatte der Sekretär doch eine gewisse Contenance wiedererlangt. Seinen Kneifer zurechtrückend, setzte er sich und sah Poirot fragend an.

»Wie lange waren Sie bereits in diesem Zimmer, als Sie den Schrei hörten, Monsieur?«

Carlile überlegte.

»Zwischen fünf und zehn Minuten, würde ich sagen.«

»Und davor hatte es keinerlei Störung gegeben?«

»Nein.«

»Soweit ich weiß, hat die Wochenendgesellschaft den Großteil des Abends in einem einzigen Raum verbracht.«

»Ja, im Salon.«

Poirot konsultierte sein Notizbuch.

»Sir George Carrington und seine Gattin. Mrs Macatta. Mrs Vanderlyn. Mr Reggie Carrington. Lord Mayfield und Sie. Stimmt das?«

»Ich selbst war nicht im Salon. Ich habe den überwiegenden Teil des Abends hier gearbeitet.«

Poirot wandte sich an Lord Mayfield.

»Wer ging zuerst nach oben zu Bett?«

»Lady Julia Carrington, glaube ich. Um genau zu sein, verließen die drei Damen den Salon zusammen.«

»Und dann?«

»Kam Mr Carlile herein, und ich bat ihn, die Dokumente hervorzuholen, da Sir George und ich in Bälde kommen würden.«

»Und da haben Sie sich dann zu einer Runde über die Terrasse entschlossen?«

»Ja.«

»Wurde in Hörweite von Mrs Vanderlyn irgendetwas darüber gesagt, dass Sie im Arbeitszimmer zugange sein würden?«

»Ja, davon war die Rede.«

»Aber als Sie Mr Carlile instruierten, die Dokumente hervorzuholen, war sie nicht im Salon?«

»Nein.«

»Entschuldigen Sie, Lord Mayfield«, warf Carlile ein. »Direkt nachdem Sie das gesagt hatten, stieß ich mit ihr in der Tür zusammen. Sie war wegen eines Buches zurückgekommen.«

»Sie glauben also, dass sie es mitbekommen haben könnte?«

»Ja, das halte ich durchaus für möglich.«

»Sie kam wegen eines Buches zurück«, sagte Poirot grübelnd. »Haben Sie ihr das Buch geholt, Lord Mayfield?«

»Reggie gab es ihr.«

»Ah ja, das, das ist doch eine ganz alte Schlaufe, nein, *Pardon*, Masche, wegen eines Buches zurückzukommen. Es ist oft von Nutzen.«

»Sie glauben, es war Absicht?«

Poirot zuckte mit den Achseln.

»Und danach begeben sich die beiden Herren auf die Terrasse. Und Mrs Vanderlyn?«

»Sie verschwand mit ihrem Buch.«

»Und der junge Monsieur Reggie? Er ging auch zu Bett?«

»Ja.«

»Und Mr Carlile, der kommt hierher, und etwa fünf bis zehn Minuten später hörte er einen Schrei. Fahren Sie fort, Monsieur Carlile. Sie hörten einen Schrei, und Sie gingen hinaus in die Eingangshalle. Ah, vielleicht wäre es am einfachsten, wenn Sie die Szene nachstellen und uns genau zeigen würden, was Sie gemacht haben.«

Mr Carlile erhob sich ein klein wenig verlegen.

»Ich schreie jetzt also«, sagte Poirot hilfsbereit. Er öffnete den Mund und stieß ein schrilles Blöken aus. Lord Mayfield wandte den Kopf zur Seite, um ein Lächeln zu verbergen, während sich Mr Carlile extrem unbehaglich zu fühlen schien.

»*Allez!* Vorwärts! Marsch!«, rief Poirot. »Ich habe Ihnen den Einsatz gegeben.«

Steif ging Mr Carlile zur Tür, öffnete sie und trat hinaus. Poirot folgte ihm, die anderen beiden im Schlepptau.

»Die Tür, haben Sie sie hinter sich geschlossen oder offen gelassen?«

»Ich kann mich wirklich nicht erinnern. Ich glaube, ich habe sie offen gelassen.«

»Egal. Weiter.«

Noch immer äußerst steifbeinig bewegte sich Mr Carlile zum Fuß der Treppe, wo er stehen blieb und nach oben blickte.

»Das Mädchen, sagen Sie, stand auf der Treppe. Wo ungefähr?«, fragte Poirot.

»Ungefähr auf halber Höhe.«

»Und sie wirkte aufgelöst.«

»Definitiv.«

»*Eh bien*, ich, ich bin das Mädchen.« Behände lief Poirot die Treppe hinauf. »Ungefähr hier?«

»Ein, zwei Stufen höher.«

»So?«

Poirot warf sich in Positur.

»Nun, äh, nicht ganz so.«

»Wie dann?«

»Na ja, sie hielt die Hände an den Kopf.«

»Ah, die Hände an den *Kopf*. Sehr interessant. So?« Poirot hob die Arme und legte die Hände direkt über den Ohren an den Kopf.

»Ja, genau so.«

»Aha! Und sagen Sie, Mr Carlile, sie war ein hübsches Mädchen, ja?«

»Darauf habe ich wirklich nicht geachtet«, erwiderte Carlile mit mühsam zurückgehaltener Stimme.

»Aha, darauf haben Sie nicht geachtet? Aber Sie sind doch ein junger Mann. Achtet ein junger Mann nicht darauf, ob ein Mädchen hübsch ist?«

»Wirklich, Monsieur Poirot, ich kann nur wiederholen, dass ich es nicht getan habe.«

Carlile warf seinem Arbeitgeber einen gequälten Blick zu. Plötzlich gluckste Sir George Carrington.

»Monsieur Poirot scheint entschlossen, Sie als einen lockeren Vogel hinzustellen, Carlile«, erklärte er.

»Ich, ich achte immer darauf, ob ein Mädchen hübsch ist«, verkündete Poirot, während er die Treppe hinabstieg.

Mr Carlile reagierte auf diese Bemerkung mit einem ostentativen Schweigen.

Poirot fuhr fort: »Und dann hat sie Ihnen die Geschichte von dem Geist erzählt?«

»Ja.«

»Haben Sie die Geschichte geglaubt?«

»Wohl kaum, Monsieur Poirot!«

»Ich meine nicht, ob Sie an Geister glauben. Ich meine, kam es Ihnen vor, als würde das Mädchen selbst wirklich glauben, dass sie etwas gesehen hatte?«

»Oh, was das betrifft, das kann ich nicht sagen. Auf jeden Fall ging ihr Atem schnell, und sie schien durcheinander.«

»Und ihre Herrin haben Sie weder gesehen noch gehört?«

»Doch, beides sogar. Sie trat aus ihrem Zimmer oben an der Galerie und rief: ›Leonie!‹ «

»Und dann?«

»Das Mädchen rannte zu ihr hoch, und ich ging zurück ins Arbeitszimmer.«

»Als Sie hier am Fuß der Treppe standen, hätte da jemand durch die Tür, die Sie offen gelassen hatten, das Arbeitszimmer betreten können?«

Carlile schüttelte den Kopf.

»Nicht, ohne an mir vorbeizugehen. Die Tür vom Arbeitszimmer liegt, wie Sie sehen, am Ende des Gangs.«

Poirot nickte nachdenklich.

»Ich bin, wenn ich so sagen darf«, fuhr Mr Carlile mit seiner bedächtigen, präzisen Stimme fort, »sehr dankbar dafür, dass Lord Mayfield tatsächlich sah, wie der Dieb durch die Terrassentür hinausging. Sonst befände ich mich nämlich in einer höchst unerquicklichen Lage.«

»Unsinn, mein lieber Carlile«, fuhr Lord Mayfield ungeduldig dazwischen. »Gegen Sie würde sich auf gar keinen Fall irgendein Verdacht richten.«

»Sehr nett, dass Sie das sagen, Lord Mayfield, aber Fakten sind nun einmal Fakten, und ich begreife sehr wohl, dass es schlecht für mich aussieht. Auf jeden Fall hoffe ich, dass man meine Habseligkeiten und meine Person durchsucht.«

»Unsinn, mein Bester«, sagte Mayfield.

»Ist es Ihnen ernst mit diesem Wunsch?«, erkundigte sich Poirot leise.

»Ich würde es unendlich begrüßen.«

Poirot musterte ihn kurz und murmelte: »Verstehe.«

Dann fragte er: »Wo liegt Mrs Vanderlyns Zimmer im Verhältnis zum Arbeitszimmer?«

»Direkt darüber.«

»Und es hat ein Fenster mit Blick auf die Terrasse?«

»Ja.«

Poirot nickte.

»Lassen Sie uns in den Salon gehen.«

Dort wanderte er in aller Ruhe umher, untersuchte die Terrassentürverriegelungen, warf einen Blick auf die Spielzettel auf dem Bridgetisch und wandte sich schließlich an Lord Mayfield.

»Diese Angelegenheit«, sagte er, »ist komplizierter, als es scheint. Eins ist jedoch ziemlich sicher: Die gestohlenen Pläne haben das Haus nicht verlassen.«

Lord Mayfield starrte ihn an.

»Aber mein lieber Monsieur Poirot, der Mann, den ich aus dem Arbeitszimmer kommen sah ...«

»Es gab keinen Mann.«

»Aber ich habe ihn gesehen ...«

»Bei allem Respekt, Lord Mayfield, aber Sie haben sich eingebildet, ihn gesehen zu haben. Der Schatten eines Astes hat Sie getäuscht. Die Tatsache, dass es einen Diebstahl gegeben hatte, schien natürlich ein Beweis dafür zu sein, dass Ihre Einbildung Realität war.«

»Also wirklich, Monsieur Poirot, wo ich es doch mit eigenen Augen gesehen habe ...«

»Ich gehe jede Wette ein, dass meine Augen um Längen besser sind als Ihre, alter Knabe«, warf Sir George dazwischen.

»Sie müssen mir gestatten, Lord Mayfield, in diesem Punkt sehr deutlich zu sein: Niemand ist über die Terrasse zum Rasen gegangen!«

Leichenblass und mit steifer Stimme meldete sich Mr Carlile zu Wort: »Wenn dem so ist, das heißt, wenn Monsieur Poirot recht hat, dann fällt der Verdacht automatisch auf mich. Dann bin ich der Einzige, der den Diebstahl begangen haben könnte.«

Lord Mayfield sprang auf.

»Unsinn. Ganz egal, wie Monsieur Poirot darüber denkt, in

diesem Punkt stimme ich ihm nicht zu. Ich bin von Ihrer Unschuld überzeugt, mein lieber Carlile. Und ich bin sogar bereit, mich für Sie zu verbürgen.«

»Aber ich habe doch gar nicht gesagt, dass ich Monsieur Carlile verdächtige«, murmelte Poirot sanft.

»Nein«, erwiderte Carlile, »aber Sie haben in aller Deutlichkeit gesagt, dass niemand anders die Gelegenheit zu diesem Diebstahl hatte.«

»Du tout! Du tout!«

»Aber ich habe Ihnen erklärt, dass in der Eingangshalle niemand an mir vorbei zur Tür des Arbeitszimmers gegangen sein kann.«

»Das stimmt. Es könnte aber jemand durch die Terrassentür hereingekommen sein.«

»Aber Sie haben doch gerade gesagt, dass das nicht der Fall war.«

»Ich habe gesagt, dass niemand von draußen gekommen und wieder verschwunden sein könnte, ohne auf dem Rasen Spuren zu hinterlassen. Es könnte jedoch von innerhalb des Hauses bewerkstelligt worden sein. Jemand könnte durch eine der Türen aus seinem Zimmer geschlüpft sein, die Terrasse entlang, durch die Tür ins Arbeitszimmer und dann wieder hierher zurück.«

Mr Carlile erhob Einspruch: »Lord Mayfield und Sir George Carrington waren doch auf der Terrasse.«

»Ja, sie waren auf der Terrasse, aber sie waren *en promenade*. Sir George Carringtons Augen mögen von der verlässlichsten Sorte sein« – Poirot machte eine kleine Verbeugung –, »aber im Hinterkopf hat er keine! Die Tür des Arbeitszimmers liegt links ganz hinten an der Terrasse, dann kommen die Türen dieses Salons hier, aber dann kommen noch, was, ein, zwei, drei, vielleicht sogar vier Terrassenzimmer zur Rechten?«

»Das Speisezimmer, das Billardzimmer, das Morgenzimmer sowie die Bibliothek«, erklärte Lord Mayfield.

»Und Sie beide sind wie oft die Terrasse auf und ab gegangen?«

»Wenigstens fünf- oder sechsmal.«

»Sehen Sie, es ist ganz einfach, der Dieb brauchte lediglich den richtigen Augenblick abzupassen!«

»Sie meinen, während ich in der Halle war und mit der Französin sprach«, sagte Carlile langsam, »hat der Dieb im Salon gewartet?«

»Das wäre meine Vermutung. Es ist natürlich nur eine Vermutung.«

»In meinen Ohren klingt es recht unwahrscheinlich«, wandte Lord Mayfield ein. »Zu riskant.«

»Da bin ich anderer Meinung, Charles«, hielt der Luftmarschall dagegen. »Es wäre durchaus möglich. Möchte wissen, warum ich nicht selbst darauf gekommen bin.«

»Jetzt wissen Sie«, fuhr Poirot fort, »warum ich glaube, dass die Pläne noch im Haus sind. Das Problem besteht nun darin, sie zu finden!«

Sir George schnaubte.

»Das ist doch wirklich nicht schwer: Einfach alle durchsuchen!«

Lord Mayfield machte eine abwehrende Geste und hob zu sprechen an, doch Poirot kam ihm zuvor: »Nein, nein, ganz so einfach ist es nicht. Die Person, die die Pläne genommen hat, wird damit rechnen, dass eine Durchsuchung stattfindet, und dafür sorgen, dass sie nicht unter seinen oder ihren Dingen gefunden werden. Sie werden auf neutralem Boden versteckt sein.«

»Schlagen Sie etwa vor, dass wir in dem ganzen verflixten Haus auf Ostereiersuche gehen?«

Poirot lächelte.

»Nein, nein, so primitiv müssen wir gar nicht vorgehen. Wir können das Versteck – oder aber die Identität des oder der Schuldigen – durch Nachdenken herausbekommen. Das vereinfacht die Sache. Am Vormittag würde ich gern mit jeder Person im Haus ein Gespräch führen. Ich glaube, es wäre unklug, diese Befragungen jetzt anzuberaumen.«

Lord Mayfield nickte.

»Gäbe viel zu viel Gerede«, sagte er, »wenn wir alle um drei Uhr morgens aus dem Bett trommeln würden. Sie müssen den wahren Sachverhalt auf jeden Fall verschleiern, Monsieur Poirot. Diese Angelegenheit muss unbedingt geheim gehalten werden.«

Poirot wedelte lässig mit der Hand.

»Überlassen Sie das nur Hercule Poirot. Die Lügen, die ich mir ausdenke, sind stets äußerst taktvoll und äußerst überzeugend. Morgen werde ich dann meine Ermittlungen anstellen. Heute Nacht möchte ich jedoch noch mit Ihnen, Sir George, und Ihnen, Lord Mayfield, sprechen.«

Er verbeugte sich vor ihnen.

»Sie meinen – einzeln?«

»Genau das meinte ich.«

Lord Mayfield rollte leicht die Augen nach oben, dann sagte er: »Selbstverständlich. Ich lasse Sie mit Sir George allein. Wenn Sie mich brauchen, finden Sie mich in meinem Arbeitszimmer. Kommen Sie, Carlile.«

Zusammen mit seinem Sekretär verließ er den Salon und schloss die Tür hinter sich.

Sir George nahm Platz und griff ganz automatisch nach einer Zigarre. Mit ratloser Miene wandte er sich Poirot zu.

»Wissen Sie«, sagte er langsam, »ich kapiere das nicht so ganz.«

»Es lässt sich ganz leicht erklären«, erwiderte Poirot lächelnd. »Genauer gesagt, mit zwei Worten: Mrs Vanderlyn!«

»Ah«, sagte Carrington. »Ich glaube, jetzt verstehe ich. Mrs Vanderlyn?«

»Genau. Sehen Sie, es wäre vielleicht nicht sehr taktvoll, Lord Mayfield die Frage zu stellen, die ich gerne stellen möchte. *Warum* Mrs Vanderlyn? Diese Dame, sie gilt allgemein als suspekt. Warum sollte sie dann also hier sein? Ich sage mir, es gibt drei mögliche Erklärungen. Erstens, Lord Mayfield hat ein *penchant* für diese Dame – und das ist genau der Grund, weshalb ich mit

Ihnen unter vier Augen sprechen möchte. Ich möchte ihn nicht in Verlegenheit bringen. Zweitens, Mrs Vanderlyn ist vielleicht die gute Freundin von jemand anders im Haus?«

»Mich können Sie da ausklammern«, sagte Sir George mit einem Grinsen.

»Wenn also keine dieser beiden Erklärungen zutrifft, stellt sich die Frage doppelt so dringlich: Warum Mrs Vanderlyn? Mir will scheinen, als sähe ich eine schemenhafte Antwort. Es gab sicher einen Grund dafür. Ihre Anwesenheit zum jetzigen Zeitpunkt war auf jeden Fall von Lord Mayfield aus einem ganz bestimmten Grund erwünscht. Habe ich recht?«

Sir George nickte.

»Sie haben durchaus recht«, sagte er. »Mayfield ist ein zu alter Fuchs, um auf ihre Manöver hereinzufallen. Er wollte sie aus einem ganz anderen Grund hier haben. Es hatte folgende Bewandtnis.«

Er berichtete ihm von der Unterhaltung, die er nach dem Dinner mit Lord Mayfield geführt hatte. Poirot war ganz Ohr.

»Aha«, sagte er dann. »Jetzt verstehe ich. Trotzdem hat es den Anschein, als hätte die Dame sehr elegant den Spieß umgedreht!«

Sir George fluchte ungeniert.

Poirot beobachtete ihn leicht amüsiert, dann fragte er: »Sie zweifeln nicht daran, dass dieser Diebstahl auf ihr Konto geht – ich meine, dass sie dafür verantwortlich ist, egal, ob sie jetzt aktiv daran beteiligt war oder nicht?«

Sir George starrte ihn an.

»Natürlich nicht! Daran besteht absolut kein Zweifel. Wer außer ihr sollte denn irgendein Interesse daran haben, diese Pläne zu stehlen?«

»Ah!«, sagte Hercule Poirot. Er lehnte sich zurück und blickte an die Decke. »Und trotzdem, Sir George, vor nicht einmal einer Viertelstunde waren wir uns noch darüber einig, dass diese Pläne definitiv einen Geldwert darstellen. Vielleicht nicht in so einer konkreten Form wie Banknoten oder Gold oder Juwelen, aber trotzdem sind sie potenzielles Geld. Wenn also irgendjemand hier knapp bei Kasse ist …«

Sein Gegenüber unterbrach ihn mit einem Schnauben.

»Wer ist das denn heutzutage nicht? Das kann ich doch wohl hoffentlich sagen, ohne mich jetzt gleich selbst zu belasten.«

Er lächelte, und Poirot lächelte höflich zurück und murmelte: »*Mais oui*, Sie können sagen, was Sie wollen, denn Sie, Sir George, haben das einzige hieb- und stichfeste Alibi in dieser Angelegenheit.«

»Aber ich bin auch verdammt knapp bei Kasse!«

Traurig schüttelte Poirot den Kopf.

»Ja, ein Mann in Ihrer Position hat in der Tat hohe Lebenshaltungskosten. Und obendrein haben Sie noch einen Sohn in einem sehr kostspieligen Alter …«

Sir George stöhnte.

»Die Ausbildung ist schon schlimm genug, und dann kommen auch noch Schulden dazu. Wohlgemerkt, er ist kein schlechter Junge.«

Poirot hörte ihm verständnisvoll zu. Er erfuhr so einiges von dem angesammelten Kummer des Luftmarschalls. Der Mangel an Mumm und Stehvermögen bei der jüngeren Generation, die verstiegene Art und Weise, auf die Mütter ihre Kinder verwöhnen und immerfort Partei für sie ergreifen, der Fluch der Spielleidenschaft, wenn diese eine Frau erst einmal befallen hat, der Wahnwitz, um höhere Einsätze zu spielen, als man es sich leisten kann. Es war alles allgemein gehalten, Sir George bezog sich nie direkt auf seine Frau oder seinen Sohn, doch sein offenherziges Wesen machte seine Verallgemeinerungen sehr leicht durchschaubar.

Plötzlich brach er ab.

»Tut mir leid, ich sollte Ihre Zeit nicht mit einem völlig abseitigen Thema in Anspruch nehmen, insbesondere zu dieser nächtlichen, ich meine frühen Morgenstunde.«

Er unterdrückte ein Gähnen.

»Ich schlage vor, Sir George, dass Sie zu Bett gehen. Sie waren äußerst freundlich und hilfreich.«

»Genau, ich denke, ich lege mich jetzt hin. Glauben Sie wirklich, es besteht die Möglichkeit, die Pläne zurückzubekommen?«

Poirot zuckte mit den Schultern.

»Warum nicht? Ich werde es auf jeden Fall versuchen.«

»Also, ich gehe dann jetzt. Gute Nacht.«

Er verließ den Salon.

Poirot blieb in seinem Sessel sitzen und starrte nachdenklich an die Decke, dann holte er ein kleines Notizbuch hervor, blätterte bis zu einer leeren Seite und schrieb:

Mrs Vanderlyn?
Lady Julia Carrington?
Mrs Macatta?
Reggie Carrington?
Mr Carlile?

Darunter schrieb er:

Mrs Vanderlyn und Mr Reggie Carrington?
Mrs Vanderlyn und Lady Julia?
Mrs Vanderlyn und Mr Carlile?

Unzufrieden schüttelte er den Kopf und murmelte: »*C'est plus simple que ça.*«

Dann fügte er einige kurze Sätze hinzu:

Hat Lord Mayfield einen »Schatten« gesehen? Wenn nicht, warum hat er es behauptet? Hat Sir George irgendetwas gesehen? Er war sich absolut sicher, nichts gesehen zu haben, NACHDEM ich das Blumenbeet untersucht hatte. NB: Lord Mayfield ist kurzsichtig, kann ohne Brille lesen, braucht aber ein Monokel, um etwas am anderen Ende eines Zimmers zu

sehen. Sir George ist weitsichtig. Daher sind seine Augen bei einem Blick vom Ende der Terrasse verlässlicher als Lord Mayfields. Trotzdem ist sich Lord Mayfield sehr sicher, dass er tatsächlich etwas gesehen hat, und lässt sich von der gegenteiligen Aussage seines Freundes nicht beirren.
Könnte irgendjemand mehr über jeden Verdacht erhaben sein, als es Mr Carlile zu sein scheint? Lord Mayfield besteht überaus nachdrücklich auf seiner Unschuld. Zu nachdrücklich. Warum? Weil er ihn insgeheim verdächtigt und sich dessen schämt? Oder weil er eindeutig jemand anders verdächtigt? Will sagen, jemand ANDERS als Mrs Vanderlyn?

Er steckte das Notizbuch wieder ein.
Dann stand er auf und begab sich ins Arbeitszimmer.

Kapitel 5

Als Poirot das Arbeitszimmer betrat, saß Lord Mayfield an seinem Schreibtisch. Er schwang herum, legte den Federhalter hin und blickte fragend auf.

»Nun, Monsieur Poirot, hatten Sie Ihr Gespräch mit Carrington?«

Poirot lächelte und setzte sich.

»Ja, Lord Mayfield. Er hat einen Punkt geklärt, der mich verwirrt hatte.«

»Und der wäre?«

»Der Grund für Mrs Vanderlyns Anwesenheit hier. Verstehen Sie, ich hielt es für möglich …«

Mayfield war sofort klar, wo Poirots etwas übertriebene Verlegenheit herrührte.

»Sie dachten, ich hätte eine Schwäche für die Dame? Ganz und gar nicht. Weit gefehlt! Eigenartigerweise hatte Carrington den gleichen Gedanken.«

»Ja, er erzählte mir von seiner Unterhaltung mit Ihnen zu diesem Thema.«

Lord Mayfield wirkte recht zerknirscht.

»Mein kleiner Plan schlug leider fehl. Immer ärgerlich, zugeben zu müssen, dass eine Frau einen übertrumpft hat.«

»Ah, aber sie hat Sie doch noch gar nicht übertrumpft, Lord Mayfield.«

»Sie meinen, wir könnten noch gewinnen? Nun, es freut mich, Sie das sagen zu hören. Ich würde mir wünschen, dass Sie recht haben.«

Er seufzte.

»Ich glaube, ich habe mich wie ein ausgemachter Esel benommen – was war ich stolz auf den Plan, mit dem ich die Dame in die Falle locken wollte!«

Hercule Poirot zündete sich eine seiner winzigen Zigaretten an.

»Wie sah dieser Plan eigentlich genau aus, Lord Mayfield?«, fragte er.

»Nun«, Lord Mayfield zögerte. »Die Details hatte ich eigentlich noch gar nicht ausgearbeitet.«

»Sie haben mit niemand darüber gesprochen?«

»Nein.«

»Selbst mit Mr Carlile nicht?«

»Nein.«

Poirot lächelte.

»Sie regeln lieber alles im Alleingang, Lord Mayfield.«

»Meiner Erfahrung nach klappt das im Allgemeinen am besten«, erwiderte sein Gegenüber etwas verbissen.

»Ja, Sie sind klug. Traue niemandem! Aber Sir George Carrington gegenüber haben Sie diese Angelegenheit erwähnt?«

»Einfach weil mir klar wurde, dass sich der Gute ernstliche Sorgen um mich machte.«

Bei der Erinnerung daran musste Lord Mayfield lächeln.

»Er ist ein alter Freund von Ihnen?«

»Ja. Ich kenne ihn seit über zwanzig Jahren.«

»Und seine Frau?«

»Seine Frau kenne ich natürlich auch schon lange.«

»Entschuldigen Sie meine Impertinenz, aber mit ihr verkehren Sie nicht auf gleichermaßen vertrautem Fuß?«

»Ich verstehe nicht ganz, was meine persönlichen Beziehungen mit dem vorliegenden Fall zu tun haben, Monsieur Poirot.«

»Ich glaube schon, Lord Mayfield, dass sie möglicherweise eine ganze Menge damit zu haben. Sie haben doch eingeräumt, oder etwa nicht, dass an meiner Theorie, jemand könnte im Salon gewesen sein, etwas dran ist?«

»Ja. Ich stimme sogar ausdrücklich mit Ihnen darin überein, dass es so gewesen sein muss.«

»Sagen wir lieber nicht ›muss‹. Das klingt zu selbstsicher. Sollte meine Theorie jedoch stimmen, wer, glauben Sie, könnte diese Person im Salon dann gewesen sein?«

»Ganz eindeutig Mrs Vanderlyn. Sie war bereits einmal wegen eines Buches zurückgekehrt. Sie könnte wegen eines zweiten Buches zurückgegangen sein oder wegen einer Handtasche oder eines fallen gelassenen Taschentuches – für Frauen gibt es da ein Dutzend Ausreden. Sie verabredet mit ihrem Mädchen, dass es einen Schrei ausstößt und damit Carlile aus dem Arbeitszimmer lockt. Dann schlüpft sie, genau wie Sie sagten, durch die Terrassentür hinein und wieder hinaus.«

»Sie vergessen, dass es nicht Mrs Vanderlyn gewesen sein kann. Carlile hörte sie von *oben* nach ihrem Mädchen rufen, als er mit der Französin sprach.«

Lord Mayfield biss sich auf die Lippen.

»Stimmt. Das hatte ich vergessen.« Er wirkte ausgesprochen verärgert.

»Sie sehen«, sagte Poirot sanft, »wir machen Fortschritte. Wir haben zuerst die einfache Erklärung, dass ein Dieb von draußen kommt und sich mit der Beute aus dem Staub macht. Eine äußerst praktische Erklärung, wie ich es vorhin nannte, zu praktisch, um sie ohne weiteres zu akzeptieren. Wir haben sie ausgeschlossen. Dann kommen wir zu der Theorie von der ausländischen Agentin Mrs Vanderlyn, und auch da scheint wieder alles wunderbar zusammenzupassen – bis zu einem gewissen Punkt. Doch jetzt sieht es ganz so aus, als wäre auch das zu einfach, zu praktisch, um es zu akzeptieren.«

»Sie würden Mrs Vanderlyn also von jedem Verdacht reinwaschen?«

»Die Person im Salon war nicht Mrs Vanderlyn. Vielleicht hat ein Verbündeter von Mrs Vanderlyn den Diebstahl begangen, aber es wäre genauso gut möglich, dass es jemand ganz anderes war. Falls dem so ist, müssen wir uns der Frage nach dem Motiv widmen.«

»Ist das nicht ziemlich weit hergeholt, Monsieur Poirot?«

»Das glaube ich nicht. Welche Motive könnte es also geben? Geld könnte ein Motiv sein. Vielleicht wurden die Pläne mit der Absicht gestohlen, sie zu barer Münze zu machen. Das wäre das simpelste Motiv. Aber es könnte auch ein ganz anderes Motiv geben.«

»Wie zum Beispiel ...«

Langsam erwiderte Poirot: »Der Diebstahl könnte definitiv mit der Absicht begangen worden sein, jemand zu schaden.«

»Wem?«

»Vielleicht Mr Carlile. Er wäre eindeutig der Hauptverdächtige. Aber vielleicht steckt auch noch mehr dahinter. Die Männer, die die Geschicke eines Landes lenken, Lord Mayfield, sind durch den Druck der öffentlichen Meinung besonders verwundbar.«

»Will sagen, der Diebstahl sollte *mir* Schaden zufügen?«

Poirot nickte.

»Ich glaube, ich liege richtig, wenn ich sage, Lord Mayfield, dass Sie vor rund fünf Jahren eine recht aufreibende Zeit durchgemacht haben. Man hat sie verdächtigt, mit einer europäischen Macht gut Freund zu sein, die zum damaligen Zeitpunkt bei der Wählerschaft dieses Landes höchst unbeliebt war.«

»Wohl wahr, Monsieur Poirot.«

»Ein Staatsmann hat heutzutage eine schwierige Aufgabe. Er muss eine Politik verfolgen, die er für vorteilhaft für sein Land erachtet, und dabei gleichzeitig die Macht der öffentlichen Meinung anerkennen. Die öffentliche Meinung ist oft sentimental, konfus und überaus unvernünftig, darf aber trotzdem nicht ignoriert werden.«

»Wie prägnant Sie es formulieren! Genau das ist der Fluch im Leben eines Politikers. Er muss sich der Stimmung im Land beugen, selbst wenn er weiß, wie gefährlich, töricht und verwegen sie ist.«

»Genau das war, glaube ich, Ihr Dilemma. Es gab Gerüchte, dass Sie mit dem fraglichen Land ein Abkommen geschlossen hätten. Ihr Land und die Presse liefen Sturm dagegen. Zum Glück war der Premierminister in der Lage, die Geschichte kategorisch zu dementieren, und auch Sie haben sich distanziert, obwohl Sie weiterhin keinen Hehl daraus machten, wo Ihre Sympathien lagen.«

»Das stimmt zwar alles, Monsieur Poirot, aber warum alte Geschichten aufwärmen?«

»Weil ich es für möglich halte, dass ein Feind, enttäuscht darüber, wie Sie jene Krise bewältigt haben, versuchen könnte, ein weiteres Dilemma für Sie zu inszenieren. Sie haben ja seinerzeit schon bald wieder das Vertrauen der Öffentlichkeit zurückgewonnen. Die damaligen Umstände sind Geschichte, und Sie sind inzwischen, verdientermaßen, einer der populärsten Politiker des Landes. Sie werden offen als nächster Premierminister gehandelt, sobald Mr Hunberly in den Ruhestand tritt.«

»Sie halten das für einen Versuch, mich zu diskreditieren? Unsinn!«

»*Tout de même*, Lord Mayfield, es sähe nicht gut aus, wenn bekannt würde, dass die Pläne für Großbritanniens neuen Bomber an einem Wochenende gestohlen wurden, an dem eine gewisse sehr charmante Dame Ihr Gast war. Kleine Andeutungen in der Presse über Ihre Beziehung zu dieser Dame würden Misstrauen gegen Sie säen.«

»So etwas würde man doch nicht wirklich ernst nehmen.«

»Mein lieber Lord Mayfield, Sie wissen ganz genau, dass das nicht stimmt! Es braucht sehr wenig, um das Vertrauen der Öffentlichkeit in einen Menschen zu untergraben.«

»Ja, das ist wahr«, sagte Lord Mayfield. Plötzlich wirkte er ausgesprochen besorgt. »Mein Gott, wie entsetzlich kompliziert diese ganze Sache wird. Glauben Sie wirklich – aber das ist doch unmöglich, absolut unmöglich!«

»Sie kennen niemand, der – eifersüchtig auf Sie ist?«

»Absurd!«

»Jedenfalls werden Sie zugeben, dass meine Fragen über Ihre persönlichen Beziehungen zu den Gästen dieser Wochenendgesellschaft nicht völlig irrelevant sind.«

»Ja, vielleicht – vielleicht. Sie haben mich nach Julia Carrington gefragt. Da gibt es wirklich nicht sehr viel zu sagen. Ich habe sie nie besonders sympathisch gefunden, und ich glaube auch nicht, dass sie sich etwas aus mir macht. Sie ist eine von diesen rastlosen, nervösen Frauen, hemmungslos extravagant und versessen aufs Kartenspielen. Ich glaube, sie ist altmodisch genug, um mich als Selfmademan zu verachten.«

»Bevor ich hierherkam, habe ich Sie im *Who's Who* nachgeschlagen. Sie waren der Leiter eines berühmten Ingenieurbüros und sind selbst ein erstklassiger Ingenieur.«

»Was die Praxis angeht, so gibt es in der Tat nichts, was ich nicht weiß. Ich habe mich von ganz unten hochgearbeitet.«

Lord Mayfield klang ziemlich verbissen.

»*Oh là là!*«, rief Poirot. »Wie absolut dumm von mir!«

Sein Gegenüber starrte ihn an.

»Wie darf ich das verstehen, Monsieur Poirot?«

»Mir ist gerade ein Teil des Rätsels klar geworden. Ich hatte etwas übersehen … Aber es passt alles zusammen. Ja, es passt wunderbar präzise zusammen.«

Lord Mayfield sah ihn halb erstaunt, halb fragend an.

Doch Poirot schüttelte mit einem leichten Lächeln den Kopf.

»Nein, nein, nicht jetzt. Ich muss meine Ideen erst noch ein kleines bisschen besser zurechtrücken.«

Er erhob sich.

»Gute Nacht, Lord Mayfield. Ich glaube, ich weiß jetzt, wo diese Pläne sind.«

»Sie wissen es?«, rief Lord Mayfield. »Dann lassen Sie sie uns sofort holen!«

Poirot schüttelte den Kopf.

»Nein, nein, das geht nicht. Überstürztes Handeln wäre fatal. Aber überlassen Sie das alles getrost Hercule Poirot.«

Er verließ das Zimmer. Abschätzig zog Lord Mayfield die Schultern hoch.

»Der Kerl ist ein Scharlatan«, murmelte er. Dann räumte er seine Papiere weg, machte das Licht aus und ging ebenfalls nach oben zu Bett.

Kapitel 6

Wenn hier eingebrochen wurde, warum zum Teufel ruft der alte Mayfield dann nicht die Polizei?«, fragte Reggie Carrington, während er seinen Stuhl vom Frühstückstisch zurückschob.

Er war als Letzter heruntergekommen. Sein Gastgeber, Mrs Macatta und Sir George waren schon seit einer Weile fertig. Seine Mutter und Mrs Vanderlyn frühstückten im Bett.

Sir George wiederholte seine Geschichte so, wie es zwischen Lord Mayfield und Hercule Poirot besprochen worden war, hatte allerdings das Gefühl, sich dabei nicht allzu gut anzustellen.

»Einen wunderlichen Ausländer wie ihn holen zu lassen, finde ich sehr merkwürdig«, sagte Reggie. »Was wurde denn gestohlen, Vater?«

»Ich weiß es nicht genau, mein Junge.«

Reggie stand auf. Er wirkte an diesem Morgen recht nervös und gereizt.

»Nichts – Wichtiges? Keine – Dokumente oder so etwas?«

»Um ehrlich zu sein, Reggie, ich kann es dir nicht genau sagen.«

»Streng geheim, was? Verstehe.«

Reggie rannte die Treppe hinauf, hielt auf halber Höhe mit einem Stirnrunzeln kurz inne, setzte seinen Weg fort und klopfte an die Tür seiner Mutter. Sie bat ihn herein.

Lady Julia saß aufrecht im Bett und kritzelte Zahlen auf die Rückseite eines Briefumschlags.

»Guten Morgen, Liebling.« Sie blickte auf und fragte in scharfem Ton: »Reggie, ist irgendetwas?«

»Halb so wild, aber es scheint, als sei gestern Abend eingebrochen worden.«

»Eingebrochen? Was wurde denn gestohlen?«

»Ach, ich weiß nicht. Es ist alles streng geheim. Unten ist irgendein komischer Privatdetektiv zugange und stellt allen Leuten Fragen.«

»Höchst eigenartig!«

»Ziemlich unangenehm«, sagte Reggie langsam, »in einem Haus zu Gast zu sein, wenn solche Sachen passieren.«

»Was genau ist denn passiert?«

»Weiß ich nicht. Es geschah irgendwann, nachdem wir alle zu Bett gegangen waren. Pass auf, Mutter, dir rutscht gleich das Tablett herunter.«

Er brachte das Frühstückstablett in Sicherheit und stellte es auf einen Tisch beim Fenster.

»Wurde Geld gestohlen?«

»Ich sage doch, ich weiß es nicht.«

Mit langsamen Worten fragte Lady Julia: »Ich nehme an, dieser Detektiv stellt jedem Fragen?«

»Ich schätze schon.«

»Wo waren Sie gestern Nacht? Solche Sachen?«

»Wahrscheinlich. Nun, ich kann ihm nicht viel erzählen. Ich bin direkt nach oben ins Bett gegangen und im Handumdrehen eingeschlafen.«

Lady Julia reagierte nicht.

»Sag mal, Mutter, du könntest mir nicht mit ein bisschen Bargeld aushelfen? Ich bin völlig pleite.«

»Nein, das könnte ich nicht«, erwiderte seine Mutter bestimmt. »Mein Konto ist ebenfalls furchtbar überzogen. Ich weiß nicht, wie dein Vater reagieren wird, wenn er es erfährt.«

Es klopfte an der Tür, und Sir George trat ins Zimmer.

»Ach, hier bist du, Reggie. Würdest du bitte hinunter in die Bibliothek gehen? Monsieur Hercule Poirot möchte mit dir sprechen.«

Poirot hatte soeben die Befragung der Respekt gebietenden Mrs Macatta beendet.

Einige wenige Fragen hatten ihr die Information entlockt, dass sie kurz vor elf nach oben ins Bett gegangen war und nichts Brauchbares gehört oder gesehen hatte.

Behutsam lenkte Poirot das Gespräch vom Thema Einbruch auf persönlichere Dinge. Er selbst empfinde große Bewunderung für Lord Mayfield. Als einfacher Bürger halte er ihn für einen wahrhaft großen Mann. Mrs Macatta als Frau vom Fach habe natürlich entschieden bessere Möglichkeiten, das zu beurteilen.

»Lord Mayfield hat Köpfchen«, räumte Mrs Macatta ein. »Und er hat sich seine Karriere gänzlich allein aufgebaut. Er hat nichts davon irgendwelchen ererbten Privilegien zu verdanken. Vielleicht fehlt ihm eine gewisse Vision. Darin ähneln sich, finde ich, leider alle Männer. Es fehlt ihnen der Reichtum der weiblichen Vorstellungskraft. In zehn Jahren, Monsieur Poirot, werden Frauen die treibende Kraft in der Regierung sein.«

Davon sei er überzeugt, erwiderte Poirot.

Er kam auf Mrs Vanderlyn zu sprechen. Stimme es, er habe da gewisse Andeutungen gehört, dass Lord Mayfield und sie sehr eng befreundet seien?

»Ganz und gar nicht. Offen gestanden war ich höchst erstaunt, ihr hier zu begegnen. Wirklich höchst erstaunt.«

Poirot bat Mrs Macatta, ihm zu sagen, was sie von Mrs Vanderlyn halte – und bekam einiges zu hören: »Eine von diesen absolut unnützen Frauen, Monsieur Poirot. Frauen, die einen am eigenen Geschlecht verzweifeln lassen! Eine Schmarotzerin, durch und durch eine Schmarotzerin.«

»Männer bewundern sie?«

»Männer!« Mrs Macatta legte ihre ganze Verachtung in dieses eine Wort. »Männer fallen immer auf ein auffallend attraktives Äußeres herein. Dieser junge Reggie Carrington zum Beispiel, jedes Mal wenn sie mit ihm redet, wird er rot und fühlt sich maßlos geschmeichelt, dass sie Notiz von ihm nimmt. Und dieses alberne Kompliment, das sie ihm gemacht hat. Ergeht sich in Lobeshymnen über sein Bridgespiel, das in Wirklichkeit alles andere als brillant war.«

»Er ist kein guter Spieler?«

»Gestern Abend hat er alle möglichen Fehler gemacht.«

»Lady Julia ist aber eine gute Spielerin, oder?«

»Viel zu gut, finde ich«, erwiderte Mrs Macatta. »Für sie ist es fast schon ein Beruf. Sie spielt morgens, mittags und abends.«

»Um hohe Einsätze?«

»Ja, allerdings, viel höher, als ich je riskieren würde. Eigentlich finde ich so etwas nicht richtig.«

»Dann verdient sie sich dabei eine goldene Nase?«

Mrs Macatta stieß ein lautes, selbstgerechtes Schnauben aus.

»Sie glaubt, auf diese Weise ihre Schulden abbezahlen zu können. In letzter Zeit hat sie allerdings, habe ich verlauten hören, eine Pechsträhne gehabt. Gestern Abend wirkte sie, als wäre sie nicht ganz bei der Sache. Das Laster des Glücksspiels, Monsieur Poirot, steht dem des Trinkens nur geringfügig nach. Wenn es nach mir ginge, würde dieses Land gereinigt werden …«

Poirot war gezwungen gewesen, sich einen recht langatmigen Vortrag über die Reinigung der englischen Moral anzuhören.

Dann hatte er die Unterhaltung geschickt beendet und Reggie Carrington kommen lassen.

Als der junge Mann den Raum betrat, musterte Poirot ihn aufmerksam: ein von einem recht charmanten Lächeln übertünchter weicher Mund, ein alles andere als entschlussfreudiges Kinn, weit auseinanderstehende Augen, ein ziemlich schmaler Kopf. Poirot glaubte, diesen Typus ziemlich gut zu kennen.

»Mr Reggie Carrington?«

»Ja. Kann ich irgendetwas für Sie tun?«

»Erzählen Sie mir doch einfach alles, was Sie von gestern Abend noch wissen.«

»Nun, lassen Sie mich überlegen, wir haben Bridge gespielt – im Salon. Danach ging ich nach oben ins Bett.«

»Das war um wie viel Uhr?«

»Kurz vor elf. Ich nehme an, der Diebstahl wurde erst später verübt?«

»Ja, erst später. Sie haben nichts gehört oder gesehen?«

Bedauernd schüttelte Reggie den Kopf.

»Leider nicht. Ich ging direkt zu Bett, und ich schlafe ziemlich fest.«

»Sie sind direkt aus dem Salon auf Ihr Zimmer gegangen und dort bis zum Morgen geblieben?«

»Richtig.«

»Seltsam«, sagte Poirot.

»Was meinen Sie mit ›seltsam‹?«, fragte Reggie scharf.

»Sie haben nicht zum Beispiel einen Schrei gehört?«

»Nein, das habe ich nicht.«

»Aha, sehr seltsam.«

»Hören Sie, ich weiß nicht, was Sie damit meinen.«

»Sie sind nicht vielleicht ein bisschen taub?«

»Ganz gewiss nicht.«

Poirot bewegte die Lippen. Möglicherweise wiederholte er das Wort »seltsam« zum dritten Mal. Dann sagte er: »Nun, vielen Dank, Mr Carrington, das ist alles.«

Reggie erhob sich und blieb einigermaßen unschlüssig stehen.

»Wissen Sie«, sagte er, »jetzt, wo Sie es erwähnt haben – ich glaube, ich habe doch etwas in der Art gehört.«

»Ah, Sie haben etwas gehört?«

»Ja, aber sehen Sie, ich war in ein Buch vertieft – übrigens in einen Kriminalroman, um genau zu sein –, und ich, nun, ich habe es nicht richtig registriert.«

»Aha«, sagte Poirot, »eine höchst befriedigende Erklärung.«

Seine Miene blieb absolut unbewegt.

Reggie zögerte noch immer, dann wandte er sich um und ging langsam zur Tür. Dort hielt er inne und fragte: »Sagen Sie, was wurde denn gestohlen?«

»Etwas von hohem Wert, Mr Carrington. Mehr darf ich nicht sagen.«

»Oh«, erwiderte Reggie einigermaßen ausdruckslos.

Er verließ den Raum.

Poirot nickte.

»Das passt«, murmelte er. »Das passt sehr gut.«

Er drückte auf eine Klingel und erkundigte sich höflich, ob Mrs Vanderlyn bereits aufgestanden sei.

Kapitel 7

Mrs Vanderlyn rauschte ins Zimmer. Sie sah ausgesprochen gut aus in ihrem raffiniert geschnittenen, sportlichen rostbraunen Kostüm, das die warmen Töne ihrer Haare zur Geltung brachte. Sie schwebte zu einem Sessel und sah den kleinen Mann vor sich mit einem strahlenden Lächeln an.

Für einen Augenblick schimmerte etwas durch ihr Lächeln hindurch. Ein Triumph vielleicht, eventuell sogar Spott. Es war fast sofort wieder verschwunden, doch Poirot hatte es bemerkt. Ein Hauch von etwas, das sein Interesse weckte.

»Einbrecher? Gestern Nacht? Wie entsetzlich! Nein, ich habe

überhaupt nichts gehört. Und die Polizei? Kann die denn nichts tun?«

Wieder leuchtete kurz Spott aus ihren Augen.

Dass Sie, meine Dame, keine Angst vor der Polizei haben, ist nicht zu übersehen, dachte Hercule Poirot. Sie wissen ganz genau, dass man sie nicht hinzuziehen wird.

Und daraus folgte – was genau?

Ernüchtert sagte er: »Sie verstehen, Madame, dass es sich hier um eine höchst delikate Angelegenheit handelt.«

»Aber natürlich, Monsieur – Poirot, nicht wahr? Es würde mir nicht im Traum einfallen, auch nur einen Ton darüber zu verlieren. Ich bin eine viel zu große Bewunderin unseres lieben Lord Mayfield, um irgendetwas zu tun, was ihm auch nur den geringsten Kummer bereiten könnte.«

Sie schlug die Beine übereinander. Eine auf Hochglanz polierte braune Lederpantolette wippte an der Spitze ihres seidenbestrumpften Fußes auf und ab.

Mrs Vanderlyn schenkte ihm ein warmes, unwiderstehliches Lächeln, das absolutes Wohlbefinden und tiefste Zufriedenheit ausstrahlte.

»Bitte sagen Sie mir, ob ich irgendetwas für Sie tun kann.«

»Ich danke Ihnen, Madame. Sie haben gestern Abend im Salon Bridge gespielt?«

»Ja.«

»Soviel ich weiß, haben sich danach alle Damen nach oben ins Bett verfügt?«

»So ist es.«

»Doch jemand kam zurück, um ein Buch zu holen. Das waren Sie, Mrs Vanderlyn, nicht wahr?«

»Ich war die Erste, die zurückkam, ja.«

»Was meinen Sie damit, die Erste?«, fragte Poirot scharf.

»Ich bin auf der Stelle zurückgekommen«, erklärte Mrs Vanderlyn. »Dann ging ich wieder hoch und klingelte nach dem Mädchen. Sie ließ lange auf sich warten. Ich klingelte abermals.

Dann trat ich auf die Galerie. Ich hörte ihre Stimme und rief sie. Als sie dann meine Haare fertig gebürstet hatte, schickte ich sie weg; sie war nervös und aufgelöst, und die Bürste hatte sich ein-, zweimal in meinem Haar verheddert. Genau in dem Moment, als ich sie wegschickte, sah ich Lady Julia die Treppe heraufkommen. Sie meinte, sie sei ebenfalls wegen eines Buches noch einmal unten gewesen. Seltsam, oder?«

Als sie schloss, lächelte sie erneut, ein breites, eher katzenhaftes Lächeln.

Mrs Vanderlyn mag Lady Julia Carrington nicht, dachte Hercule Poirot bei sich. Laut sagte er: »Sie sagen es, Madame. Noch etwas: Haben Sie Ihr Mädchen schreien hören?«

»Aber ja doch, etwas in der Art habe ich gehört.«

»Haben Sie sie danach gefragt?«

»Ja. Sie meinte, sie habe eine weiße Gestalt durch die Luft schweben gesehen – welch ein Unsinn!«

»Was trug Lady Julia denn gestern Abend?«

»Oh, Sie meinen, vielleicht – ja, verstehe. Sie trug in der Tat ein weißes Abendkleid. Natürlich, das erklärt es. Sie muss sie in der Dunkelheit einfach als eine weiße Gestalt wahrgenommen haben. Diese Mädchen sind derartig abergläubisch.«

»Ihr Mädchen ist schon lange bei Ihnen, Madame?«

»O nein.« Mrs Vanderlyn sah ihn mit großen Augen an. »Erst seit ungefähr fünf Monaten.«

»Ich würde sie dann jetzt gern sehen, wenn es Ihnen nichts ausmacht, Madame.«

Mrs Vanderlyn zog die Augenbrauen hoch.

»Gewiss«, sagte sie recht kühl.

»Verstehen Sie, ich möchte sie gern befragen.«

»Oh, ja.«

Erneut ein Hauch von Belustigung.

Poirot erhob und verneigte sich.

»Madame«, sagte er. »Sie genießen meine volle Bewunderung.«

Ausnahmsweise wirkte Mrs Vanderlyn einmal eine Spur verdattert.

»Oh, Monsieur Poirot, wie nett von Ihnen, aber warum?«

»Sie sind, Madame, so perfekt gepanzert, so absolut selbstsicher.«

Mrs Vanderlyn lachte ein wenig befangen.

»Jetzt frage ich mich«, sagte sie, »ob ich das als Kompliment verstehen soll.«

»Vielleicht«, erwiderte Poirot, »ist es auch eine Warnung – vor einer Überheblichkeit gegenüber dem Leben.«

In Mrs Vanderlyns Lachen lag nun wieder eine größere Sicherheit. Sie stand auf und streckte die Hand aus.

»Mein lieber Monsieur Poirot, ich wünsche Ihnen viel Erfolg. Vielen Dank für all die charmanten Dinge, die Sie mir gesagt haben.«

Sie verließ die Bibliothek.

»Sie wünschen mir also Erfolg, ja?«, murmelte Poirot vor sich hin. »Dabei sind Sie sich sehr sicher, dass ich keinen Erfolg haben werde! Ja, Sie sind sich wirklich sehr sicher. Und das, das ärgert mich sehr.«

Mit einer gewissen Verdrossenheit zog er an der Klingel und bat darum, Mademoiselle Leonie zu ihm zu schicken.

Anerkennend wanderte sein Blick über sie, während sie zögerlich und sittsam in der Tür stand, in ihrem schwarzen Kleid, mit ihren gewellten, akkurat gescheitelten schwarzen Haaren und den bescheiden gesenkten Augenlidern. Er nickte zustimmend.

»Kommen Sie herein, Mademoiselle Leonie«, sagte er. »Sie brauchen keine Angst zu haben.«

Sie trat ein und blieb scheu vor ihm stehen.

»Wissen Sie«, sagte Poirot plötzlich in einem anderen Tonfall, »dass mir Ihr Anblick sehr zusagt?«

Leonie reagierte sofort. Sie warf ihm einen kurzen Blick aus den Augenwinkeln zu und murmelte leise: »Monsieur ist sehr freundlich.«

»Stellen Sie sich vor«, sagte Poirot. »Da frage ich Monsieur Carlile, ob Sie gut aussehen oder nicht, und er meint, das wisse er nicht!«

Leonie reckte das Kinn verächtlich in die Höhe.

»Dieser Stockfisch!«

»Das beschreibt ihn sehr gut.«

»Der, der hat doch noch nie im Leben ein Mädchen auch nur angesehen.«

»Wahrscheinlich nicht. Schade. Da ist ihm viel entgangen. Aber es gibt ja auch noch andere hier im Haus, die diese Dinge mehr zu schätzen wissen, nicht wahr?«

»Ich weiß wirklich nicht, was Monsieur meint.«

»O doch, Mademoiselle Leonie, das wissen Sie sehr gut. Eine hübsche Geschichte, die Sie da letzten Abend erzählt haben, von einem Geist, den Sie gesehen haben wollen. Sobald ich höre, dass Sie da stehen und sich die Hände an den Kopf halten, weiß ich ganz genau, dass von Geistern nicht die Rede sein kann. Wenn ein Mädchen Angst hat, fasst sie sich ans Herz oder sie hält die Hände vor den Mund, um einen Schrei zu unterdrücken, aber wenn ihre Hände an den Haaren sind, dann bedeutet das etwas ganz anderes. Es bedeutet, dass ihre Frisur zerzaust ist und sie sie hastig wieder richten möchte! Also, Mademoiselle, heraus mit der Wahrheit. Warum haben Sie auf der Treppe geschrien?«

»Aber Monsieur, es stimmt, ich habe eine große Gestalt ganz in Weiß gesehen ...«

»Mademoiselle, beleidigen Sie nicht meine Intelligenz. Diese Geschichte war vielleicht gut genug für Monsieur Carlile, aber für Hercule Poirot ist sie das nicht. Die Wahrheit ist, dass Sie gerade einen Kuss bekommen hatten, stimmt's? Und meine Vermutung geht dahin, dass es Monsieur Reggie Carrington war, der sie geküsst hat.«

Ungeniert zwinkerte Leonie ihm zu.

»Eh bien«, sagte sie, »was ist schon ein Kuss?«

»Ja, was schon?«, erwiderte Poirot galant.

»Sehen Sie, der junge Herr, er kam hinter mir die Treppe hoch und fasste mich um die Hüfte – damit hat er mich natürlich erschreckt, und ich habe geschrien. Wenn ich gewusst hätte – nun, dann hätte ich natürlich nicht geschrien.«

»Natürlich nicht«, pflichtete Poirot ihr bei.

»Aber er schlich sich an wie eine Katze. Dann ging die Tür vom Arbeitszimmer auf und heraus trat *Monsieur le Secrétaire*, und der junge Herr schlüpfte davon, die Treppe hoch, und da stand ich nun und machte mich lächerlich. Natürlich musste ich etwas sagen, insbesondere zu einem«, sie verfiel ins Französische, *»jeune homme comme ça, tellement comme il faut!«*

»Und da haben Sie einen Geist erfunden?«

»In der Tat, Monsieur, etwas anderes fiel mir gerade nicht ein. Eine große Gestalt ganz in Weiß, die durch die Luft schwebte. Vollkommen lächerlich, aber was hätte ich sonst tun sollen?«

»Nichts. Damit wäre also alles geklärt. Ich hatte von Anfang an meine Zweifel.«

Leonie warf ihm einen herausfordernden Blick zu.

»Monsieur ist sehr clever – und sehr verständnisvoll.«

»Und da ich Sie wegen dieses Vorfalls nicht in Verlegenheit bringen werde, tun Sie im Gegenzug auch etwas für mich, *d'accord*?«

»Sehr gern, Monsieur.«

»Wie viel wissen Sie über die Angelegenheiten Ihrer Herrin?«

Das Mädchen zuckte mit den Achseln.

»Nicht sehr viel, Monsieur. Aber ich habe natürlich so meine Vermutungen.«

»Die da wären?«

»Nun, es ist mir nicht entgangen, dass die Freunde von Madame stets Soldaten, Matrosen oder Flieger sind. Und dann gibt es noch die anderen Freunde – ausländische Herren, die sie gelegentlich heimlich, still und leise besuchen kommen. Madame sieht sehr gut aus, obwohl ich nicht glaube, dass das noch lange so bleibt. Die jungen Männer, die finden sie sehr attraktiv.

Manchmal glaube ich, sie reden zu viel. Aber das, das ist nur eine Vermutung von mir. Madame vertraut sich mir nicht an.«

»Was Sie mir sagen wollen, ist, dass Madame alles im Alleingang regelt?«

»So ist es, Monsieur.«

»Mit anderen Worten, Sie können mir nicht helfen?«

»Ich fürchte nicht, Monsieur. Wenn ich es könnte, würde ich es tun.«

»Sagen Sie, ist Ihre Herrin heute in guter Stimmung?«

»Auf jeden Fall, Monsieur.«

»Irgendetwas ist geschehen, was sie mit Freude erfüllt?«

»Sie ist seit ihrer Ankunft hier guter Dinge.«

»Nun, Leonie, wenn es jemand beurteilen kann, dann Sie.«

Voller Überzeugung erwiderte das Mädchen: »Ja, Monsieur. Da liege ich sicher nicht falsch. Ich kenne sämtliche Stimmungen der Herrin. Sie ist sehr guter Dinge.«

»Regelrecht triumphierend?«

»Das ist genau das richtige Wort, Monsieur.«

Poirot nickte bedrückt.

»Ich finde das – etwas schwer zu ertragen. Andererseits ist mir klar, dass es unvermeidlich ist. Vielen Dank, Mademoiselle, das wäre alles.«

Leonie warf ihm einen koketten Blick zu.

»Vielen Dank, Monsieur. Seien Sie versichert, falls ich Monsieur auf der Treppe begegne, werde ich nicht schreien.«

»Mein Kind«, sagte Poirot würdevoll. »Ich bin ein Mann im fortgeschrittenen Alter. Was habe ich mit solchen Frivolitäten zu schaffen?«

Mit einem kleinen Kichern zog sich Leonie zurück.

Langsam schritt Poirot im Zimmer auf und ab. Seine Miene wurde ernst und besorgt.

»Und jetzt«, sagte er schließlich, »zu Lady Julia. Was wird sie mir wohl erzählen?«

Lady Julia betrat den Raum mit stillem Selbstbewusstsein. Anmutig verneigte sie sich leicht, setzte sich in den Sessel, den Poirot ihr hingerückt hatte, und sprach mit leiser, kultivierter Stimme.

»Lord Mayfield meint, Sie möchten mir ein paar Fragen stellen.«

»Ja, Madame. Es geht um gestern Abend.«

»Um gestern Abend, ja?«

»Was geschah, nachdem Sie Ihre Bridgepartie beendet hatten?«

»Mein Mann meinte, es sei zu spät, um noch ein Spiel anzufangen. Ich ging nach oben zu Bett.«

»Und dann?«

»Ging ich schlafen.«

»Das ist alles?«

»Ja. Leider kann ich Ihnen nichts weiter von Interesse mitteilen. Wann wurde dieser«, sie zögerte, »Einbruch denn verübt?«

»Fast direkt nachdem sie hinaufgegangen waren.«

»Verstehe. Und was genau wurde gestohlen?«

»Einige persönliche Papiere, Madame.«

»Wichtige Papiere?«

»Sehr wichtige.«

Sie runzelte leicht die Stirn und fragte: »Waren sie – wertvoll?«

»Ja, Madame, sie waren eine Menge Geld wert.«

»Verstehe.«

Es entstand eine Pause, dann sagte Poirot: »Und Ihr Buch, Madame?«

»Mein Buch?«

Sie sah ihn verwirrt an.

»Ja, wenn ich Mrs Vanderlyn recht verstanden habe, sind Sie ein Weilchen, nachdem Sie und die anderen beiden Damen sich zur Ruhe begeben hatten, noch einmal nach unten gegangen, um ein Buch zu holen.«

»Ja, natürlich, das stimmt.«

»Sodass Sie, als Sie oben waren, in Wirklichkeit gar nicht direkt zu Bett gegangen sind? Sie sind noch einmal in den Salon zurückgekehrt?«

»Ja, so war es. Das hatte ich ganz vergessen.«

»Haben Sie, während Sie im Salon waren, jemand schreien gehört?«

»Nein – doch – ich glaube nicht.

»Aber sicher, Madame. Sie können es im Salon unmöglich überhört haben.«

Lady Julia warf den Kopf nach hinten und erklärte mit fester Stimme: »Ich habe nichts gehört.«

Poirot zog die Brauen in die Höhe, sagte jedoch nichts.

Das Schweigen wurde unangenehm.

»Was wird eigentlich unternommen?«, fragte Lady Julia abrupt.

»Unternommen? Ich verstehe Sie nicht, Madame.«

»Ich meine wegen des Diebstahls. Irgendetwas muss die Polizei doch unternehmen.«

Poirot schüttelte den Kopf.

»Die Polizei wurde nicht hinzugezogen. Ich führe die Ermittlungen.«

Sie starrte ihn an. Ihr rastloses, ausgezehrtes Gesicht war wachsam und angespannt, ihr stechender Blick versuchte, seine Gelassenheit zu durchdringen.

Schließlich schlug sie die Augen nieder, gab sich geschlagen.

»Sie können mir nicht sagen, was unternommen wird?«

»Ich kann Ihnen nur versichern, Madame, dass ich nichts unversucht lassen werde.«

»Um den Dieb zu fassen oder um – die Papiere zurückzubekommen?«

»Die Papiere zurückzubekommen ist die Hauptsache, Madame.«

Ihr Verhalten änderte sich. Jetzt wirkte sie gelangweilt, teilnahmslos.

»Ja«, sagte sie gleichgültig. »Wahrscheinlich schon.«

Erneut trat eine Pause ein.

»Ist sonst noch etwas, Monsieur Poirot?«

»Nein, Madame. Ich werde Sie nicht länger aufhalten.«

»Vielen Dank.«

Er öffnete ihr die Tür. Sie ging hinaus, ohne ihn eines Blickes zu würdigen.

Poirot kehrte zum Kamin zurück und stellte sorgfältig den Nippes auf dem Sims um. Als Lord Mayfield durch die Terrassentür trat, war er noch immer damit beschäftigt.

»Und wie sieht es aus?«, fragte sein Gastgeber.

»Sehr gut, glaube ich. Die Dinge entwickeln sich ganz nach Plan.«

Lord Mayfield starrte ihn an und sagte: »Sie sind erfreut.«

»Nein, erfreut bin ich nicht. Aber ich bin zufrieden.«

»Wirklich, Monsieur Poirot, ich werde aus Ihnen nicht schlau.«

»Ich bin nicht so ein Scharlatan, wie Sie denken.«

»Ich habe nie gesagt …«

»Nein, aber Sie haben es gedacht. Egal. Ich bin nicht beleidigt. Manchmal ist es notwendig, mit einer bestimmten Attitüde aufzutreten.«

Lord Mayfield sah ihn unsicher an, konnte einen gewissen Argwohn nicht verhehlen. Hercule Poirot war ein Mensch, den er nicht verstand. Er wollte ihn verachten, doch irgendetwas warnte ihn davor, sagte ihm, dass dieser lächerliche kleine Mann nicht so unbedarft war, wie er wirkte. Charles McLaughlin war immer in der Lage gewesen, Menschen mit hoher Kompetenz zu erkennen, wenn er sie vor sich hatte.

»Nun«, sagte er, »wir sind in Ihren Händen. Was schlagen Sie als Nächstes vor?«

»Können Sie Ihre Gäste loswerden?«

»Ich denke, das ließe sich machen … Ich könnte erklären, dass ich wegen dieser Angelegenheit nach London muss. Dann reisen sie wahrscheinlich von allein ab.«

»Sehr gut. Versuchen Sie doch, das in die Wege zu leiten.«

Lord Mayfield zögerte.

»Sie glauben nicht …«

»Ich bin mir ziemlich sicher, dass es klug wäre, so zu verfahren.«

Lord Mayfield zuckte mit den Achseln.

»Nun, wenn Sie meinen.«

Er ging hinaus.

Kapitel 8

Nach dem Lunch reisten die Gäste ab. Mrs Vanderlyn und Mrs Macatta mit dem Zug, die Carringtons in ihrem Wagen. Poirot stand in der Eingangshalle, als sich Mrs Vanderlyn sehr charmant von ihrem Gastgeber verabschiedete.

»Es tut mir wirklich schrecklich leid, dass Sie solche Scherereien haben. Ich hoffe so sehr, dass sich für Sie alles zum Guten wendet. Ich werde auch nicht ein Sterbenswörtchen sagen.«

Sie drückte ihm die Hand, trat vors Haus und ging zu dem Rolls-Royce, der sie zum Bahnhof bringen würde. Mrs Macatta saß bereits im Fond. Ihr Abschied war knapp und verhalten ausgefallen.

Plötzlich kam Leonie, die vorn neben dem Chauffeur eingestiegen war, in die Halle zurückgerannt.

»Madames Kosmetikkoffer, er ist nicht im Wagen«, rief sie.

Hastig wurde nach ihm gesucht. Schließlich entdeckte Lord Mayfield ihn in einer dunklen Ecke neben einer alten Eichentruhe. Leonie stieß einen spitzen Freudenschrei aus, schnappte sich das elegante Köfferchen aus grünem Marokkoleder und eilte wieder nach draußen.

Dann lehnte sich Mrs Vanderlyn aus dem Wagen.

»Lord Mayfield, Lord Mayfield.« Sie reichte ihm einen Brief. »Würden Sie den hier bitte mit Ihrer Post aufgeben? Wenn ich ihn mitnehme, um ihn in der Stadt einzustecken, vergesse ich es garantiert. Briefe bleiben bei mir immer tagelang in der Handtasche liegen.«

Sir George Carrington begann, an seiner Uhr herumzuspielen, sie zu öffnen und wieder zu schließen. Er war ein Pünktlichkeitsfanatiker.

»Das wird knapp«, murmelte er. »Sehr knapp. Wenn sie nicht aufpassen, verpassen sie den Zug ...«

Seine Frau unterbrach ihn gereizt: »Ist ja gut, George. Das ist schließlich ihr Zug, nicht unserer!«

Vorwurfsvoll sah er sie an.

Der Rolls-Royce fuhr davon.

Reggie kam mit dem familieneigenen Morris vorgefahren.

»Alles bereit, Vater«, sagte er.

Die Diener begannen, das Gepäck der Carringtons herauszubringen. Reggie hatte ein Auge darauf, dass alles im Kofferraum verstaut wurde.

Poirot trat vor die Tür und beobachtete das Geschehen.

Plötzlich spürte er eine Hand auf seinem Arm. Aufgeregt flüsterte Lady Julia ihm ins Ohr: »Monsieur Poirot. Ich muss mit Ihnen sprechen – sofort!«

Er gab ihrer beharrlichen Hand nach. Sie zog ihn in ein kleines Morgenzimmer, schloss die Tür und trat dicht an ihn heran.

»Stimmt es, was Sie gesagt haben – dass Lord Mayfield in erster Linie die Papiere zurückbekommen möchte?«

Neugierig sah Poirot sie an.

»Das stimmt allerdings, Madame.«

»Wenn, wenn Sie diese Papiere ausgehändigt bekämen, würden Sie dann dafür sorgen, dass Lord Mayfield sie – ohne irgendwelche Fragen zu stellen – zurückerhält?«

»Ich weiß nicht, ob ich Sie richtig verstehe.«

»Sie müssen mich doch verstehen! Ich bin mir sicher, dass Sie mich ganz genau verstehen! Ich schlage vor, dass der – der Dieb anonym bleibt, wenn die Papiere zurückgegeben werden.«

»Und wann wäre das, Madame?«

»Auf alle Fälle innerhalb der nächsten zwölf Stunden.«

»Und das können Sie versprechen?«

»Das kann ich versprechen.« Da er nichts erwiderte, wiederholte sie ungeduldig: »Verbürgen Sie sich dafür, dass die Öffentlichkeit nichts erfährt?«

»Ja, Madame«, erwiderte er jetzt mit gravitätischer Stimme, »dafür verbürge ich mich.«

»Dann kann alles arrangiert werden.«

Abrupt verließ sie das Zimmer. Kurz darauf hörte Poirot den Wagen abfahren.

Er durchquerte die Eingangshalle und schritt den Gang zum Arbeitszimmer hinunter. Als er eintrat, blickte Lord Mayfield auf.

»Und?«, sagte er.

Poirot breitete die Hände aus.

»Der Fall ist abgeschlossen, Lord Mayfield.«

»Was?«

Wort für Wort wiederholte Poirot das Gespräch zwischen ihm und Lady Julia.

Lord Mayfield sah ihn verblüfft an.

»Aber was bedeutet das? Ich verstehe es nicht.«

»Es liegt doch klar auf der Hand, oder etwa nicht? Lady Julia weiß, wer die Pläne gestohlen hat.«

»Sie wollen doch nicht behaupten, dass sie sie selbst an sich genommen hat?«

»Ganz sicher nicht. Lady Julia mag eine Glücksspielerin sein. Aber sie ist keine Diebin. Wenn sie jedoch anbietet, die Pläne zurückzugeben, dann heißt das, dass sie entweder von ihrem Mann oder von ihrem Sohn gestohlen wurden. Sir George Carrington war allerdings mit Ihnen auf der Terrasse. Bleibt sein Sohn. Ich glaube, ich kann die Geschehnisse der vergangenen Nacht recht gut rekonstruieren. Lady Julia ging gestern Abend in das Zimmer ihres Sohnes. Es war leer. Sie kam nach unten und suchte ihn, fand ihn allerdings nicht. Heute Morgen erfährt sie von dem Diebstahl, und sie hört, dass ihr Sohn erklärt, er sei direkt in sein Zimmer gegangen und habe es nicht mehr verlassen. Das, so viel weiß sie, stimmt nicht. Und sie weiß noch etwas anderes über ihren Sohn. Sie weiß, dass er schwach und hoffnungslos knapp bei Kasse ist. Sie hat seine Vernarrtheit in Mrs Vanderlyn beobachtet. Ihr ist alles klar. Mrs Vanderlyn hat Reggie dazu überredet, die Pläne zu stehlen. Doch sie ist fest entschlossen, ein Wörtchen mitzureden. Sie wird Reggie den Kopf waschen, die Dokumente auftreiben und sie zurückgeben.«

»Aber das ist doch alles völlig unmöglich«, rief Lord Mayfield.

»Ja, es ist unmöglich, aber das weiß Lady Julia nicht. Sie weiß nicht, was ich, Hercule Poirot, weiß, nämlich dass der junge Reggie Carrington gestern Abend keine Dokumente gestohlen hat, sondern stattdessen dem französischen Mädchen von Mrs Vanderlyn nachstellte.«

»Das Ganze ist ein Windei!«

»Exakt.«

»Und der Fall ist überhaupt noch nicht abgeschlossen!«

»Doch, er ist abgeschlossen. Ich, Hercule Poirot, kenne die Wahrheit. Sie glauben mir nicht? Sie haben mir auch gestern nicht geglaubt, als ich sagte, ich wisse, wo die Pläne sind. Aber ich habe es gewusst. Sie waren ganz in unserer Nähe.«

»Wo?«

»Sie waren in Ihrer Tasche, Mylord.«

Es trat eine Pause ein, dann sagte Lord Mayfield: »Wissen Sie wirklich, was Sie da sagen, Monsieur Poirot?«

»Ja, das weiß ich. Ich weiß, dass ich es mit einem sehr cleveren Menschen zu tun habe. Von Anbeginn an zerbrach ich mir den Kopf darüber, warum Sie, der Sie eingestandenermaßen kurzsichtig sind, sich so sicher sein konnten, dass Sie eine Gestalt aus der Terrassentür kommen gesehen hatten. Sie wollten unbedingt, dass diese Lösung, die praktische Lösung, akzeptiert wurde. Warum? Später schloss ich dann alle anderen Verdächtigen aus, einen nach dem anderen. Mrs Vanderlyn war oben, Sir George war mit Ihnen zusammen auf der Terrasse, Reggie Carrington war mit dem französischen Mädchen auf der Treppe, Mrs Macatta war, gänzlich unbeteiligt, in ihrem Zimmer. Es liegt neben dem der Haushälterin, und Mrs Macatta schnarcht! Lady Julia hielt ihren Sohn ganz eindeutig für schuldig. Also blieben nur noch zwei Möglichkeiten: Entweder hatte Carlile die Dokumente nicht auf den Schreibtisch gelegt, sondern in die eigene Tasche gesteckt – was keinen Sinn ergibt, denn er hätte, wie Sie selbst sagten, Pausen anfertigen können –, oder, oder die Pläne lagen auf dem Schreibtisch, als Sie dorthin gingen, und dann gab es nur einen Ort, wohin sie hätten verschwinden können, nämlich in *Ihre* Tasche. In dem Fall passte alles zusammen: Ihr Beharren darauf, eine Gestalt gesehen zu haben, Ihr Beharren auf Carliles Unschuld, Ihre ausgesprochene Unlust, mich rufen zu lassen.

Eins stellte mich jedoch vor ein Rätsel: das Motiv. Sie sind, davon war ich überzeugt, ein ehrlicher Mensch, ein Mann von Integrität. Das zeigte sich in Ihrer Besorgnis, dass ein Unschuldiger in Verdacht geraten könnte. Außerdem lag es auf der Hand, dass sich der Diebstahl der Pläne sehr leicht unvorteilhaft auf Ihre Laufbahn auswirken könnte. Warum also dieser absolut widersinnige Diebstahl? Und dann kam ich endlich auf die Lösung: die Krise in Ihrer Karriere vor einigen Jahren, die Zusicherungen des Premierministers an die ganze Welt, dass Sie mit der fraglichen Macht keine Verhandlungen geführt hätten. Angenommen, das entsprach nicht ganz der Wahrheit und es existierte noch irgendein Dokument – vielleicht ein Brief –, aus dem hervorging, dass Sie in Wirklichkeit genau das getan hatten, was Sie öffentlich geleugnet hatten. Im Interesse der öffentlichen Ordnung war Ihr Dementi notwendig gewesen. Aber ob der einfache Mann auf der Straße das auch so sehen würde, darf bezweifelt werden. Das könnte bedeuten, dass genau in dem Augenblick, wo das höchste Staatsamt in Ihre Hände gelegt werden soll, ein dummes Echo aus der Vergangenheit alles zunichtemachen würde.

Ich vermute, dass sich dieser Brief in den Händen einer gewissen Regierung befindet und dass diese Regierung Ihnen einen Tauschhandel vorgeschlagen hat: den Brief gegen die Pläne für den neuen Bomber. Manch einer hätte diesen Handel abgelehnt.

Sie – taten es nicht! Sie willigten ein. Mrs Vanderlyn war die Vermittlerin. Sie kam, nach Absprache, hierher, um den Austausch zu bewerkstelligen. Sie haben sich verraten, als Sie einräumten, die Details für Ihren Plan, sie in eine Falle zu locken, noch gar nicht ausgearbeitet zu haben. Dieses Eingeständnis ließ den Grund für ihre Einladung unglaublich schwach aussehen.

Sie inszenierten den Diebstahl. Gaben vor, den Dieb auf der Terrasse gesehen zu haben – wodurch Sie Carlile entlasteten. Selbst wenn er das Zimmer nicht verlassen hätte, der Schreibtisch steht so nahe an der Terrassentür, dass ein Dieb die Pläne durchaus hätte entwenden können, während Carlile, den Rücken zur Tür, am Safe zugange war. Sie gingen zum Schreibtisch hinüber, nahmen die Pläne, steckten sie ein und trugen sie bis zu dem Augenblick mit sich herum, wo Sie sie, wie besprochen, in Mrs Vanderlyns Kosmetikkoffer deponierten. Im Gegenzug reichte sie Ihnen den fatalen Brief, unter dem Vorwand, es wäre ein Brief von ihr, den Sie doch bitte zur Post geben mögen.«

Poirot hielt inne.

»Sie sind wirklich komplett im Bilde«, sagte Lord Mayfield. »Sie müssen mich für ein unsägliches Stinktier halten.«

Poirot machte eine rasche Geste.

»Nein, nein, Lord Mayfield. Ich halte Sie, wie gesagt, für einen sehr cleveren Menschen. Gestern Abend, als wir uns hier unterhielten, fiel es mir plötzlich wie Schuppen von den Augen. Sie sind ein erstklassiger Ingenieur. Ich glaube, es gibt in dem Entwurf für diesen Bomber ein paar unscheinbare Änderungen, so geschickte Änderungen, dass es schwer sein wird zu begreifen, warum diese Maschine sich nicht als der erfolgreiche Bomber erweisen wird, der er sein sollte. Für eine gewisse fremde Macht wird sich dieser Typ als Fehlschlag erweisen … Es wird eine Enttäuschung für sie sein, da bin ich mir sicher …«

Wieder herrschte tiefes Schweigen.

»Sie sind viel zu clever, Monsieur Poirot«, sagte Lord Mayfield schließlich. »Ich möchte Sie nur bitten, mir eins zu glauben:

Ich habe Vertrauen in mich selbst. Ich glaube, dass ich der richtige Mann bin, um England durch diese Zeit der Krise, die ich kommen sehe, zu führen. Wenn ich nicht aufrichtig davon überzeugt wäre, dass mein Land mich braucht, um das Staatsschiff zu lenken, hätte ich nicht das getan, was ich getan habe, nämlich das Beste aus beiden Welten zu vereinen – und mich selbst durch einen cleveren Trick vor dem Untergang zu bewahren.«

»Mylord«, erklärte Poirot, »wenn Sie das nicht könnten, dann wären Sie kein Politiker!«

Nachweise

Sommer in den Pyrenäen, aus: Agatha Christie, *Die Autobiographie.* Übersetzt von Hans Erik Hausner. Copyright © 1977 Agatha Christie Limited. All rights reserved. Für die deutschsprachige Ausgabe © 2017 Hoffmann und Campe Verlag, Hamburg. Für die deutsche Übersetzung © 2004 S. Fischer Verlag, Frankfurt am Main.

Blut auf dem Bürgersteig, aus: *Das große Miss-Marple-Buch. Sämtliche Kriminalgeschichten.* Übersetzt von Renate Orth-Guttmann. Copyright © 2008 Agatha Christie Limited. All rights reserved. Für die deutschsprachige Ausgabe © 2015 Hoffmann und Campe Verlag, Hamburg.

Dreiecksgeschichte auf Rhodos, aus: *Hercule Poirot schläft nie. Erzählungen.* Übersetzt von Michael Mundhenk. Copyright © 1937 Agatha Christie Limited. All rights reserved. Für die deutschsprachige Ausgabe © 2022 Hoffmann und Campe Verlag, Hamburg.

Tod auf dem Nil, aus: *Parker Pyne ermittelt. Kriminalistische Erzählungen.* Übersetzt von Marcel Aubron-Bülles. Copyright © 1934 Agatha Christie Limited. All rights reserved. Für die deutschsprachige Ausgabe © 2022 Hoffmann und Campe Verlag, Hamburg.

Die Straße des Harlequins, aus: *Der seltsame Mr Quin. Kriminalistische Erzählungen.* Übersetzt von Günter Eichel. Copyright © 1930

Zur Autorin

Agatha Christie begründete den modernen britischen Kriminalroman und avancierte im Laufe ihres Lebens zur bekanntesten Krimiautorin aller Zeiten. Ihre beliebten Helden Hercule Poirot und Miss Marple sind – auch durch die Verfilmungen – einem Millionenpublikum bekannt. 1971 wurde sie in den Adelsstand erhoben. Agatha Christie starb 1976 im Alter von 85 Jahren.